大英图书馆

·侦探小说黄金时代经典作品集·

维尔沃斯花园案

DEATH MAKES A PROPHET

———————————

［英］约翰·布德　著

张靖敏　译

中国青年出版社

序 言

——

　　《维尔沃斯花园案》于1947年首次出版，展现了约翰·布德（John Bude）作为侦探小说家多才多艺的一面。和布德的其他许多作品一样，这本书讲的也是梅瑞狄斯督察破案的故事。但在这个故事里，梅瑞狄斯督察在整本书的后半部分才出现。与布德早期的大部分作品相比，幽默感是本书的一个鲜明特色；也许，他觉得读者在第二次世界大战严峻的后期需要一些轻松的东西吧。

　　《维尔沃斯花园案》是布德的第15本书，是他在拥有老练的专业经验后写就的。这本书安排巧妙，没有在第一章就出现一具尸体，而是在全书一半时，向读者展示了一件双重谋杀案。在整个故事推进中，布德描述了一群以各种方式和"奥教"连在一起的人身上发生的不幸事件。维尔沃斯花园城市是"奥教"的温床，这是"一个乐于助人的宗教，因为你几乎能在里面找到想要的任何东西"。尽管他们看起来超凡脱俗，但很快就能发现这群"奥教"教徒有着比寻常人更多的敌对、嫉妒和黑暗秘密。

长期以来，各种邪教一直吸引着侦探小说作家，也许是因为看似古怪的信仰和教条很容易为滑稽的谋杀行为提供了肥沃的土壤。因此，邪教出现在众多侦探小说中，特别是20世纪上半叶创作的经典侦探小说。G.K.切斯特顿明显把他对悖论的热爱沉浸在这样的故事中，一个著名的例子就是《阿波罗的眼睛》；在最后，布朗神父说："这些斯多葛式的异教徒总是因为他们自己的力量而失败。"在阿加莎·克里斯蒂的系列丛书《赫拉克勒斯的丰功伟绩》中的《革律翁的牛群》里，大侦探波罗嘲笑了一个德文郡名为"牧羊人的羊群"邪教的信徒。另一位侦探小说女王——奈欧·马许在《狂喜的死亡》一书中让罗德里克·阿莱因调查一位新加入圣火之家的成员的神秘死亡事件。纵观大西洋，各种类型的邪教出现在各种风格的侦探小说中，其中不乏名家如达希尔·哈米特（代表作《丹恩诅咒》）、埃勒里·奎因（代表作《然后在第八天》）以及安东尼·布彻（代表作《九乘九》，一个著名的"密室杀人案"）。

经典侦探小说的作者往往是理性的思想家，他们认为邪教领袖都是骗子，利用追随者的轻信来获取个人利益。

布德似乎对奥教的喜剧潜力和它作为侦探小说背景载体的适宜性同样感兴趣，但在故事的后期，故事情节的发展与弗里曼·威尔斯·克罗夫茨的作品有些相似。克罗夫茨是法兰奇督察的创造者，这位侦探在挑战看似坚不可摧的不在场证明时，比梅瑞狄斯更加坚持不懈，而克罗夫茨一丝不苟的创作方式显然影响了布德的手法。

"约翰·布德"是欧内斯特·卡彭特·埃尔莫（1901～1957）转向创作侦探小说时采用的笔名。从其早期的作品——1935年出版的《康沃尔海滩谋杀案》开始，他选择的案发地和标题都是各色吸引人的地点。这和他选择笔名的方式一样，也是比较直接的营销策略，随着他慢慢发展成一个非常有能力的工匠，最后证明这些措施都非常有效。梅瑞狄斯督察在布德的第二本书《湖区谋杀案》中首次登场，也许稍失个性，但却非常有吸引力，也是侦探小说黄金年代的英国警官（和法兰奇督察一样）。

当战争再次出现时，布德——当时住在苏塞克斯一座相当恬静怡人的房子"弯角屋"——加入地方志愿军，并安排把他的女儿詹妮弗送到安全的德文郡，和她祖母待在一起。布德一直忙于处理落在"弯角屋"附近的"飞弹"的余波，但也许是为了弥补无法陪伴在女儿身边的遗憾，他开始尝试写一本儿童读物。布德一章一章地把故事寄给詹妮弗，最终以他的真名于1946年出版了这本书。

詹妮弗回忆说，因为"弯角屋"有500年的历史了，屋子里没有饮用水，所以父亲不得不每天走到树林里的深井去打两桶水，往返大约400多米。他写作时的小屋是一座低矮的建筑，连着主屋，但要从屋外进去。小屋里面有一扇低矮的长窗户，因此当他写作的时候可以坐下来，看着屋外的花园和山丘。未经允许，任何人都不得擅入。

战后，生活与以前没有多大区别，只除了一点让他感到高兴的事，1946年他有了一个儿子理查德。随后，我们的父母变得非常忙碌，忙着在小屋上搞建设。另一件让人兴奋难忘的事是，我们把罗孚汽车弄出车库，开上了路，我们终于可以不用只靠自行车出门了。因此，我们又一次能够去伦敦看戏、看芭蕾和音乐会等等。

《维尔沃斯花园案》中显而易见的幽默感，来自一个典型的机智而热爱恶作剧的男人，这也正是他女儿印象最深的一点。布德与笔下的梅瑞狄斯督察不同，他显然是一个更讨人喜欢的家伙，而这部小说也展示出了其受人喜爱作品背后的写作天赋。

马丁·爱德华兹

英国警衔说明

由于"侦探小说黄金时代"系列小说的故事发生地主要在英国，书中机警睿智的侦探也以英国警察为主，所以在读者阅读本书之前我们先对英国的旧时警衔和称呼做一些简略介绍，以便读者更好地理解小说背景。

英国的旧时警衔主要分为5等（从高到低）：

警察总监（Chief Constable）；

警司（Superintendent）/总警司（Chief Superintendent）；

督察（Inspector）/总督察（Chief Inspector）；

警长（Sergeant）；

警员（Constable）。

伦敦以外地区的警署还有以下几种职级（从高到低）：警察局长（Chief Constable）、警察局副局长（Deputy Chief Constable）、助理警察局长（Assistant Chief Constable）。

另外，对于担任刑事调查部门或其他某些特别部门职务的警务人员，一般会在他们的职级之前加有"侦探（Detectives）"前缀，本书中译为"警探"。此类警务人员由于职责性质特殊，所以一般不穿制服，而着便衣执行任务。

在警务人员的升迁或训练等临时过程中，他们的职级还会加有"实习（Trainee）""临时（Temporary）""代理（Acting）"的前缀。

目　录

第一部　维尔沃斯花园城市

第二部　老考德内庄园

献给

朱丽叶·欧希尔

感谢她对"先知"的不懈警惕

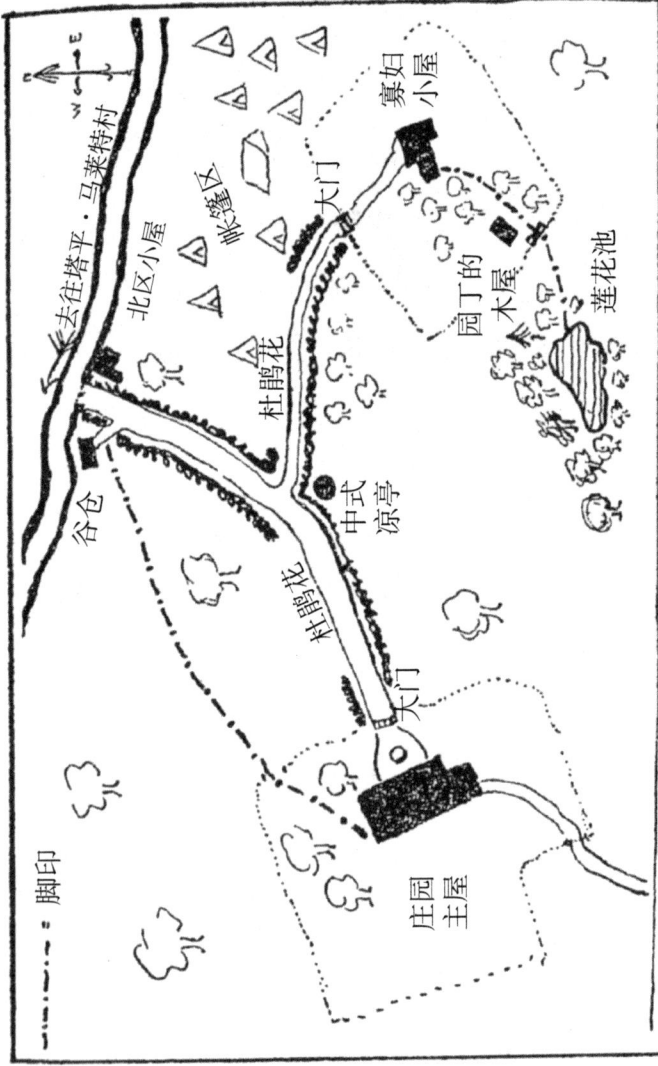

老考德内庄园草图

梅瑞狄斯·督察

去圣塔平·马莱特村

北区小屋

帐篷区

寡妇 小屋

大门

杜鹃花

园丁的 木屋

莲花池

谷仓

中式 凉亭

杜鹃花

大门

脚印

庄园 主屋

第一部
维尔沃斯花园城市

第一章

奥西里斯①之子

I

"任何一个身为自由人的英国人,"伏尔泰曾这样说过,"都有权选择自己喜欢的方式上天堂。"如果下地狱的方式有千千万万种,那么无疑获得救赎的方式也同样有千千万万种。而英国或许是全世界最能包容各种五花八门、稀奇古怪、不为人知的宗教的国家。其中最助力于这许多信仰繁荣发展的,恐怕要首推维尔沃斯小镇。维尔沃斯不是一座普通小镇。小镇布局考究,呈蘑菇状聚集形态,像个花园,所有建筑极具个性化。维尔沃斯的房子没有超过30年的,那里没有贫民窟和纪念碑,没有花园篱笆、马路边的巨幅广告牌和酒馆,只有随处可见的开花灌

---

① Osiris,奥西里斯,古埃及神话中的冥王,也是植物、农业和丰饶之神。

木、废物筐、宽阔的林荫道、手工艺品商店，各种仿都
铎、乔治王朝时期的建筑和意大利风格的房子。当然，这
种地方还会有一家健康食品店，贩卖巴西坚果黄油、冷食
油炸意大利粉馅饼、马黛茶以及种类齐全到让人震惊的各
式草药与泻药。以人均消费来算，维尔沃斯也许是全英国
摄入生菜和胡萝卜最多的社区。维尔沃斯小镇里很大比例
的精英不仅是全素食主义者，而且不抽烟不喝酒，不做任
何对普通人来说能让生活更有意义的事情。

　　他们自己织布、自己做衣服，带着那种致力于高尚生
活的人所共有的精致面孔走自己的路。许多人喜欢穿短裤
凉鞋，更多的人爱好剪贴画或涉猎蜡染。虽然有些人是出
于真心，但有些人则不是；但毫无疑问每个人都个性独
特，内心燃烧着对各自信仰不可熄灭的火焰。他们的信仰
也许是神智学^①或巴布教^②；也许是基督复临安息日会^③、基
督教科学派^④、泛神派或任何愿意相信的东西——但在一个
充斥着无神论者和不可知论者的莫测世界里，维尔沃斯真

---

①　Theosophy，神智学，认为通过直接认识、哲学思辨或某种物理过程就能洞悉神
和世界的本性，把上帝看作一切存在和善的超越的源泉，以喻意解释法来解释宗教典籍。
②　Babaism，巴布教，从伊斯兰教的一个教派发展而来，创始人赛义德·阿里·穆
罕默德 1844 年成立。
③　Seventh Day Adventism，基督复临安息日会，源自19世纪中期美国的米勒派运动，
该组织成立于1863年，以遵守圣经于创世纪中上帝所设立的每一周的第六天为安息日。
④　Christian Science，基督教科学派，该派认为物质是虚幻的，疾病只能靠调整精
神来治疗，并称此为基督教的科学。

是让人感受到一种全新的精神活力，这也是驳斥宗派主义在这个国家衰退的最好例证。

据称（在此必须感谢海因茨先生）维尔沃斯总共有57种不同的宗教，这充分说明了该小镇的包容性。其中有些是传统教派，有些不传统但很出名，还有些既不传统也不出名。最小众的非传统派别当属由尤斯塔斯·K.麦尔曼在20世纪早期创立的那个教派了，它古怪中带着点异域色彩，叫作"奥西里斯之子"。

为了给这个繁忙的世界省点事，"奥西里斯之子"的教徒们用其全称的首字母组成一个单词来称呼他们的教派——奥西教①，或者更简练一点——奥教。（请勿将其与"自我暗示②"这个词混淆。）奥教的神祇来自古老的埃及——奥西里斯、伊西斯、荷鲁斯、托特、塞特③，等等——这个丰富的神话体系经过现代改编，加入了许多从别的、不那么遥远的宗教里借来的教条。结果就变成了一个包罗万象的大杂烩，里面混杂着对魔法数字、占星术、灵光、星光体、谦逊、冥想、素食主义、永生、手织粗花

① Coo，奥西教，由 Children of Osiris 的首字母组成，此处为意译。
② Coue'-ism，自我暗示，与原文奥教 "Cooism" 发音字形相似。
③ Isis，伊西斯，古埃及神话中的生命女神。
⑧orus，荷鲁斯，古埃及神话中法老的守护神，王权的象征。冥王奥西里斯和伊西斯之子。
⑳hoth，托特，古埃及神话中的智慧之神。
⑲et，塞特，古埃及神话中的沙漠与风暴之神。

呢和兄弟之爱的信奉。简而言之，这是一个乐于助人的宗教，因为你几乎能在里面找到想要的任何东西。尤斯塔斯·麦尔曼什么都不忘往里加，这是他的孩子，他的热情所在，他的生之所系……他创造了奥教。但在顿悟之前，尤斯塔斯·麦尔曼只是个无名之辈，因此也可以说奥教成就了今天的尤斯塔斯·麦尔曼，把他从一家乡村小书店中解放出来，让他在维尔沃斯找到5位年长的女侍祭、对信仰的无限热情有了归属，有了可小额透支的银行账户。他的真诚毋庸置疑。奥教对尤斯塔斯来说是解决所有人生谜题的钥匙，是通往救赎的唯一捷径。他相信它可以解决任何问题——即使是他透支的银行账户。正如许多拥有坚定信念的人一样，他的乐观没有辜负他。尤斯塔斯在维尔沃斯找到一群愿意倾听他的知识分子。5位女侍祭很快发展到10位、15位、50位狂热的男女信徒。尤斯塔斯还找到一间有着铁皮屋顶的小礼堂——某个没有前途、教义和财政双双破产的教派留下来的，将那里变成了奥教的第一座神庙。最后，就像帕西法尔①终于找到圣杯一样，尤斯塔斯找到了尊敬的哈格·史密斯夫人。在此之后，奥教才终于有了知名度。

---

① Parsifal，帕西法尔，亚瑟王传奇中寻找圣杯的英雄人物。

II

尤斯塔斯在离开书店搬到维尔沃斯镇之前，就已经是一个鳏夫。事实上，他是在妻子去世不久后开始构思奥教的第一版教义的。尤斯塔斯最好的想法总是出现在他沉浸于自我恍惚中时，或者用更简洁的表达方法——"在如瑜伽修行者般的无我状态时"出现（"无我"在奥教中扮演了非常重要的角色，但没人能解释清楚它到底是什么意思。）。尤斯塔斯唯一的孩子特伦斯，同样也是他在陷入"无我"状态时出生的，但这件事却不免让人产生怀疑。因为尽管在这种状态下的尤斯塔斯总是迸发出各种好点子，但特伦斯的出现恐怕是他最坏的点子了。特伦斯完全是在他父亲的对立面。尤斯塔斯性格温和梦幻，声音轻柔；特伦斯却体格健硕、为人实际，嗓门粗壮。尤斯塔斯刚搬到维尔沃斯镇时，特伦斯还只是个高中生。在本文开始的时候，他已经是一个21岁年轻小伙儿了，有着良好的胃口和健全的心智以及一副拳击手般的体格。但特伦斯的父亲却在全力削弱他的健全状态。把他送到一个男女同校的学校——有着超级现代化，或者说后印象主义的课程表；压制他的好胃口，只让他吃素食；让他做奥西里斯神庙的护符者；只给他非常少的零花钱，这是一根筋的宗教狂热者常有的不人道行为。说特伦斯不喜欢他父亲，一点都不夸张。被各种条条框框束缚着的他，内心积聚着即将爆发的憎恨。他认为奥教是一堆狗屁不通的废话。"奥西里斯之子"是这个让普通人感到怪异的小镇上最令人尴尬的一群怪人。他觉得素食主义是一种不自然的罪行；男女同校的教育让人觉得草率；那位尊敬的哈格·史密斯夫人则是自然造物的污点。然而因为不善言辞以及过于顺从，特伦斯从不敢公开反叛，他只是像一头被肆意驱赶的牛那样默默忍受。特伦斯的眼神有时看起来也像一头牛——温和顺从的眼神里不时流露出一丝让人感到不祥的敌意。

麦尔曼父子住在杏仁大道上一栋最具都铎风格的宅子里。这栋大宅子四周很幽静，坐落在6亩大的花园中，精心照料的花园与其奥教先知的身份十分相配。宅子由一位能干的女管家劳拉·萨默斯照料，她是个寡妇，也是一位相当漂亮的金发女郎，举止优美，谈吐文雅。在一座高度解放的花园城市里，这样的安排不会引起一丝丝的非议。不过，如潮涌来的污蔑中伤，对于麦尔曼先生这样纯洁脱俗的人来说不值一提。事实上他从未意识到萨默斯夫人是一位金发女郎，她只是一个管家和一位皈依了奥教的信徒（虽然她的信仰并不是特别靠得住）。特伦斯和萨默斯夫人彼此相互理解、相互同情。因为她已故的丈夫就是一位胃口好、想法少的人。她看到特伦斯穿着过紧的短裤、凉鞋和开领衬衫时总是心怀愧疚，单单看到这副衣着不合体的大男孩模样就能激起她的母性本能。他们组成一个松散的同盟共同抵抗尤斯塔斯·麦尔曼的*温柔*影响。两人常常一起在私下取笑"奥西里斯之子"们认为神圣的东西。这也许不合时宜，但却是人之常情，特别是对哈格·史密斯夫人——看她一眼都让特伦斯觉得说不出来的无趣。

表面上看奥教的大主教——考虑到命名的统一性，我们还是称之为之前说的"先知"吧——当然是创始人尤斯塔斯·麦尔曼。但这场运动背后的力量，提供财政支撑的真正政策领导人则是艾丽西亚·哈格·史密斯。她承担一切费用，因此发号施令的也是她。哈格·史密斯一辈子都发号施令，对此习以为常，也可以说去世的丈夫做矿泉水生意赚的百万身家让她有了这个资本。

从很早开始，哈格·史密斯夫人便拿宗教打发时间，就像别的妇女拿高尔夫、桥牌或者红杜松子酒打发时间一样。可以说她是特别擅长发现各种稀奇古怪的宗教——越古怪越好。她尝试过各种宗教，但时间一长总是精神上消化不良，再转头寻找更易消化的教义。哈格·史密斯曾一度放弃寻找获得救赎的方式，转向韵律操的怀抱。但不幸的是，她对艺术的热诚、壮硕的体格与其见长的年纪不太相称，导致在某次高级课程中扭伤了背。这短暂的真空期很快就被奥教填满。哈格·史密斯夫人好像在奥教里找到了精神食粮，奥教教义让她觉得再适合不过了。*她贪婪地*

抓住奥教运动的一切，允诺尤斯塔斯每年5000英镑的酬劳成为奥教名义上的领导，自己在背后掌舵。幸运的是，尤斯塔斯（也许在某个"无我"状态中）明白这样对他更有利，于是张开双臂明智地接受了哈格·史密斯夫人的资助。奥教立刻开始向外扩张。尽管中心仍在维尔沃斯，但自从4年前哈格·史密斯夫人成为一位奥西里斯之子后，奥教徒的总人数迅速超过一万，在伦敦及各地都相继建起了神庙。5年后，注册费和捐款数就足够应付所有开销。6年后，奥教开始盈利，此时尤斯塔斯发现必须用一个复杂的等级制度来推动奥教运转。他需要一位约克大主教[①]，也就是说——当他突然离世时，能有一位可敬的继承人来接替他的职位。先知候选人的职位就这样确立了，由此也意外引入一位谜一般的人物——佩塔·彭佩蒂——的华丽登场。

Ⅲ

  奥教自初创之时起就对某类人群特别有吸引力。这是一个吸引少数派的宗教；而这少数派中的大多数人都支付得起高昂的入教费。入教费是哈格·史密斯夫人特意设置

---

① 约克大主教，英国国教英格兰圣公会的最高神职人员之一，其地位仅次于坎特伯雷大主教。

的门槛，*用来寻找同好。*哈格·史密斯夫人在追求自己的爱好时更看重质量而不是数量。她希望自己的宗教更有一定的分量，有某种难以描述的好品质、好血统。她常常觉得作为先知的尤斯塔斯，观点有时太过民主。对他来说，所有信众不论出生和收入都对某些教义有好处。就连尤斯塔斯自己，作为先知都有点……说到这里哈格·史密斯夫人总会拨弄起手指，捋捋她灰白的头发。

接着，笼罩着神秘的光晕，一位直击哈格·史密斯夫人内心的男人出现在维尔沃斯花园城市。他举止优雅、性格独特，留着黑色的胡子，黑色的眼睛深邃迷人，带着充满异域风情的口音以及如同法国伯爵般的贵族风范。

"彭佩蒂，"哈格·史密斯夫人如是说道，"可不是一个普通人——他充满了故事！"

尽管如此，佩塔·彭佩蒂很快在奥教中崭露头角。他给教会注入一股全新的令人振奋的神秘感，就如同在火锅里加入一味早前缺失的东方香料。他的名字本身就很能激发人的联想，难道彭佩蒂不是一个地道的古埃及姓氏吗？它在埃及语中是"圣父"的意思，而这就迅速成为他在许多敏感易受影响的年轻奥教女教徒心目中的形象。尽管他的外表与神圣毫无干系，但对这些年轻小姐们的态度却有如严父，而且对奥教运动的热忱也是无可指摘。他自称是底比斯阿蒙拉神庙某位名叫佩恩·彭佩蒂祭司的转世，但其血统却一直是个谜。据说他出生在尼罗河畔，一直在开罗过着放荡不羁的生活，有大笔钱财可供挥霍，但后来对这样的生活方式感到后悔，于是来到英格兰寻求救赎。谣言还提到他一直在跟一位苏格兰牧师学习，毫无疑问，这解释了他对英语的完美掌握。

哈格·史密斯夫人觉得他令人愉快。在看惯了尤斯塔斯令人乏味的谦卑姿态后，彭佩蒂的优雅举止让人耳目一新。她喜欢他歪戴着土耳其毡帽的活泼样子，甚至是穿在黑色大衣下的黑色宽松长袍；还喜欢他东方式的夸张举止，神秘的长时间沉默不语，以及充满文化和自信满满的样子。

在维尔沃斯，彭佩蒂也许是奥西里斯之子最有效的宣传招牌了。谈到他必然会提到奥教，而说起奥教又时常会提到尤斯塔斯·麦尔曼。总之，尤斯塔斯也沾光儿得到了很多荣誉。在彭佩蒂出现之后，哈格·史密斯夫人才能把每年的会费提高了一倍，而由此得到的收益，经在投票一致通过后，彭佩蒂获得每年500英镑的薪水。他好像完全没有财产，但这也不奇怪，毕竟是挥霍掉一大笔财富的人。彭佩蒂住在紫藤路一栋低调的花园城市廉租房里——也就是那种普通的漆蓝色门窗，在红桶里种着两棵月桂树，门前有一条石板路的廉租房。他的一日三餐通常在一家名叫合理饮食的餐厅解决，这是一家开在维尔沃斯主干道百老汇上的素食餐厅。每天会有一个女人来他家帮他"干"活。简而言之，彭佩蒂虽然外表看着华丽，生活却如避世修行的僧侣一样简朴。但这究竟是出于本心还是迫于无奈，就不得而知了。

这群聪明而排外的真理追求者们——也许古怪、喜怒无常、"与众不同"，但就本质而言，他们的热情不论是否过激，都是人类行为的驱动。奥西里斯之子表面上看确实反映了这个新兴宗教的所有简单可爱之处。他们好像都因为一个共同信仰而团结在一起，互相之间充满了堪称过度的互相体谅。但即使是在花园城市里，外表也依然具有欺骗性。在奥教这层欺骗性的外壳下，一场风暴正在逐渐酝酿着；些许敌意越变越大；模糊的嫉妒越来越明晰；一点兴趣膨胀成痴迷。而在远处的地平线上出现的一个小小暗斑，那难道不是悲剧即将来临的某种朦胧暗示吗？巨木生于树籽，回溯事情的发生，毫无疑问，这一悲剧的起点始于艾丽西亚·哈格·史密斯的"构想"。如果没有她的"构想"，利于谋杀的条件不会成熟。而如果没有谋杀，梅瑞狄斯督察也永远不会知道奥西里斯之子。事实上，梅瑞狄斯一直认为这是他经手过的最有趣、最古怪、最吃力的案子之一。

第二章

哈格·史密斯夫人的构想

I

"亲爱的,"哈格·史密斯夫人大模大样走进老考德内庄园的早餐室,"先别跟我说话。我想要静坐一会儿,让思绪缓一缓。我有一个构想!一个绝妙的振奋人心的构想!"她满意地吸了吸鼻子,"啊,我是不是闻到了核桃牛扒的味道?很好,亲爱的,你可以给我上一小份牛扒,加一杯咖啡。忽略我们尘世的身体是不对的,绝对不能忘记它是我们灵魂的临时居所。"

她这是在对秘书说话,她的秘书是一位非常年轻漂亮的褐发女郎,身材时髦瘦削,恭敬有礼的举止对其职位来说再合适不过了。但那恭敬的举止却是她身上唯一不和谐的地方,尽管哈格·史密斯夫人从来没有意识到这一点。丹妮斯·布莱克迷人的仪态背后隐藏的是其对雇主难以动摇的厌恶，而厌恶的理由都是些哈格·史密斯夫人绝对不会承认的"胡言乱语"。因为习惯了一张张恭敬微笑的脸、习惯了周围人顺从而周到的服务——哈格·史密斯夫人"理所当然"地认为这都是出于她难以抵挡的人格魅力，而与其富裕的银行账户余额毫无关系。哈格·史密斯夫人喜欢丹妮斯的陪伴，因为她总是那么机敏能干又安静，再加上她有一种浅蓝色的光晕，这让艾丽西亚觉得尤为舒心。

丹妮斯走到餐具柜对面，伺候好哈格·史密斯夫人后，给自己倒了杯咖啡，回到她在餐桌上的老位置。她开始小口小口吃着吐司，悄悄地从她长长的睫毛下看着艾丽西亚。看她一脸满足的微笑，毫无疑问她现在正思绪如泉涌。丹妮斯不禁好奇，她这次的热情又会以何种形式出现在哪里。从她涨红的脸上满是疲惫和慎重的神色看来，这次的构想无疑非常宏大。

10分钟后，哈格·史密斯夫人像拔红酒瓶塞一样"砰"地一下从她的"无我"状态中跳了出来。她伸手去够吐司和橘子酱，又要了一杯咖啡，然后突然说道：

"我们应该10:10去维尔沃斯。你和我一起去。让米莉在9:30准时收拾好我的行李，叫司机在9:45准备好。"

"好的，哈格·史密斯夫人。"

"给恩代夫酒店打电话预定一个星期的房间。"

"好的，哈格·史密斯夫人。"

尽管窗外11月的天气依然阴沉沉的，丹妮斯的心情却一下子亮了起来。不管是什么事情，只要能从老考德内庄园一成不变的沉闷日常中逃离就好。在与世隔绝、湿漉漉的苏塞克斯郡一角待久了之后，连维尔沃斯花园城市这样的地方都像是巴黎和布宜诺斯艾利斯的结合体。尽管她已经为哈格·史密斯夫人工作了半年时间，但还从来没有陪她去过这个奥教的坎特伯雷。她常常想象麦尔曼先生、彭佩蒂先生和其他奥教名人是什么样子的，因为哈格·史密斯夫人曾经口述让她代笔给他们写过信。现在有机会亲眼看到他们了，她觉得这次旅行一定会相当有趣。

她走到门厅给恩代夫酒店打电话，但遗憾地被告知酒店的所有房间都被预定了至少两周。因为这阵正好有一个手工编织大会召开。丹妮斯来到哈格·史密斯夫人的更衣室，告诉她这个消息。

"亲爱的，真讨厌。但我们不能失去控制。你现在立刻给麦尔曼先生打电话，问他能不能招待我们。告诉他事情很紧急。跟他说我有一个关于我们伟大事业的构想，必须立刻跟他讨论。"

"好的，哈格·史密斯夫人。"

10分钟之后所有事情都安排妥当。麦尔曼先生其实别无选择，他只能说非常高兴能在寒舍招待哈格·史密斯夫人和她的秘书，并邀请她们共进午餐。挂掉电话的丹妮斯完全不知道这个手工编织大会将彻底改变她的未来。在拿出自己的旧人造革行李箱打包行李时，她完全没有意识到与即将到来的旅行相比，此前的人生都显得无关紧要了。

II

午餐——意大利面、豌豆派配梅子加奶油冻——结束了。哈格·史密斯夫人立刻迫不及待地把尤斯塔斯拽进书房。尤斯塔斯戴着夹鼻眼镜，相当紧张不安地从眼镜后面看着他的赞助人。他引着她坐下，然后往壁炉里加了一两根木头。

"怎么了，艾丽西亚？"

"尤斯塔斯，亲爱的，"哈格·史密斯夫人夸张地喊道，"我们必须这么做！把所有精力都投入进去，必须立刻开始筹划这件事。我昨天晚上突然有了这么一个构想。"

"投入什么？"

尤斯塔斯一脸迷惑。哈格·史密斯夫人打开双臂，好像在拥抱她的这个看不见的宏大想法。

"我们的夏季课程！"她大叫道，"我们自己的户外集会！让所有奥西里斯之子聚在一起，所有人……聚在老考德内。"

"老考德内？"尤斯塔斯阴郁地回应道。

"所有奥西里斯之子！"哈格·史密斯夫人感动地重复道，"所有人。"

"所有人？"尤斯塔斯更加阴郁地重复道，"但我亲爱的艾丽西亚……"

"尤斯塔斯！"哈格·史密斯夫人喊道，"别跟我说你对我的想法完全不激动。我会伤心的，一想到没有你的支持。当然，我们应该跟内殿的成员商量一下。但你知道的，即使他们反对，我们推翻重来也毫无难度。你觉得怎么样？"

"这想法来得太突然，规模也太庞大，我都来不及消化。你是说你打算用自己的庄园老考德内来举办一次奥教的全员集会？"哈格·史密斯夫人点点头，"但你要怎么安排这么多人？我们有，你知道的"——尤斯塔斯歉意地咳嗽了一下——"超过10000名成员。即使只有一半的人参加……"

"帐篷！"哈格·史密斯夫人迅速地插话道。

"帐篷？"尤斯塔斯重复道，"你是说我们可以让大家住帐篷？"

"我能看到其中的精神象征，我亲爱的尤斯塔斯。一排排帐篷整齐地排列着，在其中走动的是我们快乐而虔诚的奥西里斯之子们。我们可以把中式凉亭改造成神庙，搭一个大帐篷专门用来吃饭。所有东西都齐备了——每个细节都很完美，甚至包括野营厨房。这一切都那么漂亮、那么诗意、那么恰当，让我不禁热泪盈眶。我必须坦白，尤斯塔斯，当这个构想消失的时候，我竟然躺在床上开心地哭了。"

"万一下雨怎么办？"尤斯塔斯迟疑地问道。

"不会的。"哈格·史密斯夫人果断地说道，"我对这种事情的感觉都很准。我感觉它不会下雨。我对天气的预测都很准——家族遗传。"

"那佩塔呢？"尤斯塔斯问道，"你觉得他会怎么想？"

"当然，还有佩塔·彭佩蒂先生。"哈格·史密斯夫人说道，突然一下子没了之前的底气，"你照我说的立刻打电话让他过来一趟了吗？"

尤斯塔斯点点头。

"他应该马上就到了。我知道在这种大事上，你非常重视他的意见。"

"确实是。我觉得他是一个非常有天赋的人——非常迷人，肯定是双子座，和莎士比亚一样。"

"嗯。"尤斯塔斯带着一丝酸味评价道，"我不是很确定我们应该相信这些占星学上的东西。莎士比亚也曾说过

‘错误不在星星①’不是吗？而且双子座……"他深思道，"双生子。我一直觉得这是两面派的象征。当然，我不是对佩塔有意见，但有时候确实觉得你高估了他的真诚。"

"尤斯塔斯！"哈格·史密斯夫人惊呼道，"别跟我说你是在嫉妒彭佩蒂先生。你，作为我们教派的先知，居然允许这种令人厌恶的人类感情影响……"

哈格·史密斯夫人停下话头，因为正好这时女仆通知彭佩蒂先生到了。他走进房间，头上仍然戴着他的土耳其毡帽，苍白的脸上挂着热情的微笑。他完全忽略了尤斯塔斯，迈着豹子般轻巧的步伐径直走到房间对面，抓起哈格·史密斯夫人的大手，举到自己唇边。

"真是意外之喜。"他低声说道，"我这一整天都在莫名地期待着什么。而现在……"他退后一步，脸上带上柔软迷人的微笑，"现在看到您！"

他想再次握住她的手，但不幸的是这次哈格·史密斯夫人正要掏手绢擤鼻涕。因此，彭佩蒂的动作让他们两个都尴尬了起来，尤斯塔斯却乐见此景，他有些僵硬地坐到对面的椅子上。

"我打电话叫你过来，"尤斯塔斯傲慢地说道，"是因为艾丽西亚……嗯，也就是哈格·史密斯夫人，有一件非常重要的事情要与我们商量。"

① 译者注：出自莎士比亚的戏剧《恺撒大帝》，原句是"错误不在星星，而在我们自己"。

"真的？"

"彭佩蒂先生！"哈格·史密斯夫人叫道，"我只能寄希望于你的热情了，亲爱的尤斯塔斯不幸地毫无激情。"此时彭佩蒂微微鞠了一躬。"我有幸被激发了一个最妙的灵感。昨晚我躺在床上的时候……"

哈格·史密斯夫人第二次开始阐述她的构想。彭佩蒂的反应则令人吃惊，他从椅子上弹了起来，握住艾丽西亚的双手，来回亲吻着她的双手，然后猛地转身对着尤斯塔斯。

"这是一个多么无与伦比的点子呀！我们当然应该组织一个夏令营。以前怎么没有想到！我们必须确保每个分部都有代表来。我亲爱的哈格·史密斯夫人，你对奥教运动的恩惠，我们本来就已经偿还不尽了。而现在，天啊，我们更加亏欠于您了。您觉得什么时间开始……"

"明年6月。"哈格·史密斯夫人接道，她条厘清晰的大脑已经把整个项目的大体步骤规划好了。"这样我们有6个月的时间可以做准备。当然，我们还必须加装自来水、排污系统、淋浴房、供电设施、电话线、洗衣设施、洗碗设备……"

这个清单好像可以无限延伸下去，而这时麦尔曼先生好像才逐渐明了哈格·史密斯夫人计划的体量，他也就愈发紧张了。作为一个乡村小书店的店员，他不是很习惯这种大计划。由此对这整个计划感到的不仅仅是犹豫，甚至有点被吓到了。在熟悉舒适的环境里，比如维尔沃斯神庙里举行宗教仪式，他很快乐很自信。但这种像塞西尔·德米尔的电影一样宏大的场面，却让他感到焦虑不安。尤斯塔斯闷闷不乐地坐着，一声不吭，而艾丽西亚和彭佩蒂却越发热烈地讨论起这个计划来。他只抬起头低声怯懦地提过一次反对意见。

"但开销……这所有的开销！你考虑过这个问题吗，艾丽西亚？"

哈格·史密斯夫人漫不经心地挥挥手，对他的反驳置之不理，然后更加热情地和佩塔·彭佩蒂讨论起来。她一想到奥教是由尤斯塔斯·麦尔曼这样懦弱的人创造的，就觉得实在可惜。不然彭佩蒂先生就可以成为先知——一个气势强大、能够鼓舞人心的了不起的领袖，一个深得她心的人。他们一起可以让奥教登上一个全新的辉煌高度，扩张它的影响力，提高它的知名度，让它在全国上下无人不知无人不晓。这个夏季集会只是一个初步尝试。哈格·史密斯夫人畅想着奥教的影响力撒遍整个大陆，一直扩张到非洲、亚洲，甚至到美洲。奥教——一个世界级的宗教！为什么不可以呢？只要有彭佩蒂在她身边，她就什么都敢做；只要尤斯塔斯别这么一直泼冷水，这么谨小慎微，这么鼠目寸光！艾丽西亚叹了口气。纵使你有百万身家，生活依然让你恼火不已。

III

在门厅对面，一间装饰严肃的巨大起居室里，另一场对话正在进行。但这对话绝对算不上流畅，事实上，其中一半的时间都是沉默。这房间的陈设本身就不是很利于轻松诙谐的打趣。里面铺设了一大片坚硬的抛光木地板，木地板上四处散落着不是很牢靠的蒲席，稍不注意就能引起一个脚滑招来尴尬的后果。摆放的硬木椅子更是不打算让任何入侵者坐得舒服。木饰墙壁上挂着古怪的贴布绣装饰，来自埃及《亡灵书》里的人物僵硬地列队排列在画面四周。房间里的主要装饰物有两尊托特石像、一尊阿努比斯①像、三尊哈托尔②、一尊贝卜③、一尊姆特④和一尊塞特像，木质壁炉上方还悬挂着一幅巨大的富于想象力的油画，描述的是"吞噬者"阿米特⑤以极大的热情享用着它永恒不变的主餐。几个木制花瓶里冒出几根干枯的"蜡菊"枝，门口还立着两个人形木雕棺材，就好像旧时代的

---

① Anubis，阿努比斯，古埃及神话中的死神，胡狼头人身。

② Hathor，哈托尔，古埃及神话中的爱与美的女神。

③ Beb，贝卜，《亡灵书》中奥西里斯的长子。

④ Mut，姆特，埃及神话中的女神，司掌战争，外形为狮子。

⑤ Am-Mit，阿米特，古埃及神话中一头拥有鳄鱼头、狮子上身和河马下身的生物。阿努比斯会将死人的心脏与玛特（Ma'at）的羽毛放在天秤上。心脏若较重，代表该人曾做了坏事。阿努比斯会将他交给阿米特吞下，被吞下的人不能进入雅卢（Aaru），永远不得安息。

哨兵一动不动。

　　然而此时此刻，这个房间里最木讷的东西应该是特伦斯·麦尔曼。他坐在一把小直背椅的边上，结实的膝盖在火光中闪闪发亮，厚实的双手紧紧扣着自己的大腿。尽管11月还很阴冷，但除了没有手杖和帆布包，他穿得就像一个徒步旅行者。他的表情不是很好分析，但从偶尔泄露出的情绪中我们可以读到高兴、不可思议和强烈的羞怯。坐在他对面一张硬木小方凳上的，正是丹妮斯。

　　他们谁都没有准备要聊聊刚刚餐桌上发生的事。一次、两次，也许三次，他们的眼睛短暂地交汇，在那短短的一瞬间泄露出某些不可思议的东西。至少特伦斯从未见过比丹妮斯还要可爱的人，而丹妮斯觉得特伦斯是她遇到过最无助可怜的人。他们一进到起居室，特伦斯就递给她一根香烟。她说她不抽烟，特伦斯说他也不抽烟。他不能抽烟，因为父亲不喜欢。之后两个人都盯着壁炉的火焰发呆，两个人都静静地不说话。

　　然后特伦斯开口说道：

　　"你给污点夫人工作，对吧？"

　　"不好意思？"

　　"我是说！——也许我不该这么说。我是说哈格·史密斯夫人。"

　　"是的，我是她的秘书。"

"唷！"

在这脱口而出的感叹之后，又是一段长长的沉默。这次是丹妮斯先开口。

"你不觉得冬天穿短裤很冷吗？"

"我不得不穿。我父亲认为应该合*理穿衣*。"

"但他没有穿短裤。"

"我是说，他认为别人应该这么穿。"

"明白了。"

"你看，我可是相当强壮的。"特伦斯举起手臂展示他的二头肌，又挺起水桶般的胸膛，"我每天在敞开的窗户前举哑铃挥棒子，跑一英里只要4分20秒。还不错吧？"

"相当不错呀。"丹妮斯亲切地回答，"我不是很爱运动。我在学校的时候，打曲棍球玩到了第2梯队的11号。但那基本上都是侥幸。"

又一次停顿后，特伦斯问道：

"你真的相信这个奥西里斯之子的东西吗？我知道我不应该这样讲话。毕竟这都是我父亲的主意。喜欢这些东西也没什么不好，但我不信这些。我喜欢运动。呃……你是里面的吗？"

"是的。"丹妮斯承认道，"我是教会的一员，如果你是在问这个的话。你也知道我的工作，如果不加入的话感觉挺尴尬的。哈格·史密斯夫人雇我的时候，多少有要求我必须加入的意思。我又必须赚钱养活自己……"

"那真够倒霉的。当然，因为父亲是先知，我其实也没办法脱身。我是神庙的护符者，但干得不怎么样。"他继续高兴地说道，嗓音低沉而有力，"真高兴你能在这里住一段时间，让我整个人都开心起来了。"

丹妮斯因为他的赞美高兴得红了脸，但又不知道该说点什么好，所以她明智地什么都没说。特伦斯抓了抓被壁炉烤得火热的膝盖，迅速地瞥了一眼他身旁的奇迹，突然问道：

"我想说，别觉得我太无礼，但你能看到那些异象吗？"

"异象？"

这听起来让人觉得他好像在说昆虫或青春痘什么的。

"是的，你知道的——星象之类的东西。精神上的东西。"

"看不到——我不能说我看得到。我只有晚餐吃得比较晚的时候才会做很多梦。但我完全没有什么通灵的能力，如果你是这个意思的话。"

"我可以。"特伦斯说，这完全出乎丹妮斯的意料，"我一直都能看到星象征兆，还挺享受这个的。"他露出梦幻的神情，然后突然眯起眼睛，好像他此时此刻就在试图看清面纱之后的东西。"那些东西，真不敢想象我能看得那么清楚，真是太真实了。"

"东西？"丹妮斯好奇地问道，"什么东西？"

"通常是牛排。但有时候也会有羊排或是牛排腰子布丁。只要闭上眼睛，放松身体和大脑，然后这些东西就出现在我眼前了。"他伸出红通通的舌头舔了一下嘴唇，迅速地吞了吞口水，"你一定觉得我能看到这样的东西是对神明的大不敬吧？我知道这样不是很高尚，但是……"

"不会啊，我觉得你很聪明，能看到这些东西。"

特伦斯瞥了一眼门口，害羞地避开褐色箱子画着的大眼睛，然后压低了声音，继续说道：

"我真的忍不住。我觉得这可能就是心理学家们说的实现愿望。我想说，我的胃口一直都很好，但真的对这些素食——我应该吃的东西不感兴趣，但又没得选。很恶心人吧？我真的很难对花生饼和生甘蓝有热情。太俗气了，对吧？"

"哦，我不知道。我吃素也只是入乡随俗而已。但其实，我不怎么为吃的发愁。"

"不发愁？"特伦斯一脸不可思议的样子，"从来不为吃的发愁！"他再次压低了声音，愧疚地瞥了一眼门口。"听着，你能保守秘密吗？"

"当然。"

"你保证不告诉任何人？"

"当然。"

"那我跟你说件事吧。上周我出去大吃大喝了一顿。这也不是我第一回这么干了。"他低沉的嗓音里透着一股骄傲的反叛意味,"没错,上周二晚上我偷跑出去大吃大喝了一顿。"

"去哪里?"

"柴夫斯大街上的威尔逊餐厅。"说着他深深叹了一口气,眼睛因为回忆又泛出光彩。"我点了肉汤、法式龙利鱼柳,还有两份牛腿肉。天啊!"他开心地咯咯偷笑,"好丰盛的一顿饭!一顿高级大餐,花光了我所有钱!我一直在攒钱干这个。10个星期的零花钱瞬间都没了。一星期6便士的零花钱可没办法每周都这么吃。吃一顿就得等好久好久,真不幸!"

"哦,你可真可怜!"丹妮斯呼气道,真的被他的窘境打动了,"真想象不到你这个年纪的人一周只有6便士。"

"父亲可小气了。他不认为钱是好东西,也不认为给钱是件好事。"

"就像*合理穿衣*。"

"没错——就是这么回事。就像*合理穿衣*一样。"

他们开心地笑了起来,彼此都意识到对对方的同情,很快便熟稔起来,没有了一开始的害羞。

"话说——污点夫人来这里干什么呀？你知道吗？"

"目前为止我什么都不知道。我猜我们很快就会知道了。"

"好吧，不管她打算干什么，"特伦斯聪敏地观察道，"我打赌一定会给我们带来不少麻烦。她每次一出现在维尔沃斯，各种各样的麻烦事就来了。但最麻烦的地方是你不知道什么时候才有个消停。"

这是特伦斯·麦尔曼有生以来最明智、最精辟的一次发言。

IV

彭佩蒂先生留下来喝了茶，吃了晚餐。就连尤斯塔斯也不能完全从这股围绕在他身边的狂热中脱离开来。一份夏季集会的完整计划已经起草完毕。仔细计算过数字和星象的影响之后，定下了6月这个最合适的日期。在哈格·史密斯夫人的指示下，丹妮斯已经起草好了一份通知，召集所有内殿成员第二天来参加会议。尤斯塔斯和彭佩蒂甚至整理好了一份各种演讲、讨论会、仪式等的初稿。意识到丹妮斯肯定也会参加这次集会之后，特伦斯准备承认哈格·史密斯夫人这个宏大的新计划也不算坏。至于彭佩蒂，他已经气势全开，拿出自己最迷人、最有说服力的一面——时不时抬起眼皮，露出他迷人的眼睛，悄悄溜进"无我"的状态，然后从恍惚中醒来，贡献出更多全新的好点子。

但在这一连串的活动之后，尤斯塔斯最大的收获是越来越明显的恼火。他讨厌彭佩蒂越来越肆意地指挥起会议流程来。有那么一两次彭佩蒂还直接否决了哈格·史密斯夫人的意见，用自己的想法取而代之。而更让人恼火的是，哈格·史密斯夫人好像随时准备臣服于他的统治。大家好像都准备好向他低头了。

离开"宁静庄园"（这是麦尔曼先生仿都铎风格大宅的名字），彭佩蒂很满意事情的发展。他在奥教的地位越来越稳固，对哈格·史密斯夫人的影响也越来越彻底，心满意足地长舒了一口气。

彭佩蒂的晋升很迅速，不到18个月时间，就从一个无名之辈爬到奥教二把手的位置。当然，他必须步步为营，非常小心谨慎才行；但现在他的耐心和谨慎有了长足的回报。他享受的不仅仅是荣誉和先知候选人500英镑的年薪——远远不止这些……远远不止。重点是，在一段长得让人难以忍受的蛰伏期后，他安全了！终于安全地从……

但就在这个时候，佩塔·彭佩蒂从过去的回忆中抽离开来。也许最好这样。为什么还要去想那些不堪的恐怖回忆呢？明明不去想就能驱赶走这个恶魔的。那些过去的阴影如影随形，能轻易把他拽入抑郁的深渊。那是条疯狂的不归路！但毕竟他已经安全度过了18个月。如果能安全18个月，为什么不能继续安全下去呢？紧随在他脚边轻嗅的恐惧这头怪兽好像已经掉转方向，放弃追捕。他终于又自由了，可以展望未来，放松自己。当然，他还是必须小心谨慎，但是……

突然，就在离他家门不到5米远的地方，彭佩蒂停下脚步。一瞬间，他自我安慰的说辞都站不住脚了。一股令人恐惧的冷意爬上他的脊梁，让他颤抖不已。在前方的阴影里，一个穿着脏兮兮的雨衣、头戴黑毡帽的男人，缓缓朝他走来，把手放在他的手臂上。彭佩蒂瑟缩了一下，好像被冰冷的毒蛇碰到了一样。

"怎么？"他压低嗓音质问道。"什么事？你想要什么？"

"你可以猜一猜。"

"听着，雅各布，该死的你知道我不可能——"

"再猜猜，我亲爱的朋友。嗯……为了你自己好。"

彭佩蒂犹豫了一下，迅速瞥了一眼马路，然后生气含糊地说道：

"好吧——跟我进来。我不想被人看到和你混在一起。"

"这我非常理解。"雅各布说。

彭佩蒂打开大门，雅各布跟在他身后经过石板路走进漆黑的小前厅里。他一路摸索着走进起居室，小心拉上窗帘后才开灯。因为突然出现的强光，雅各布像猫头鹰一样眨了眨眼睛，然后把他的黑帽子扔到沙发上，一屁股坐在帽子旁边。彭佩蒂站在他旁边，毫不掩饰自己的憎恶，审视着面前这个黑皮肤、厚下巴，有一双恶毒的褐色眼睛的男人，那人也正嘲弄地盯着他看。就现在，当然，他又错了——自己太乐观了。挥之不去的雅各布——损人利己、难以预料的雅各布，总是在意想不到的时间回到他的生活中，强迫他回想起想忘记的一切。

也许，他终究不如自己想象得那样安全。不，不管他有多少让自己安心的说辞，总有摆脱不掉的雅各布！

第三章

尤斯塔斯写了一封信

I

要想描述清楚奥西里斯之子使用的各种仪式，非得有一本详尽论述奥教的专著不可。的确有这么一本书——《奥西教的发展、实践和通则》可供普罗大众参考，作者是尤斯塔斯·K.麦尔曼，由乌托邦出版社出版。全书总共两册，虽内容远不如书名那么痛快，但以文字来阐述奥教的本质，也是必要的。

决定奥教命运的除了先知和先知候选人之外，还有内殿成员。内殿由6位大祭司组成——3男3女。这其中当然有哈格·史密斯夫人。在她漫不经心的假设里，这个管理部门完全在自己掌控之中。但哈格·史密斯夫人从来都是过于乐观而不够精确。内殿里至少还有两位成员与她拥有同等的话语权——佩内洛普·帕克和汉斯福特·布特。这两位也不差钱，完全不受哈格·史密斯夫人的心血来潮或是偏见想法所影响。而且这两位都还拥有哈格·史密斯夫人稀缺的品质——很有头脑。艾丽西亚有精力有热情，但一说到理论上的东西却是完全靠不住的。汉斯福特是尤斯塔斯·麦尔曼最有力的拥护者。佩内洛普则支持彭佩蒂。剩下的三位内殿成员尽管没那么有影响力，但不管艾丽西亚如何暗中煽风点火都依然忠于奥教创始人。两派之间的嫌隙越来越大，在讨论夏季集会这个点子的会议上冲突达到了最高点。

"错误的手段。愚蠢至极！"汉斯福特·布特用他独特的速记式英语大声说道。"帐篷。树木。田园牧歌。可笑。荒谬。太浮夸。不喜欢。"

"我不得不说……"尤斯塔斯颔首表示赞同，"作为奥教的创始人，我——"

"胡说八道！"哈格·史密斯夫人惊呼道，"我们必须把奥教发扬光大，让全世界都知道。这种狭隘的态度实在是太可悲了。我们必须发展发展再发展！"她做出扩张的手势，使得两旁的委员会成员都迅速地往后靠。"我们不能再继续隐藏我们的锋芒，应该迎接更多的孩子投入我们的怀抱。"她又做了一个把孩子抱入怀中的手势，让委员会成员继续往后靠，同时密切注视着她任何要打开手臂的动作。

"我知道我们了不起的先知候选人是全力支持我的，我建议请彭佩蒂先生来说说他的看法。"

彭佩蒂谈起这个就口若悬河，充满了个人魅力，他低沉的嗓音回荡在神庙的铁皮屋顶下，一股难以言喻的愉悦爬上佩内洛普的脊椎。更弱的反对派开始动摇了。汉斯福特又进一步断断续续地发表他的反对意见。尤斯塔斯再一次试图支持他，但又被可怕的赞助人打断了。佩内洛普一语不发。彭佩蒂描绘了一幅成千上万位被太阳晒黑了脸、理性着装的虔诚信徒在老考德内庄园内古老的榆树林里惬意漫步的宏伟画面。汉斯福特则描绘了，同样一群信徒穿着雨衣胶鞋顶着6月的冷风冷雨踩在老榆树林泥地里的一幅印象派草图。哈格·史密斯夫人反驳道："胡说八道！"尤斯塔斯怯懦地插嘴道："作为先知，我恳请大家让我——"这次是头回发言的佩内洛普打断了他。

佩内洛普懒洋洋地拖着长音，用轻柔神秘的嗓音不停歇地说了10分钟。她纤细的双手在空中挥舞出谜一般的符号。她金黄色头发上的薄面纱像光晕一样笼罩在头上，苍白的椭圆脸庞上闪耀着纯洁的虔诚之光。委员会的男性教众，除了彭佩蒂之外，都听入迷了。没错，就连尤斯塔斯的近视眼都露出一丝温柔和赞赏。他凝视着佩内洛普，就好像她是某位古老女神的转世化身一样，也许就是奥西里斯的圣妻——伊西斯女神。事实上，他一直相信她就是伊西斯女神的转世。同样地，当然是以最谦卑的心态，暗自猜测他会不会是奥西里斯的转世呢。除此之外，再不敢用任何世俗的方式展开自己的联想。他只知道于他而言，佩内洛普的存在是一种甜蜜的折磨，一种危险的诱惑。不幸的是，尤斯塔斯是那种认为50岁以上的人不会再陷入爱河的不折不扣的白痴。因此，他无法准确判断自己的心理状态。事实上，他正爬上一架让人眩晕的高梯，势必堕入愚蠢与精神创伤的深渊。简而言之，命运早已注定佩内洛普将是他的软肋。

因此，当佩内洛普宣布她赞同哈格·史密斯夫人的主意时，尤斯塔斯的反对瞬间瓦解。最后投票表决时，除了汉斯福特·布特投反对票之外，这项动议获得整个委员会的支持。哈格·史密斯夫人的构想即将变为现实。

II

当其他内殿成员都相继离开之后，汉斯福特·布特把尤斯塔斯拉进法衣室。他一脸严峻阴沉。

"怎么了，汉斯福特？"尤斯塔斯温柔地问道，"什么事这么着急？你看上去很沮丧。"

"我是。不喜欢。讨厌敌对。但我不得不说。"

"什么问题呢？"

"彭佩蒂!"布特先生厉声说道,"和哈格·史密斯夫人联合起来。"

然后他一股脑地道出他的问题——一个恳切但不失逻辑的想法:他们之中有叛徒。汉斯福特·布特加重语气。除非尤斯塔斯采取强硬措施,不然奥教很可能分崩离析。难道尤斯塔斯没注意到让教众背离原本的奥教伦理观,让大家青睐却担忧的新原则吗?这次的夏季集会就是一次完美的例子。毫无疑问,哈格·史密斯夫人和彭佩蒂都是野心勃勃的人,他们渴望权力。哈格·史密斯夫人想让彭佩蒂接手先知的位置。她一直在推动这件事,但如果尤斯塔斯不准备退位,那么布特先生大胆推测:彭佩蒂-哈格·史密斯的联盟一定会脱离奥教,成立一个属于他们自己的奥教分支。必须不计一切代价阻止这样的惨剧发生——汉斯福特·布特再次加重语气。

"我会尽全力破坏他们的计划。必须毫不畏惧地团结在你身边。至关重要!彭佩蒂很古怪,直觉告诉我,是不好的影响。虚伪的人。哈格·史密斯夫人头脑简单,看不清楚。鼻子被牵着走。彭佩蒂在利用她为自己谋利。"

汉斯福特·布特如电报般的发言简洁有力,显而易见的真诚让人印象深刻,尤斯塔斯对这位老朋友更有好感。这样的忠诚让人感动,甚至让他觉得自己配不起。但内心深处,他知道汉斯福特的想法和他未说出口的猜想不谋而合。要是他不这么懦弱就好了；要是他敢于直面哈格·史密斯夫人，告诉她奥教创始人的话就是法令就好了；要是他有《旧约》中的先知那样能动摇反对者并把他们引向正道的口才就好了。但是很不幸，这些天赋都给了他的对手——彭佩蒂。一想到彭佩蒂高傲自大的样子，一股怒火就窜上了他心头。再想到佩内洛普·帕克对先知候选人毫不掩饰的崇拜，他的怒火更加旺盛。尤斯塔斯整了整夹鼻眼镜的位置，让眼镜的角度更加有气势，然后站直了身体。那一瞬间，任何有通灵能力的人都能看到他的灵光——是清晰明了的焰火红色。

"亲爱的汉斯福特，你是对的。我的盖布①呀，你是对的！"这是他唯一允许自己说的粗话。"必须做点什么。我们必须行动，必须迅速行动，必须使这个阴谋消灭于萌芽状态。但要怎么做？怎么做？"

"交给我！"布特先生坚决地说道，"你什么都不能做，有伤体面，有损威严。至关重要！我会处理，想办法。记住我们不孤单。成千上万的虔诚信众在背后支持我们，令人振奋。"

"但我必须恳求你，汉斯福特——不要使用暴力。我宁愿请求彭佩蒂的忠诚，而不是任何直接的指控。奥教的高层不能遭受任何公开的分裂，这会有伤你一直想要保护

---

① 译者注：Geb，盖布，古埃及神话中的大地之神。

的奥教的体面和威严。我们不能有争吵——不能有这样的
事发生，拜托了。"

"交给我！"布特先生第二次厉声说道，"不要害怕，
都是外交手段。但时机已经成熟，该行动起来，需要强有
力的措施。相信我！"

III

接下去的几天，汉斯福特·布特都没有直接找佩
塔·彭佩蒂解决问题。他采取了一种更加迂回的方式，利
用每个可能的机会突袭哈格·史密斯夫人。因为他相当有
常识地推论出，彭佩蒂本人其实没有什么威胁。只有当和
哈格·史密斯夫人联合起来时，他才有了削弱可怜的尤斯
塔斯的权威和分离奥教的可能性。所以最重要的事情是在
彭佩蒂和其仰慕者之间制造不和。

幸运的是，这次是彭佩蒂自己犯了一个致命的错误，
使他陷入汉斯福特的手掌间。这是一个任何人在相似情况
下都可能犯的错误。彭佩蒂完全不知道自己正要点燃一桶
炸药——因为仅仅只是向哈格·史密斯夫人借钱而已。而
对哈格·史密斯夫人来说，最讨厌的事情就是别人跟她提
钱。她可以准备好付出大笔薪水，大方地给慈善机构捐
款，给她喜欢的宗教祭坛留下一小笔财富，但被要钱却

能激起她的怒火。对于这次彭佩蒂的情况，她更加生气并认为不可原谅。她不是已经许诺他每年500英镑的薪水了吗？而且考虑到他没有家庭要供养，难道这笔钱供他自己花销还不够宽裕吗？难道不是简单的生活更匹配他在教内的地位吗？他还要借钱做什么？彭佩蒂不肯说，只说和私人事情有关。

"呸！"哈格·史密斯夫人叫道，"你我这样的人有什么私人事情呢？在奥教的事业之外，我们不应该有任何生活。任何！听到你这样讲话太让我震惊了。我亲爱的彭佩蒂先生，永远、永远、永远不要再来跟我提钱的事情！"

彭佩蒂汲取教训后更聪明了，也更伤心了一些。而汉斯福特·布特也意识到他对先知候选人的批评不是完全落空了。从那天开始，艾丽西亚对彭佩蒂的兴趣明显减弱，她重新听起尤斯塔斯讲话，不再打断他。毕竟，尤斯塔斯从来没有跟她要过一分钱。除了要维持配得上他在教内崇高地位的必要家庭开销之外，尤斯塔斯从来没有为了娱悦自己花一分钱。他是令人讨厌地过分谦卑和不自信，但愿神保佑他，他确实是一位忠于自己信仰的真诚的仆人。艾丽西亚犹豫她是不是过于草率地误判了尤斯塔斯。

同一时间，彭佩蒂突然意识到他的地位并没有那么稳固，越发担心起来。他必须筹到那笔钱。但以托特、塞特和姆特之名，他到底要怎样筹到这笔钱呢？找尤斯塔斯吗？那是绝对没有希望的，而且他讨厌必须听尤斯塔斯指挥。他从来都不喜欢尤斯塔斯高人一等的虔诚姿态和毋庸置疑的公正廉洁。这让他觉得自己很卑鄙，很不舒服。而且也正是尤斯塔斯横插在他和每年5000英镑的可观薪水之间。哈格·史密斯夫人这一点说得很清楚。作为先知候选人的他只要一接手尤斯塔斯的职位，就能自动获得先知的薪水。整个流程都经过她律师的法律认证。即使是在最不可能的情况下，比如哈格·史密斯夫人过早回归奥西里斯的怀抱，每年5000英镑的薪水也是有保证的。但他能立刻升职的希望有多大呢？零！以尤斯塔斯理性饮食和简单生活的方式，估计还能活很多年。这是一个可望而不及的愿景，使彭佩蒂越发不能忍受他现在的职位。

但就在这时，一瞬间的灵感让彭佩蒂想到了佩内洛普·帕克。她不是他喜欢的类型，她面无血色的神秘感让他极度恼火。他不喜欢她飘浮的面纱，不喜欢她一点点的刺激就能突然恍惚失神的性格。但作为一个冤大头，佩内洛普·帕克还是有很大的优点的。她不止一次毫不掩饰地向他表示过倾慕，直白得甚至让人尴尬。但彭佩蒂对女人的品味更倾向于鲁本斯①，而不是伯恩·琼斯②，所以一直保

---

① Rubens，鲁本斯，17世纪佛兰德斯画家，早期巴洛克艺术的代表人物，画作色彩丰富、运动感强。

② Burne-Jones，伯恩·琼斯，19世纪英国画家，前拉斐尔派画家，人物造型尖细、有平面感。

持着简朴正确的作风，对她的态度也一直是禁欲如僧侣般的样子。但现在，行乞的人哪有选择权，彭佩蒂摆好架势准备征服她。他决定抓紧一切机会与佩内洛普单独见面，然后一层一层揭开她的面纱，直到他能够（他觉得肯定没问题）看到面纱下的*不朽夏娃*。

IV

特伦斯感觉自己好像在做梦。在丹妮斯来之前，他一直觉得进入这所谓的"无我"状态实在是太难了，但现在他倒觉得出来实在是太难了。这女孩一瞬间就抓住了他的心。也许没有什么比他突然之间丧失了食欲更能证明这一点。他再也看不到肉排和龙利鱼排的幻象。相反，出现的是丹妮斯，她温柔地微笑着，张开双臂要把他抱进怀里；丹妮斯，仰着她美好的额头，等着他的亲吻；丹妮斯，穿着精致的晚礼服，等着和他一起跳华尔滋；有一次甚至让他砖红色的脸庞更加通红，丹妮斯穿着淡紫色的睡衣，坐在床边。

但不幸的是，污点夫人有一堆疯狂的活动要筹办，或多或少垄断了她秘书的时间。而特伦斯自从离开学校后，就被迫像秘书那样帮他父亲处理事情。因此导致他和丹妮斯压根没有时间单独见面。

后来的某个晚上，差不多是哈格·史密斯夫人下榻维尔沃斯的一周后，她和尤斯塔斯在后者的书房里商议某个小仪式细节。萨默斯夫人早已预测准当日的风向，巧妙地清理出起居室，让两个年轻人单独在里面喝咖啡。房间里的雕刻都充满期待地盯着他们。就连灵魂吞噬者都放下工作，用一种淫荡的眼神看着他们。特伦斯擤了擤鼻子。丹妮斯在猛搅咖啡，尽管她一块糖都没放。

"我的黄道星座，"特伦斯突然说道，"是金牛座。你呢？"

丹妮斯知道他在说星座的事情，在哈格·史密斯夫人身边也不是白跟的，她轻快地回答道：

"我是摩羯座。"

"那真是太好了。金牛座和摩羯座非常合得来。事实上，他们就是灵魂双生子。真是非常让人振奋，对吧？"

"为什么？"

"这个，你看……我非常想和你好好相处。我感觉我们两个都有点孤单，你知道的。如果你对这些神神秘秘的东西感兴趣还是不错的，但若你就是个普通人，这些东西就无聊透了。你会溜冰吗？"

"会一点。怎么了？"

"你愿不愿意明天和我一起溜冰。朗恩池的冰应该冻得差不多了。想去吗？"

丹妮斯摇摇头。

"不可能有机会的，哈格·史密斯夫人不会让我休息的。我现在手上还有一大堆事情要做，我当然很想去。"然后是片刻的沉默。特伦斯站起身，捅了捅本来就烧得旺的壁炉，然后相当大胆地坐在硬木靠背沙发上，就在丹妮斯旁边。他赤裸的膝盖在火光中泛着健康的色泽。丹妮斯强烈地意识到他的靠近。他低声含糊地说道：

"我说，你愿意撒一点小谎吗？明天晚上有一次神庙聚会，他们当然都会去参加。你可以在最后一刻假装头疼不舒服什么的，我会假装感冒，明白吗？这样我们就有机会再见面了，不是吗？"

"也许能行。"丹妮斯谨慎地承认道。

"我挺想邀请你一起去看电影的，但事实上……"——他难以掩藏的尴尬——"我一分钱都没有。一文不值！不然……"

"如果我提议出钱你会觉得被冒犯了吗……"丹妮斯突然冒出这句话。

"你是说，我愿不愿意让你……？"

"没错，如果你愿意的话，我很乐意。"

"我得说你人真是太好了，真的。"

"很高兴你没有那种愚蠢的自尊心。"

"自尊！"特伦斯轻哼了一声，"一周6便士可买不起自尊。"说着他跳起身,打翻了旁边桌上的一个手工普塔塞克阿萨①小木雕,弯腰去捡木雕的时候又顶起了桌子,让两尊盖布、一个陶尔特②和一个内菲尔特穆③像从光滑的桌面上滑了下去。丹妮斯忙跪下身,帮他捡起这掉落的一众宇宙神明。就在这一刻,一只厚实的手掌落在她的手背上。丹妮斯皱了下眉,脸一下子通红,然后抗议了起来。"你真的太棒了,"特伦斯低沉的嗓音沙哑地说道,"真的很体贴。你是世界上最——"

丹妮斯非常温柔地抽开她的手。

"听着特伦斯,如果明天还想带我去看电影,你必须保证要守规矩。不许无礼,要保证。"

"当然,"特伦斯保证道,"当然!"

V

但是当然,特伦斯没有守规矩;丹妮斯也不是真心想让他守规矩。他们还年轻,很快坠入爱河,一切都交给了本性。他们互相搂着腰从维尔沃斯剧院走了回来,一路上只靠肢体语言和长长的对视交流。两人本来计划好在神庙

---

① Ptah-Seker-Asar,普塔塞克阿萨,生育之神。

② Taurt,陶尔特,幼童保护神。

③ Nefer-Temu,内菲尔特穆,古埃及神话中创世之初的第一朵莲花。

的聚会结束前回到"宁静庄园",但他们完全不知道尤斯塔斯在那天晚上,用戏剧上的说法就是,首次引入一种全新的仪式,是他精心筹划了好几个月时间的周三仪式缩略版。这是非常不幸。更加不幸的是,哈格·史密斯夫人出于身材考虑,决定和尤斯塔斯一起散步回家,而不是坐车。丹妮斯和特伦斯在房子对面突然停下脚步,终于不再克制对彼此超乎寻常的兴趣,笨拙生涩地扭在一起,猛烈地亲了起来。而就在这一刻,尤斯塔斯和艾丽西亚从灰暗的灯柱下走出来,他们正热烈地讨论着神谕的重要性,这个问题他们并不是很合拍。

但在另一个问题上他们毫无分歧。哈格·史密斯夫人惊讶地尖叫,尤斯塔斯啧啧地表示反对。丹妮斯尴尬地惊呼出声。特伦斯没有作声。仍在啧啧不停的尤斯塔斯把这小群人赶进前厅,丹妮斯嗫嚅一声"晚安"后,跑上楼梯回到了她的卧室。尤斯塔斯转向哈格·史密斯夫人,面带歉意。

"一次令人懊恼的意外,"他低声说道,"请原谅我的失礼……"

他朝儿子阴郁地挥了挥手,朝书房方向点了点头。明白过来后,艾丽西亚迅速跳上楼梯,留下特伦斯跟着父亲走进房间里。

"不用我多说,你应该知道这件事让我有多么震惊,"

尤斯塔斯没有铺垫直接进入主题，"布莱克小姐是我们家的客人，因此受我的保护。当我在灯柱下见证到这样可耻的一幕后，真为你感到羞耻，特伦斯——深深的羞耻。"特伦斯萎靡不振，他真想狠狠踢自己一脚，这个蠢蛋。周围都是黑暗的，为什么就非得在这该死的灯柱下抱丹妮斯！

"而且不止这一点，"尤斯塔斯继续伤心地说道，"还有撒谎的问题。你跟我说你头疼感冒了，而事实上你什么事都没有。我明白哈格·史密斯夫人说布莱克小姐没办法出席会议也是因为……"

"是我让她这么干的，"特伦斯嘟哝道，"这整个乱七八糟的事情都是我的错。你不应该怪丹妮斯。我对她有某种催眠的魔力，我猜。我让她做了各种各样她其实根本不想做的事，都是被我影响的。"

"我不赞成任何有催眠能力的人滥用他们的能力。如果你有这样的天赋，特伦斯，只能为了高尚的、善良的目的使用这种能力——而不是为了满足你的私欲。事情必须到此为止。这不仅让布莱克小姐感到尴尬，也是对哈格·史密斯夫人赤裸裸的侮辱，她肯定也觉得自己有照顾这个女孩的责任的。我不能要求布莱克小姐离开，毕竟她受雇于哈格·史密斯夫人。所以今晚你必须收拾好行李，乘明天第一班火车去你爱德华叔叔家。明白了吗，特伦斯？”

“但是，父亲——”

“哈格·史密斯夫人回到老考德内庄园后，我就会让你回家。在此期间，你不能见布莱克小姐，也不能和她有任何联络。”

“但是，父亲——”

“想想你这样出身和教育的孩子应该有的……”

“但是，父亲——”

“好了，好了——你想说什么？”

“我爱上了丹妮斯。”

“爱？你这个年纪？别开玩笑，特伦斯。现在不是说笑的时间。”

“但我确定我爱上她了！我刚刚意识到这件事。”

“别说胡话！晚安。”

“晚安，父亲。”

VI

但当天稍晚时候，尤斯塔斯在卧室独处时，不禁懊悔起来。他这样对特伦斯公平吗？此时此刻的他有什么权利这么做呢？虚伪是邪恶的，他就快要变成一个伪君子了，还是他已经是一个伪君子了？

他在房间里焦躁不安闷闷不乐地来回踱步，试图分析这种突然陷入的新情绪。就在新仪式初次亮相的当天晚上，他发现自己心不在焉起来。全神贯注的能力突然弃他而去。他两次在新仪式过程中忘记自己的站位，在本应该向右转的时候向左转，给侍祭和护符者们造成了相当大的困扰。更糟糕的是他不仅心不在焉，甚至控制不住自己眼睛该看哪里。尽管为这种放纵感到羞耻，但他仍一次又一次地偷偷瞥向佩内洛普·帕克。在他身旁背着镀金奥西里斯之翼跪在红丝绒垫上的她，好像给了他无限鼓舞。但这鼓舞更多是人性而不是神性上的。

前一天晚上，尤斯塔斯在极度迫切的情感压迫下，措辞谨慎地给她写了一封长信，以表达对她的仰慕和感激之情。他竭尽全力避免这是一封男人写给女人的信，而只是一封先知写给他挚爱的虔诚教友的信。然而，更温暖更人性的措辞总是不知不觉间窜上笔尖，尤斯塔斯根本没有勇气擦掉它，甚至感到一种任性的快感。他怕自己突然怯懦，迫不及待地想把这封信寄出去，甚至半夜偷溜出"宁静庄园"，刚好赶上邮递员晚上收信。

而那天晚上，在仪式之后，佩内洛普带着最甜蜜最谦卑的微笑来到他面前，低声说道：

"我想要感谢您在信中对我的诸多赞美。我实在感觉自己配不上。"

　　和哈格·史密斯夫人一起回来的路上，他的心情一直都是飘飘然的，直到看到特伦斯抱着那个女孩的画面才让他的心猛地坠回地面。

　　但撼动特伦斯的情感，也许和撼动自己的没有什么不一样？尤斯塔斯皱眉想到。不！不！这想法真是可笑！他对帕克小姐的爱是纯洁愉悦的，完全没有任何令人不齿的欲望。特伦斯的行为是不可宽恕的，而且欺骗更是不可原谅。不管发生什么，他都有责任保护儿子不受肉体的诱惑，必须时刻警惕着，确保儿子的纯洁。这样低劣的欲望必须被净化。特伦斯必须生活在更高境界里，这样才配做一个肩负伟大使命者之子。

　　尤斯塔斯停下来，着迷地盯着写字台。几页信纸充满诱惑地躺在吸墨垫上。没有盖上的水笔就在手边。不行！必须控制自己的冲动。他才给帕克小姐写过一封信，这么快又写第二封是相当不恰当不明智的。不！不可以！必须抵御这种诱惑，不可以告诉佩内洛普，她迷人的话语是多么让自己感到愉悦。必须强硬起来，直接脱衣服上床睡觉。他扯掉外套和背心。解开背带的扣子。然后，等反应过来的时候，他已经坐在写字台前面了，手上拿着钢笔。尤斯塔斯挣扎着想站起来，但某种比他自身意志更强烈的东西把他按在了椅子上。笔尖已经在光滑的信纸上划过。

　　最最亲爱的帕克小姐，他写道。

然后，就像所有无辜的人发现自己的灵魂卖给魔鬼之后突然出现的蛮勇，麦尔曼先生甩掉所有限制，即便像个花花公子那样遭人嫌弃也在所不惜。他决定索性彻底一点，把这页信纸揉成一团，扔到废纸篓里。然后再次提笔。

*最最亲爱的佩内洛普，*他写道。

当我得知您接受了我对您无法尽述的仰慕和感激之情后，言语也无法表达我内心的激动……

密密麻麻12页纸才够他写完想说的话。当溜出门去寄信时，麦尔曼先生完全想不到这个习惯将会在未来给他带来无尽的痛苦。

第四章

丢失的生命之符①

I

　　如果说彭佩蒂先生在维尔沃斯算个公众人物的话，那么明妮贝儿小姐就可谓家喻户晓了。首先，是因为小镇初立的时候，明妮贝儿小姐就住在这里；其次，彭佩蒂沉静冷漠，而明妮贝儿小姐则非常善谈，完全无拘无束。她会伏击任何一个即使只有一丝丝挑衅意味的人。明妮贝儿小姐毫不掩饰地展示着自己对他人私人问题和行为的浓厚兴趣。但没有人介意，也没有人因此对明妮贝儿小姐不友善——因为明妮贝儿小姐，这个可怜人，脑子"不太清醒"。

---

① 译者注：Crux Ansata，生命之符，符号：♀，又称安卡，埃及象形文字的字母，古埃及人常以生命之符作为护身符。

　　尽管过去25年来她一直考验着维尔沃斯人的耐心和脾气，但她从来没有伤害过谁。当然，明妮贝儿小姐有让人困扰的地方，但一点都不危险。她自己的故事很不幸。21岁的明妮贝儿小姐去土耳其传教，度过了5年的快乐时光。但某天深夜，明妮贝儿小姐发现自己在她的土耳其男仆的怀里挣扎，这个男仆离她相当近，想要抱她。幸运的是，在她受到实质伤害前，一位同去传教的伙伴救了她。但这件事彻底扰乱了她的神智，最后导致精神崩溃，不得不被送回英格兰。尽管身体恢复健康，但她的神智却停滞不前。从那天开始，明妮贝儿小姐对任何土耳其的东西都怀抱着恐惧和憎恨，连土耳其软糖都不例外。在这座花园城市里，她被称为"疯子明妮"，但这个绰号没有什么恶意，大家对她都深感同情。明妮贝儿小姐只是一个头脑不太清醒，对谁都无害的老太太而已。

　　在某个12月黄昏，明妮贝儿小姐头一次看到了彭佩蒂。他正好刚从一家书店出来，玻璃透出的光把他的奇装异服照得清清楚楚。但引起明妮贝儿小姐注意的不是他的斗篷，也不是阿拉伯长袍或是紫色雨伞。伴着一股突然涌上心头的恐惧和憎恶，她的全部注意力都集中在他的土耳其毡帽上！这是她离开土耳其后40年来头一次看到有人戴土耳其毡帽。这对她神经系统造成的冲击是巨大的。明妮贝儿小姐过去的执念越发高涨。她带着如便衣警察一样的狡猾和耐心，在12月的黄昏中"尾随"彭佩蒂一路到家。然后，她又以同样的狡猾开始打探他的事情。明妮贝儿小姐坚信他这次乔装打扮出现在维尔沃斯，天啊，不是为了她的贞洁，而是为了要她的命。她非常确定佩塔·彭佩蒂和曾经的男仆阿里·哈米德是同一个人。胡子只是一种伪装而已。他的长袍底下一定藏着一把镶着珠宝的长长匕首，而这匕首瞄准的一定是她的心脏。这个人想要复仇——明妮贝儿小姐模模糊糊地记着阿里·哈米德因为侵犯人身罪被判单独监禁两年。

从那之后，她一到晚上就用桌椅抵住大门。联系当地建筑工人给她家的每一扇窗户都打造了一组结实的百叶窗——天一黑就把百叶窗拉上。她还从一个去世的兄弟手里继承了一把笨重的左轮手枪和一盒子弹。然后去了公共图书馆，在《大英百科全书》的帮助下学会了如何装卸这个防身武器。每天晚上她都把枪放在枕头底下睡觉。对明妮贝儿小姐来说，这是一段忙忙碌碌而且高度紧张的日子。

尽管几个月过去了什么事都没有发生，但明妮贝儿小姐的想法一点都没有动摇。这可能的暗杀正静待时机。自己太聪明了，让他无从下手。她不会给他机会让他把自己引诱到某个黑暗的角落，然后人不知鬼不觉地顺利动手。在路上遇见彭佩蒂，明妮贝儿小姐也会装作完全没有注意到他，直到他走过去后——她便溜进门巷里盯着他，或者像一个积极参与"追踪"训练的童子军一样躲在一棵棵树后面跟踪侦察。她很快发现他和奥西里斯之子的关系。她常常藏在铁皮神庙旁边的月桂树丛里监视他的动向。只要知道了他的行踪，明妮贝儿小姐便感觉相对比较安全。天黑后，她从来都只从人多路灯亮的地方回家。幸运的是她家离小镇中心相当近。

对于跟在他身后的这位摇摇摆摆的老小姐，彭佩蒂一无所知。他也许是维尔沃斯小镇上少数几个完全不知道"疯子明妮"存在的人。毕竟，维尔沃斯与英格兰其他城镇不同，她古怪的外表和举止在这里根本谈不上怪异。真能使她露出马脚的是她讲话的时候。但明妮贝儿小姐从来都不和彭佩蒂说话。

II

尽管汉斯福特·布特很满意哈格·史密斯夫人对彭佩蒂的突然冷淡，但也绝对不会错过这次好机会。再过一周，哈格·史密斯夫人就要回老考德内庄园了，他还有整整7天来扩大他们之间的嫌隙。整整7天时间，他都在全力散播诋毁彭佩蒂的微妙言论。也许汉斯福特想要破坏彭佩蒂在奥教中地位的原因也不完全是无私的。他确实对任

何可能分裂奥教的因素都感到十分焦虑，但在内心深处对
先知候补人也是十分羡慕嫉妒的。作为奥教最早的一批成
员，他觉得这个位子应该是他的。等尤斯塔斯和艾丽西亚
不再信任彭佩蒂之后，这个位子肯定就会给他。这将是一
个天大的好机会，一定得把握住。他开始强调彭佩蒂对过
去的缄默。彭佩蒂到底是什么人？有什么背景？为什么对
过去避而不谈？难道哈格·史密斯夫人不觉得这正说明了
他在隐瞒什么东西吗？而且还有他的名字——佩塔·彭佩
蒂——艾丽西亚你不觉得这有什么不对劲吗？这是一个多
么漂亮的古埃及名字啊，漂亮得不像是真名——不是吗？
有没有可能是彭佩蒂故意取了这么个名字，好方便在教内
晋升？也许这都是他下的一盘好棋。也许他对奥教事业的
虔诚，也不过是瞎编乱造的。有没有可能彭佩蒂不过是一
个毫无原则的投机分子，只是想利用与奥西里斯之子的关
系来谋划些什么？这个什么也许是……钱财？

　　"钱财"这个字眼第一次让艾丽西亚觉得汉斯福特的
猜想也许有点道理。彭佩蒂曾经找她借过钱，但拒绝解释
借钱的原因。这当然很奇怪。意识到怀疑的种子已经在艾
丽西亚的心中生根发芽，汉斯福特继续不遗余力地寻找揭
穿彭佩蒂诡计的证据。

　　然后紧接着，简直就是天赐良机，突然传来生命之符
从神庙祭坛上失踪这一令人惊恐的消息。那是一件很精美

的工艺品，纯金打造，正中间嵌着一颗完美无瑕的红宝石。不用说，这件珍贵的物品是哈格·史密斯夫人捐赠的。它之前一直摆放在祭坛装饰架上方的小壁龛里。神庙一直都是锁着的，窗户开在高墙上方，都安装了金属格栅。只有3个人有神庙大门的钥匙——尤斯塔斯、彭佩蒂和看门人威廉姆斯夫人。威廉姆斯夫人是一个正派的老寡妇，过往的行为记录无可指摘。她就住在神庙附近的一间小平房里，这个安排是为了方便教众在需要安静秘密地冥想的时候，可以随时召唤威廉姆斯夫人来开门，在他们走后再来把门锁上。

威廉姆斯夫人也是第一个上报生命之符丢失消息的人。她火速派遣自己的女儿安妮给麦尔曼先生递了一张简短而戏剧性的便条。

先生，

今天早上我和平常一样去打扫卫生的时候，发现放在祭坛上的生命之符不见了。我不知道是怎么回事，但很着急，在原地等您。

您忠诚的
西西·威廉姆斯

尤斯塔斯立刻通知了哈格·史密斯夫人，当时她正在会客室里口述信件。

"立刻派人叫汉斯福特过来，我们必须赶到葛缕子路。"她转身对丹妮斯说道。丹妮斯正端正地坐着，身前是一台便携式打字机。"让阿克莱特10分钟内准备好车子。"

汉斯福特住在"宁静庄园"附近，在接到电话后5分钟内就赶来了。5分钟后，一个穿着梅红色制服的小伙子开着40马力的戴姆勒汽车出现在大门口。这辆闪闪发光的豪华铁皮怪兽也是艾丽西亚给尤斯塔斯的一个"小小馈赠"。在她慷慨解囊之前，尤斯塔斯在维尔沃斯开的是一辆老旧的奥斯汀7系①轿车。艾丽西亚觉得那辆车配不上他在教内的地位。开着戴姆勒汽车的这位年轻英俊的司机是来自老考德内庄园的西德·阿克莱特，他也是奥西教忠诚的信众，艾丽西亚诸多"发现"之一。

等艾丽西亚、汉斯福特和尤斯塔斯都挤进这辆闪闪发光的汽车之后，一行人迅速转移到葛缕子路。激动的守门人正在她的平房前等着他们，众人立刻进入紧邻的神庙。随后艾丽西亚以惯常的高效率开始盘问起威廉姆斯夫人。

"你是今天早上来打扫卫生的时候才发现生命之符不见的，对吗，威廉姆斯夫人？"

"是的，夫人。"

"你上次看到生命之符还在原位是什么时候？"

---

① 译者注，英国汽车品牌，一款迷你汽车。

"昨天早上，夫人。"

"所以生命之符一定是在过去24小时内被偷的了。"

尤斯塔斯插话道：

"我昨天下午早些时候也在这里。阿克莱特2点左右载我过来的。半个小时之后我才离开的。我走的时候，生命之符肯定还在壁龛里。"

"非常有用的一条证据。"哈格·史密斯夫人赞同地点头说道，"那么，威廉姆斯夫人，在昨天下午2点半之后你还有让谁进来过吗？仔细想想。记住，这可是一件非常不道德的事情。"

威廉姆斯夫人换上了一副她认为是仔细思考的表情，说道：

"现在可以确定的是，帕克小姐6点左右来过，快7点的时候走的。当然，这是她惯常的时间。"

"什么惯常的时间？"

"冥想，夫人。"

"你确定帕克小姐走了之后，你有把门锁好？"

"是的，夫人。"

哈格·史密斯夫人转向其他两个人。

"我们应该把亲爱的佩内洛普叫来，看看她怎么说。"她再次转向守门人，"然后一直到今天早上你都没有再开过门？"

"没有，夫人。但我看到彭佩蒂先生9点过后从这里出来过。但当然，他自己有钥匙。"

"彭佩蒂先生！你之前怎么不跟我们说？但你怎么知道是彭佩蒂先生？当时天色一定很暗，不是吗，威廉姆斯夫人？"

哈格·史密斯夫人看上去像一个充满说服力却*恶意满满的恶魔*。

"我刚从我姐姐安吉家回来，夫人，然后在他关灯前看到他从门口出来的样子。彭佩蒂先生是绝对不会认错的，不是吗，夫人？我是说他帽子上的那个穗穗。"

"你和他说话了吗？"

"没有，夫人。他还没锁好大门，我就已经到自家门口了——而且他也不是一个健谈的人。"

"现在仔细想想！"汉斯福特厉声插话道，"彭佩蒂先生——他有拿着什么东西吗？包裹之类的东西？有吗？"

"不清楚，先生——但我确实注意到他手上有一个小包，医生用的那种，如果你信我的话。"

"哼！"汉斯福特和艾丽西亚意味深长地对视了一眼。

哈格·史密斯夫人总结了一下她的盘问。

"你自己对生命之符的丢失完全一无所知，是吗，威廉姆斯夫人？你确定没有做什么对不起良心的事？我保证你现在跟我们说的所有事情都会严格保密。"

"您不会是在暗示,"威廉姆斯夫人生气地直起身子,一脸被冒犯的愤慨样子,"是我偷了那个什么生命之符?如果您真是这么想的,夫人,您最好赶紧再找一个守门人。因为我和你们一样为这件恶心人的事发愁。如果我觉得您是——"

"别激动,威廉姆斯夫人。"尤斯塔斯安慰道,"哈格·史密斯夫人只是例行询问而已。但你现在已经回答得很明白了,我想我们大家对你的答案都很满意。"

"希望如此,先生!"威廉姆斯夫人哼了一声,依然气得冒火,"如果没有别的事情,我就回去干我的活儿了。问我对不对得起良心!我可对得起了!"

威廉姆斯夫人跺脚冲出神庙,重重地甩上门,汉斯福特立刻转头对艾丽西亚说道:

"必须立刻给佩内洛普打电话。如果7点钟生命之符还在——感觉很可疑。彭佩蒂,我是说。拿着一个包。注意一点。他需要钱。生命之符可值不少钱,不是吗?"

"哦,这么可怕的事情怎么可能是真的呢,"尤斯塔斯可怜地抱怨道,"难以想象。"

终于轮到艾丽西亚·哈格·史密斯含含糊糊地吐出一个词来"哼!"

III

佩内洛普慢吞吞的腔调顺着电话线蔓延过来，像溢出的糖浆一样令人愉悦，但她的语气却十分坚定。她在快7点的时候离开神庙，那时生命之符还在祭坛上方的壁龛里闪闪发光。汉斯福特·布特挂上听筒，意味深长而又满足地叹了一口气。他对彭佩蒂的直觉猜测比他想得还要准。他不仅是一个投机分子、一个骗子，现在看来还是一个惯偷。简直不敢相信还有这种"好事"！

他赶紧跑进书房，把佩内洛普的信息告诉尤斯塔斯和艾丽西亚。尤斯塔斯的脸诧异地皱成一团。

"但这也太可怕了吧，"他喘气道，"如果我们的猜测没有错的话……这是太可怕了！必须立刻去找佩塔，给他一个解释的机会，也许是我们误解他了。"

"不。"汉斯福特立刻说道，"错误的做法。假使是真的，他不会承认。然后怎么办？我们什么都做不了。什么证据都没有。不是吗？"

"那你建议怎么办？"艾丽西亚不耐烦地看过来，问道。

"找警察。让他们去调查。他们知道该怎么盘问、找线索、定罪。这是他们的工作。"

"不，不行！"尤斯塔斯不高兴地叫起来，"不管发生什么事，必须避免任何负面的消息出现。我们不能染上任何丑闻，不能叫警察。"

"你们说得都有道理。"哈格·史密斯夫人很实际地说道，"但生命之符是我花了一大笔钱买的。这东西可不便宜。即使你愿意让事情就这么过去，尤斯塔斯，我才应该是那个最后做决定的人。我个人完全同意汉斯福特的意见。我们必须把生命之符找回来，也必须找到那个偷东西的人。马上去警察局。"

尤斯塔斯泪汪汪的眼睛透过夹鼻眼镜闪着反抗的光芒。

"我拒绝跟你们一起走。"

"很好。"艾丽西亚不屑地哼了一声，"汉斯福特和我去就行。立刻！走吧，汉斯福特。"

阿克莱特开车载他们来到警察局。警察局是一栋坐落在薰衣草路上的仿安妮女王时期风格的安静建筑，房子正面的红砖墙上一架漂亮的紫藤蜿蜒而下。他们一到警局就立刻冲进达菲督察的办公室。在那里，汉斯福特一五一十地把事情经过告诉给办公桌后那个警觉的圆头小个子男人。督察做了大量笔记。

"这个生命之符是什么东西？"他困惑地问道。

"是古埃及象征永生的符号，"哈格·史密斯夫人解释道，"是十字架的形状，但上端折成一个圈，也就是圆形，你知道的，圆形是最接近没有起点也没有终点的几何图案。当然也就是永恒的象征！"

达菲督察挠了挠头，把一页纸推向布特先生。

"最好还是画给我看一下吧，先生。"汉斯福特照办。"这件丢失的物品大概价值多少钱？"哈格·史密斯夫人表示约值400英镑。达菲吹了吹口哨。"这样啊——不小的一笔钱呢。那么这位彭佩蒂先生……你们为什么会怀疑……"

汉斯福特补充了一些细节，重点强调了彭佩蒂缺钱的现状和他试图向艾西利亚借钱的事实。达菲点点头。

"好的，先生，除非还有更多确凿的证据，我现在也只能常规性地问询一下彭佩蒂先生。而且他也没有义务必须回答我的问题。当然，他也许会急于解释澄清自己，可能还会有不在场证明。毕竟你们没有确凿的证据证明是他偷了东西。"

"没错。"汉斯福特承认道，"但感觉还是由警方出面更合适。我们不好问。太尴尬，对吧？但希望他是清白的。如果不是就不太愉快了。出丑闻，对信众和我们高层都不太好。"

这次轮到达菲督察说一句"嗨"了。

IV

　　彭佩蒂一脸阴沉。他确实很愁闷。即便理性饮食餐厅推出的特色主菜——烹调得极好的*萧伯纳式炸肉丸*——也不能让他轻松一点。坐在午餐前，他试图用更乐观的角度来看未来，但不管怎么变换角度，未来看上去都是一片黑暗。糟糕的事情接踵而至，雅各布不合时宜地出现；然后是突然失去哈格·史密斯夫人的赞助，最后，他还完全无法在佩内洛普身上取得任何进展。这进展，当然是指金钱上的进展。不过其他方面的进展都快得惊人。第二次拜访，佩内洛普这个深知自己想要什么的女人，就厚颜无耻地说爱上他了。第三次拜访，为了得体合宜，他被迫搂住她，亲了她。那个危险时刻过后，他不敢再多想，只知道自己当初的猜想是对的。在那张神秘的面纱底下潜藏着一个非常恶毒的*永恒夏娃*。才不到一个星期的时间，彭佩蒂就陷入了非常棘手的境地。

　　但佩内洛普的钱包和哈格·史密斯夫人的一样紧。他的暗示已经足够明显了，但还是一便士都没拿到，这次情色冒险毫无回报。彭佩蒂感到绝望。再过一星期，雅各布就会偷偷回到维尔沃斯，来讨要上次彭佩蒂付不起的钱。雅各布只给了他14天来筹集这笔他称之为"必需品"的钱。要么给他这个"必需品"，要么……佩内洛普是彭佩蒂最后的希望！

　　然后还有另一个让人不安的情况出现。佩内洛普曾警告他，说汉斯福特一直在外面破坏他在教中的地位。佩内洛普发誓汉斯福特是想要他先知候选人的位置。汉斯福特夜以继日地在哈格·史密斯夫人面前诋毁他。这也不是没有道理！艾丽西亚这几天确实显得很冷漠，不易接近。她总是让汉斯福特陪在身边，是的——这一切都非常令人沮丧。

　　彭佩蒂一直都很讨厌布特，没有什么确切的理由——只是一种本能的敌对。这种不喜还源于他坚信自己以前见过布特，说不好是什么时候在哪里见过他，但绝对是在那段和雅各布混在一起的日子。也许雅各布会记得。但不管之前在什么场合见过布特，他脑子里挥之不去的念头就是这个家伙的过去肯定也有什么东西见不得光，甚至是和犯罪有关的。彭佩蒂决定等下回雅各布来维尔沃斯的时候，给他看一下奥教高层在神庙外拍的集体照。看看雅各布能不能认出布特来。毕竟，知道一些布特的事情——一些布特可能急于想隐瞒的过去——是非常非常有用的。这些过去可以用作协商的砝码，或者说"竹杠"更加合适？

　　随后，真是无巧不成书，彭佩蒂突然发现汉斯福特·布特正陪着哈格·史密斯夫人走进餐厅，来到旁边的一张桌子。彭佩蒂迅速合上餐巾挡住嘴巴，藏住胡子，弯下腰藏在画着灯笼果图案的一个高大花瓶后面。他知道只要他俩坐下，自己就不会被发现。这家餐厅的桌子都是用非常薄的木板分隔开的，那木材就好像马厩里用的矮隔板，仔细听还能听到旁边餐桌上的谈话要点。

从坐下来点完餐那刻起，他们的对话内容便完全抓住了彭佩蒂。他听到的第一句话里就提到了他的名字，接着又提到了警察局。彭佩蒂聚精会神地听着，几乎屏住了呼吸，听到汉斯福特用他奇特的电报式英语迅速地把他的名声撕得粉碎。汉斯福特提到了失踪的生命之符，接着详细阐述了自己的观点，认为他彭佩蒂是唯一一个可能偷东西的人。那家伙的说辞听起来该死地令人信服，毫无疑问，对艾丽西亚有着极大的影响力。

彭佩蒂的汗毛都竖起来了。所以佩内洛普是对的，天哪！汉斯福特在他最想要争取的那个女人面前污蔑他的好名声。这个该死的家伙！如此不可容忍的卑鄙手段！无论如何都必须结束这种邪恶的诽谤。但是要怎么做？雅各布会是解决办法吗？雅各布的记忆会不会比我的更可靠呢？雅克布会不会想起以前在哪里见过汉斯福特·布特？雅各布很聪明。他什么都记得。如果汉斯福特的过去有什么可疑的话，天啊，雅各布就是那个什么都知道的人！

"但警察的问题，"他想着，"不——这个更严重。"

很显然他们找了警察来调查失踪的生命之符，而自己也注定要接受某种盘问。而此时此刻，与警察面对面让彭佩蒂尤其反感。但如何才能在引起怀疑的情况下避免盘问呢？这个该死的布特！

好吧，他不得不等待雅各布的出现了——来收这笔他不太可能筹到的钱。当然，除非最后一刻，佩内洛普……

不管彭佩蒂过去是个多么成功的花花公子，技术如何高超，但在佩内洛普这个方向上却几乎没有希望。他悲哀地摇摇头，恶狠狠地一勺挖在样子恶心的无花果泥里，自己的世界似乎正要分崩离析。

在另一边的隔间里，汉斯福特·布特可恨的声音正在说道："他的过去实在太神秘，不吐不快。对他的这种保留一直不是很满意。可以想一想。但不应该影响你的判断，我亲爱的艾丽西亚。不公平。他没办法为自己辩护。但很奇怪，不是吗？神秘气质。个人而言很不喜欢！"

第五章

彭佩蒂扭转局面

I

达菲督察并没有让彭佩蒂先生在悬念中等太久。彭佩蒂刚吃完午饭回到家中，就响起了敲门声，打扮利落的小个子督察轻快的身影出现在门前小道上。彭佩蒂硬着头皮准备应付这场他希望早点过去的折磨，把达菲迎进有点拥挤但舒适的会客厅里。然后带着精心伪装的困惑表情，问道：

"您见我到底是为了什么呢？希望没出什么问题？不是什么坏消息吧，督察？"

彭佩蒂的外国口音从来没有这么明显过。他似乎为了这场并不愉快的面谈特意强化了一下。但由于达菲之前并没有跟他打过交道，自然也就没有意识到这其中的欺骗。

"坏消息？"督察微笑着说，"也许你已经听说了葛缕子路奥西里斯神庙里发生的盗窃案？"

"盗窃案？"彭佩蒂一脸无辜地惊叫道，"我什么都没听说。"

达菲看了看他的笔记本。

"好像是祭坛上的一件珍贵饰物被偷了，据推测大概是在昨天晚上7点到今天早上9点之间。我听说您好像在7点钟之后去过神庙。所以希望您能给我们更多信息，彭佩蒂先生。"

彭佩蒂看上去真的很震惊。

"我去过神庙？没有！过去两天来，我根本没有靠近过葛缕子路，督察。到底是什么东西丢了？"

"我理解是一个你们叫作生命之符的东西。"

"生命之符！"彭佩蒂吸了一口气，"但是，天啊，那值……"

"很大一笔钱，对吧，彭佩蒂先生？您可以理解我们为什么要尽可能多地收集证据了吧？"

"但我昨天根本没有去过那里，恐怕帮不上什么忙。"

"但是，听着，先生——看门人昨天晚上9点钟看到您从那里出来过。这是怎么回事呢？"

"我只能说威廉姆斯夫人可能是出现了幻觉。或者除非她有某种超自然的具象化能力。她可能看到了什么人，但那个人肯定不是我！"

"但她说她看到的人戴着土耳其毡帽。这里可没有多少人会戴这种头饰。"

"确实。"

"但您还是坚持自己昨晚没进过那栋建筑？"

"当然。"

"那我可以问一下您的行踪吗，比如说8:30 ~ 9:30之间在做什么？"

"我就在这个房间里写信。"

"您有证人可以印证吗？"

"没有——恐怕没有。您只能信我的话了。除了一个每天中午下班的日常帮佣之外，我一个人住。"

"明白了。当然，这不是非常令人满意。但是……"达菲耸了耸肩膀，从椅子上跳了起来，"好吧，我没有什么好继续打扰您的了，彭佩蒂先生。很遗憾您没办法帮助我们。"

"我也是。"彭佩蒂回嘴道，"非常抱歉。除非您能找到威廉姆斯夫人看到的那个人，不然大家都会很自然地认为那个人是我。但其实并不是。您不得不承认，这令我非常不愉快。"

II

确实不太愉快——绝对是这样！但命运常常是给你一记重击之后，又迅速向你伸出援手。在一记大力拉扯之下，大约2个小时之后，命运把彭佩蒂先生从掉落的抑郁深坑中拽了出来。由于这份好运气完全出乎意料，反而更令人愉快。当天晚些时候，当彭佩蒂去了佩内洛普家时，完全没料到能带走50英镑的支票。但它恰恰发生了。在一次特别激烈的插曲之后，佩内洛普把所有理智和克制都抛入风中，突然放弃了以前的吝啬态度。在佩塔狂风暴雨般的求欢余韵中，她的迷恋达到了放纵的新高度，当佩塔无数次提起他"暂时的经济拮据"时，她突然伸手去拿她的支票簿和钢笔。

彭佩蒂高兴极了。如果他的小金鹅能下一个小金蛋，那么很自然地，她就能下第二个。有二就有三。这可能性是无穷无尽的。而当佩内洛普摘下她的神秘面纱之后，彭佩蒂发现她是个魅力超过预期，并且自己愿意示爱的女人。她确实不是他喜欢的类型，但在这个不完美的世界里，无谓地抱怨是没有意义的。

现在，他至少可以平静地等待雅各布的回归。事实上，有了口袋里的钱，彭佩蒂做了一件以前从来没做过的事情。他发电报给雅各布，让他立刻来维尔沃斯。彭佩蒂这么迫不及待是有充分理由的。自从无意间听到汉斯福特·布特与哈格·史密斯夫人私下的恶毒交谈后，他越发相信他和雅各布以前一定见过这个家伙。而雅各布有着大象一样的好记忆。

因此在生命之符丢失的两天后，雅各布偷偷溜上石板路，像影子般溜进屋中。一进到小客厅里，彭佩蒂就把窗帘拉上，将潮湿的11月黄昏隔开，把壁炉里的炉火戳得更旺，然后才开始说正事。首先，他漫不经心地把一沓钞票拍到雅各布的膝盖上，看着他点数。雅各布很满意……至少暂时是这样。他亲切地点点头。

"现在完全没问题了。我不会问你是怎么筹集到这些必需品的。那太不得体了，不是吗，我亲爱的朋友？但我完全不明白你为什么会这么着急想要还账。我给了你14天。你还有4天呢。怎么回事？你通常都是不愿意……"

彭佩蒂把一张大大的照片推到雅各布鼻子底下。

"仔细看看这个，可以吗？"

"我的老天啊！这是什么？业余戏剧联盟？"

"这个，"彭佩蒂带着一种傲慢的腔调解释道，"是我们奥教高层，穿着礼服拍的集体照。这里有你认识的人吗？"

雅各布用发黄的指尖指了指一个身影。

"你啊，"他咯咯笑道，"简直和斯文加利①一模一样，不是吗？老天啊！如果他们知道了就好。"

彭佩蒂用眼神示意他闭嘴。

"再仔细看看。"他示意道。

雅各布照做了。他突然结结巴巴地说道：

"天啊！这个站在后排戴着角质眼镜框的秃头。这要不是山姆·格鲁，我就吞了自己的挂表和表链！但他在这群人里做什么？你记得山姆·格鲁，对吧？只是以前他的头发更多，还有一副神奇的小胡子。"

"山姆·格鲁！"彭佩蒂轻轻地重复道，然后带着一丝恶意的微笑说道，"没错，我当然记得山姆·格鲁。这个人就是他。我就记得以前在哪里见过这个家伙。我现在都记起来了。"他吹起了口哨。"雅各布，我不是很确定，但我想我们要飞黄腾达了。我想我们要让山姆·格鲁先生的日子不好过了。我想我们要狠狠拽住山姆·格鲁先生的尾巴，直到他求饶为止。"

"你是说，"雅各布突然感兴趣地喊道，"他身上有钱？"

彭佩蒂点点头。

---

① Svengali，斯文加利，英国小说家乔治·杜·莫里耶于 1894 年出版的经典小说《特丽尔比》中的音乐家，他使用催眠术控制女主人公特丽尔比，使其唯命是从，成为他牟利工具。后人用斯文加利来形容那些对他人具有极大影响力和控制力的人。

"我之前想不起来在哪里见过这个家伙。更重要的是我想不起来这个家伙以前是干什么勾当的。但现在你给了我他的真名，我就瞬间什么都想起来了。*苏活区的墨尔多尼酒吧*，对吧？"

"你已经说过了！卖毒品的，毒品就是他的生财手段。"

"可卡因！干的是贩毒的勾当。当然！"

雅各布赞同地点点头。

"山姆干得可不错了，直到条子抓住他的把柄才逃走。我想他一定赚了不少钱，然后收手不干了。突然人间蒸发，再没人见过他。"他咧嘴笑道，还意味深长地眨眨眼，"直到现在。直到现在，老兄。"

"没错。既然是我比较了解山姆·格鲁，而他完全不知我的底细，那我可就抓住他的把柄了。"彭佩蒂慢慢握紧拳头，"任我操纵。"

"你是说我们两个抓住了他的把柄吧！"雅各布突然怀疑地叫道，"别想甩开我，我的老朋友。这点得一开始就说清楚。"

"我不觉得有这么做的必要。"彭佩蒂皱着眉头反驳道，"我冒的险，利润自然也都是我的。*毕竟我可没让你出力*，不是吗？"

"也许没有。但我觉得你应该给我20%的回扣。"

彭佩蒂惊呆了。

"20%！"

"你要是叫个不停，我就要涨到50%了。你最好注意点。"

"但我最亲爱的雅各布——"彭佩蒂开始求饶。

"哦！少来这一套，"雅各布不耐烦地厉声说道，"要么给我回扣，要么……"他说着把一支香烟插进嘴里，悠闲地点着烟，"老天爷啊，有点脑子吧。你现在是那个有麻烦的人，有麻烦的人可没有讨价还价的资格。你是把我当傻子耍嘛。什么东西！"他恶狠狠地冲壁炉吐了一口痰。"我不想榨干你，但规矩就是规矩。我要20%——懂了吗？不多也不少。20%。明白吗？"

彭佩蒂点点头。

"好吧，雅各布——你坚持这样的话。但别忘了他也可能不会——"

雅各布轻蔑地打断他：

"哦，他会合作的，不用担心这个。他这种人总是会听话的。看起来他好像已经在这里待了10年，也给自己伪造了一个很完美的身份。他很可能是真的后悔了，决定改过自新。这样就更好了，不是吗？"雅各布扬扬得意地戴上帽子，跳了起来，"天啊！这就跟抢一只瞎猫的牛奶一样容易。"

"但凡事都是有风险的。"彭佩蒂指出来。

"风险？他敢报警说有个小人勒索敲诈他吗？这个阴险小人可是拿了一手好牌啊。我亲爱的朋友，这可是给你解围的钱！给你解围的钱！而可怜辛苦工作的雅各布只要20%就好。"他黑黑的脸上洋溢着笑容，然后又接着说道："对了，他现在的化名是什么？"

"布特，"彭佩蒂说道，"汉斯福特·布特先生。"

III

佩塔·彭佩蒂以一贯充沛的精力，半点时间都没有浪费在思考上。他需要的是行动——快速、干净、果断的行动。因此，第二天早餐后不久，他就来到汉斯福特·布特位于黑塞得新月街仿维多利亚式的别墅，相当从容地按响了门铃。要说当汉斯福特看到彭佩蒂冲进他书房时的样子，用惊讶都不足以描述他的心情。他看得目瞪口呆。因为两个人对立的立场，彭佩蒂以前从来没来过他家。所以到底是什么事让他突然来拜访？难道和丢失的生命之符有什么关系吗？也许彭佩蒂对达菲督察撒了谎，但经过一晚的时间，良心发现来坦白？

彭佩蒂一开口就让他幻想破灭了。

"我想得感谢您和尤斯塔斯，让我和警方来了一次面对面，不是吗，布特先生？当然，你这完全是昏招。在做任何结论之前，最好核验一下威廉姆斯夫人的证词。您坚信是我拿的生命之符，对吗？"

"您？完全不！只是希望您能提供有用的信息——仅此而已。完全没有怀疑过您。当然没有。简直可笑！"

汉斯福特不自在地支支吾吾起来，意识到彭佩蒂的黑眼珠紧紧盯着他，脸上是刻薄嘲讽的表情。

"真的，布特先生——坦诚一点吧。你可没办法找借口。当你和我们亲爱的哈格·史密斯夫人一起在理性饮食餐厅用午餐的时候，我就坐在你们隔板旁边。我什么都听到了！"

"什么？你说什么？"汉斯福特尖叫道，显然很尴尬。

"您知道我对于您的不当行为最好奇的地方是什么吗，布特先生？"

"不知道。"

"不管怎么说，您本人居然想要和警察打交道这一点。"

"你到底想说什么？"

"我觉得您的点子非常聪明。"

"什么意思。说人话。完全听不懂。需要你解释一下。"

"我会的，布特先生。您得让我好好享受一下这个过程。毕竟，您没有多少让我喜欢的地方。事实上，是一点都没有。所以如果一会儿我露出格外享受这次对话的样子，请务必体谅一下。因为我现在就很享受。"彭佩蒂说着恶毒地笑道，"非常享受！"

"老天爷啊——"

"别着急，布特先生。我该从哪里开始呢？也许该从苏活区的墨尔多尼酒吧说起？对您应该是个熟悉的开头吧。"

"墨尔多尼？"汉斯福特的脸惊人地变了神色。他那原本相当平淡和蔼的脸上现在全是深深的恐惧。他的眼睛从角质架镜框后恐惧又怀疑地盯着彭佩蒂。"你对墨尔多尼了解多少？"

"远远超过让人心安的地步，格鲁先生。"

"格鲁？什么——"

"是的——山姆·格鲁。很长一段时间来，我一直在担心您长得很像我以前认识的一个人。但现在我不再担心了。"

"都是无稽之谈！胡扯！"汉斯福特咆哮道，眼睛在他熟悉舒适的小书房里来回穿梭。"荒唐的错误，经常发生。长得像的人很多。"

彭佩蒂摇摇头。

"很遗憾您这么固执。"他的声音冷硬下来，突然恶毒地说道，"如果您拒绝承认我是对的，那么我就去找警察，告诉他们，我怀疑几年前失踪的某个山姆·格鲁出现在了维尔沃斯。一个曾经藏在苏活区的毒贩。我想苏格兰场可能会对这些信息深表感谢。"

"天啊！"汉斯福特叫道，一脸被逼到绝境的表情，"你不会这么做的。你有什么证据？"

"哦，我直接让警察来查证就好了。他们自有找出真相的好办法。不，格鲁先生，您不会希望接受警察盘问的，您很清楚。"

"你想毁了我？"汉斯福特呻吟道，不再试图狡辩下去，脸色苍白，浑身颤抖。"这就是你打的主意吗？但是为什么？我没有伤害过你。"

"是吗？"彭佩蒂冷酷地打量着他。

"天啊，给我个机会。我过去就是个傻子。我承认，但那已经是彻底过去了的事情。我现在全心全意在奥教上。告诉你，我已经洗心革面，重新做人，重获新生。山姆·格鲁已经死了。你明白吗？彻底死了，被遗忘了。"

"警察可没忘。"彭佩蒂讽刺地微笑，提醒他道，"您知道吗，您现在的境况可相当糟糕尴尬，格鲁先生。"

"你想要什么？"汉斯福特突然反应过来，老练地问道，"你要多少钱？多少钱能买你闭嘴。你来这里不会什么想法都没有。我不是傻子，你知道的！"

"你觉得每季度捐款给先知候补人一次怎么样？作为对我谨慎的回报。"

"敲诈吗？不出所料。"

"良心生意，格鲁先生。"

"我一直就觉得你是个骗子，我试图警告过其他人。你是个骗子，彭佩蒂。利用奥教来牟利。"

"哦，这倒是提醒了我一件事。"彭佩蒂继续平稳地说道，"从现在开始，你要不遗余力修复我在麦尔曼和我们亲爱的哈格·史密斯夫人眼中的形象。你还要消除你在教中诋毁我的不实言论。明白吗？"

"这是……交易的一部分吗？"

"是的。"

"我懂了。你要多少……"

"我不会漫天要价的。作为按季度分期付款的头一期，50英镑怎么样？"

"50英镑！"

"最好都是一英镑面值的纸币。什么时候给呢……明天怎么样，格鲁先生？你还有时间去兑现支票。"

那一瞬间，汉斯福特·布特的眼中迸出谋杀般的光芒，但他还是默默地点头，看着彭佩蒂拿起手套和土耳其毡帽，轻快地向门口走去。彭佩蒂在门口转身，漫不经心地说道：

"哦，对了，有件事情您可能会感兴趣，我没有偷生命之符。这次您猜错了，格鲁先生。您和艾丽西亚的小交流可以够得上毁谤了。但体谅到您现在有很多事情要处理，我就既往不咎了。我说过我不是一个无理取闹的人。再见，布特先生。期待您明天的回访。建议您最好不要忘记。"

IV

哈格·史密斯夫人一直都觉得汉斯福特是奥西里斯之子中最可靠、最聪明的那批人，但就在她要回老考德内庄园的前几天，有些事情让她不得不改变想法。汉斯福特突然对彭佩蒂180度的大转变让她很疑惑。没有一点预兆，他突然从污蔑变为赞赏，猜疑转为倾慕，让可怜的艾丽西亚错乱不已。然而，汉斯福特对其突然转变的解释也很微妙精巧。根据他的说法，他做了一个梦，梦到伟大的奥西里斯突然从云中出现，用雷鸣般的声音对他说话。神谕简单扼要：佩塔·彭佩蒂是一个善良高尚的人，他在教中的位置是名副其实的。任何其他想法，都是一种可悲的缺少信仰和洞察力的体现。汉斯福特需要把这条重要的神谕传递给所有人。因为他需要为之前邪恶的迫害行为赎罪。

不难想象，可怜的的汉斯福特花了多少精力来编造这个美丽的故事。他只能咬牙坚持，续写他的故事。最后的结果就是，在哈格·史密斯夫人回苏塞克斯前，她再次准备接纳彭佩蒂作为她最亲密的盟友和知己。尤斯塔斯的股票再次下跌。汉斯福特终于可以喘口气了。

但从那一刻开始，他的内心再也不会有平静的时候。他意识到只要有随时可以暴露他身份的彭佩蒂存在，就只能一直如履薄冰般地生活。而彭佩蒂的封口费肯定是一笔高昂的支出，给他的经济带来可悲的压力。他看不到这个局面结束的迹象——至少没有圆满的结局。在经过10年比较安稳的生活之后，他的过去就像晴天霹雳将他击倒。这是一记沉重的打击，将希望抹掉早前不体面痕迹的10年努力工作全部抹杀。他对尤斯塔斯和奥教的忠诚是出自真心的，全心全意的。他相信奥教，现在唯一的想法就是为奥教事业服务。

但现在发生了这件事！该死的彭佩蒂！他是怎么发现他罪恶的秘密的？彭佩蒂以前在哪里见过他呢？他是怎么知道苏活区的墨尔多尼酒吧的？——知道那个罪恶之地的人毫无疑问肯定不是好人。汉斯福特只要闭上眼睛，就能再次看到那个如地狱般地下室里的绿格桌布和硬木椅子，还有那群或鲁莽猥琐、或狡猾奸诈的顾客。但在那群来来去去的狡猾人群里，他完全记不得见过彭佩蒂，甚至记不得有那么一个胡子刮得干干净净、打扮不那么古怪的年轻

版彭佩蒂。要是能想起来彭佩蒂在他噩梦般的过去里是什
么角色，那么毫无疑问，他有可能拿捏住对方的把柄从而
扭转局势。他可以用这个信息和对方做交易，让自己从现
在这种困境中解放出来。用自己的沉默换彭佩蒂的沉默。
但要是想不起来呢？山姆·格鲁抖了一下。继续想下去简
直让人发疯！但一时的沉默是一回事，永远的沉默……谋
杀！不！天啊，不行！他不可以也不能够继续给自己的良
心增加负担。

然而？

汉斯福特备受折磨的精神状态，让他逐渐忽略掉了自
己盲目崇拜的人的动态。当哈格·史密斯夫人和丹妮斯回
到老考德内庄园后，尤斯塔斯发现他有越来越多不被打扰
的沉思时间。特伦斯的回归确实让突然安静下来的"宁静
庄园"活泼了一点，但特伦斯很显然没有心情聊天。咕哝
声和点头好像取代了说话，成为交流的方式。他总是一面
阴沉地看着父亲，决心表明他的怨恨还在沸腾。但真正让
可怜的尤斯塔斯倍感折磨的并不是特伦斯毫不妥协的态
度，而是他对佩内洛普·帕克愈加浓厚的痴迷。

尤斯塔斯在10天内就突破了伪装的界限。他现在给
佩内洛普写信十分大胆，毫不脸红地直接写道：*我最最亲
爱最最可爱的佩内洛普*。尤斯塔斯堕落得如此迅速，自己
却完全察觉不到。他只知道当佩内洛普对他微笑、很和善

的时候，阳光灿烂，晴空万里；但当她生气或是反驳他的时候，就感觉自己被抑郁的黄色浓雾笼罩。他想了很多单独见她的办法。他每天都给她写信，送给她许多他觉得可能会逗乐或是吸引她的昂贵小礼物。当他作为一个人、一个男人的行动越来越有效率的时候，作为奥教的先知也就越来越没有效率了。教众们开始注意到他心烦意乱、支支吾吾、心不在焉的状态。

至于佩内洛普，目前正沉浸在与彭佩蒂的热烈交往中，她觉得自己可以慷慨一些。尤斯塔斯的真情流露一开始让她很不悦，然后觉得有点有趣，最后被深深感动。他直白的爱慕是那么天真，那么可怜。是的，她可以慷慨一点。所以佩内洛普回复了他充满激情的信件，偶尔允许尤斯塔斯和她单独见面。有一次，她在法衣室捏了捏他的手。还有一次，她吻过他的额头。但一直以来，她都非常小心地对尤斯塔斯隐瞒着她与彭佩蒂交往的事实。她知道他们两个对彼此怀有敌意，而不想进一步加深他们的敌意。即使是温和的尤斯塔斯，在现在这种状况下，被嫉妒咬伤后也可能变成一个不折不扣的愤怒恶魔！

第六章

五月花小径

I

西德·阿克莱特是一个很有幽默感的年轻人。说准确点儿，是个两面派——一面是白天那个聪明、有礼貌，穿着梅红色制服的司机；另一面是白天工作结束后那个聪明、头发油亮整齐的情场杀手。他恭敬的仪态完全是出于职业需要，整整自己的尖顶帽，打开车门，整理好地毯和垫子，因为拿着丰厚的薪水就是做这个的。在借调给尤斯塔斯之前，在为哈格·史密斯夫人工作的时候，他就展现出了对奥教的强烈兴趣，因为他明白这样的兴趣能给他带来不少好处。的确如此。他不仅仅是哈格·史密斯夫人的司机，还变成她的门徒——她的最新"发现"，享受着比同样是哈格·史密斯夫人的雇员——但手段不那么灵活——更多的特权，薪水也比正常司机的工资要高很多。
而她本人亲自指导他关于奥教的基本道德观。当后来被调
到维尔沃斯为先知开车之后，他被选中成为神庙两位摇叉
铃①的人之一。但作为曾经在绍森德的查理鸡尾酒吧打过
下手的人，他确实摇得一手好叉铃。奥教上年纪的教友都
说西德是他们见过玩乐器最厉害的行家里手。西德·阿克
莱特总是谦虚地笑笑，不说话。

　　一旦离开他的工作环境，西德完全是另外一副面孔。
他一身细条纹西装的打扮让小镇其他青年羡慕不已。与当
地姑娘搭讪的驾轻就熟，让当地青年要么钦佩不已，要么
嫉妒得咬牙切齿。私下里，他常常去当地舞会上"摇摆"，
和他在神庙里摇叉铃的方式一样神秘。曾经一群常和他厮
混的老朋友试图引诱他说说和奥西里斯之子的关系。他挑
出其中最强壮的一个人，用娴熟的技巧把他打倒。冷静之
后，他才开始解释为什么去参加葛缕子路上的那些布道和
集会。

　　"是这个样子的——明白吗？我只要和那群疯子近乎
一点就能拿到不错的薪水。很多人给我'打赏'，因为老
哈格觉得我是上流社会的人。"西德眨眨眼，"你们这些家
伙要是不想被揍得鼻青脸肿，最好搞清楚一件事——我不
想听到任何关于我老板的俏皮话。一想到那个彭佩蒂我就

----

① sistrum，叉铃，古埃及人使用的打击乐器之一，是献给哈托女神的圣物。

来气，但麦尔曼先生是个好人——一个体面、正派、老实
的好人。都给我记住了！"

　　他那段时间的女伴叫维奥莱特·布雷特——一个靓丽
的棕发女郎，有一双美腿和无数奇思妙想。西德发现与她
做伴很费钱，但为这么漂亮的一个姑娘，他也不介意浪费
一点儿。在舞池里，她毫无疑问总是最抢眼的那一个。过
去3个月里，西德和她一直在花园城市的各个夜总会里流
连忘返，直到罗阿普胸衣厂发出一则告示——将在12月
的第一个星期六举办年度化装舞会。

　　事实上西德早就知道有这么个舞会，并且已经提前做
好了准备。他甚至偷溜到镇上，找到一家专门制作戏剧服
装的供应商。很显然他会邀请维奥莱特一起参加舞会。

　　"跟我说说，西德，你要扮成什么角色？"一次看完
电影后，她问道，"我想要打扮成一个女小丑。"

　　"等着看吧，"西德神秘兮兮地说道，"我觉得我一定
会让全场捧腹大笑的。"

Ⅱ

　　西德确实让全场捧腹大笑了！大家都一眼就认出他扮
演的角色。他一走进胸衣厂拥挤的食堂，也就是舞会的举
办地，大家都互相推搡，指指点点的，他们从窃笑到咯咯

笑，再到哄堂大笑。西德费了很大劲来保证服装细节都
一一到位。他的装扮好到令人佩服。从土耳其毡帽到紫色
雨伞，从黑胡子到黑色长袍，整个装扮无可挑剔。再加上
他有机会近距离观察主人公的一举一动，连走路和口音都
模仿得丝毫不差。第一眼看过去，一些比较好骗的人真的
以为来的是佩塔·彭佩蒂。维奥莱特则欣喜不已。西德是
当晚的绝对主角，又因为他只和她跳舞，她可以沉迷在这
份连带的瞩目中。看到奥教有名的庄严先知和热情狂热如
卡门·米兰达①般的女郎一起跳伦巴的场景，更是博得满
堂喝彩。

基于大众强烈的呼声，西德获得当晚最具创意男士化
装奖。

这是他有生以来参加过最大型的一次舞会。他的点子
不仅让全场捧腹大笑，而且还是从赞助那群不成熟的人身
上得来的，西德从鱼与熊掌兼得中获得了极大的乐趣。跳
完最后一支华尔兹，他和维奥莱特聚在工厂主入口的柏油
路上，准备着手处理今晚更重要的一件事。脑子里想到这
点，西德建议从五月花小径送维奥莱特回家。由于完全不
知道同意之后会遇到多么危险的事情，维奥莱特欣然接受
了这个提议。他们互相搂着对方的腰。西德歪戴着帽子，
趾高气扬地带着他的情人往昏暗的小径走去。

---

① Carmen Miranda，卡门·米兰达，20 世纪 50 年代有名的桑巴舞艺术家。

五月花小径，正如其名，是一条窄窄的小道，被两边种着的山楂树树荫所笼罩，旁边并排还有一条铁路路堤。三盏稀疏排列的路灯本应该照亮这条林荫隧道。但显然它们不能，五月花小径也因此在维尔沃斯的年轻人和大胆的情侣间相当受欢迎。带一位年轻女士去小径散步的隐喻不言自明。不用说，这不是西德和维奥莱特第一次来这里，如果西德能够随心所欲，这也不会是他的最后一次。但命运总是不如凡人所愿，这差点成了他的最后一次！死亡可能潜伏在任何地方——为什么不是五月花小径呢？

在第一盏路灯和第二盏路灯之间，西德和维奥莱特在接吻，这绝对会让特伦斯羡慕不已。然后他们喃喃着拉开一点距离，又再次吻在一起。随后，维奥莱特用欲擒故纵的古老技巧，突然对西德冷淡起来，拒绝他进一步的亲密行为。他们争吵起来。西德哀求着。维奥莱特摇摇头。

"哦，什么！"西德说道，"你怎么了，维？一个亲吻会有什么害处吗？对我腻烦了吗？"

"你知道不是这么回事，西德。但我们在这里待太久了。"

"好吧，这样子的话……"西德咕哝道，闷闷不乐地踢了踢石头，"那就没时间给你看我在伦敦给你买的东西了。太可惜了，不是吗？相当高级的东西呢。我觉得你会喜欢的。"

"呀！让我看看，西德。你是个好人。"

西德摇摇头。

"不行！不能再待了，维。你得回去了。"

"好吧，也许这次我能破例一下……"

"也许我现在不想给你了，"西德冷酷地说道，"当男人给女人送了什么好东西，他多少指望有一些回报。这样才公平，维。"

"我没有想要你的意思，西德。拜托——行行好。让我看看吧。"

"先亲我一下。"

"好吧。"维奥莱特说道，"但别弄皱我的领子——这是租的。"

他们吻了起来——小丑女和她的假彭佩蒂。

随后，两人一起移动到第二盏路灯下，西德在这里停了下来，把手伸进兜里。他掏出一个小小扁扁的红色皮革珠宝盒子，打开金属扣，在维奥莱特惊讶兴奋的注目下，里面躺着一条闪闪发亮的手链。

"啊，西德！太可爱了！太棒了！这是我见过最好看的东西。"

"是金的。"西德若无其事地说道，"镶了钻石。"

"钻石！"维奥莱特尖叫道，"继续说，西德，你在开玩笑吧！"

"没有，亲爱的，维。喜欢吗？"

维奥莱特从盒子里拿起手链，欣喜若狂地看着这条手链在灯光下闪闪发亮。

"我喜欢吗？啊，西德，我怎么可能不——"

但维奥莱特永远没有机会说完这句话了。突然传来一阵巨响——让人震耳欲聋的爆炸声，紧接着响起第二下。维奥莱特发出一声刺耳的尖叫。西德古怪地咕哝了一下，然后倒在地上，呻吟着。他想要说什么，但随后叹了口气，好像彻底昏了过去。

不久从五月花小径上传来跑走的脚步声。然后是沉默，只有蜷伏在躺倒在地的西德身边的维奥莱特，满眼泪水，紧张不安地低语着。

III

尽管天色渐晚，当值班的警官快步走进达菲督察的办公室时，他仍在桌边处理拖欠的日常工作。

"怎么了，警官？"

"有一位小姐刚刚过来。说五月花小径发生了枪击案。我想应该报告给您，先生。"

达菲立刻站了起来。

"枪击案？好的。我马上去见她。"

达菲跟在警官身后来到大厅，看到激动不安、满眼泪水的维奥莱特坐在壁炉边的椅子上。她敞开的大衣里露出一件皱巴巴的女小丑制服，左手上还抓着西德倒地前递给她的钻石手链。经过一路到警察局的奔跑，她还在挣扎着平复呼吸。

"好了，小姐，这是怎么了？"督察平静地问道，"别着急，慢慢跟我说发生了什么事。"

"不行！"维奥莱特气喘吁吁地说道，"您必须马上跟我走。西德被袭击了。他可能现在已经死了。"

"西德？"

"是的——我的朋友西德·阿克莱特，给那个古怪的麦尔曼先生开车的司机。我们正从罗阿普胸衣厂舞会回家。"

"好的。"达菲转向警官，"准备好救护车，跟在我们后面。走吧，小姐。我们可以边走边说细节。"

当维奥莱特和督察走到五月花小径的时候，达菲已经大概清楚整个事情的情况了。但作为一个聪明人，他拒绝在未全面了解事情前发表任何理论。而整件事情的性质取决于西德·阿克莱特是否还活着。

达菲很快就弄清楚这一点了。当他们走到小径中间那盏路灯的时候，一个人影从阴影里跌跌撞撞地走了过来。

"西德！"维奥莱特叫道，突然朝前跑去，"天啊！你吓死我了。我以为你死了——真的！"

她伸手圈住他的腰，让他靠在自己的肩膀上，减轻他右腿的负担。

"抱歉，亲爱的。"他咕哝道，显然还是很痛，"腿后面受伤了。我好像晕过去了。"随后当达菲靠近的时候，他问道："你好——您是？"

"我是这边警察局的督察。您的女朋友来警局找的我们。来，把另一只手搭到我肩膀上来。我们一起去小径出口。救护车应该马上就到路口了。"

督察的预测很准确，他们一走到这条小路的出口处，警察局的救护车就在路沿边上候着了。把西德在车内安置好后，达菲拉开他的裤腿检查伤口。只是简单瞥了一眼，他就知道这伤并不严重。尽管伤口的血流得很夸张，但子弹只是穿过了小腿肚，督察很快熟练地用绷带给他包扎止血。维奥莱特握着他的手，坐在他身边，而达菲跳到司机座位旁边，让警官跟在车后面走回去。

一杯热乎乎的掺了点白兰地的甜茶很快让西德的心情舒缓下来，达菲觉得现在比较适合简单地询问一下事情的经过。当他的故事和维奥莱特·布雷特的描述完美吻合之后，督察明白这件事的真实性毋庸置疑。

"所以你们是参加完一个化装舞会，然后回家是吗？"他点头示意西德手上还抓着的土耳其毡帽，"你扮的是谁？巴格达的哈里发？土耳其苏丹？还是什么？"

西德有那么一瞬不好意思，然后摸了摸他的假胡子，因为一连串事件的发生，假胡子已经粘得不是很牢了。他瞥了一眼维奥莱特，不好意思地说道：

"事实上，督察，我这身打扮主要是为了恶作剧。你知道那个老是戴一顶土耳其毡帽，穿一身黑长袍走来走去的人吧——奥西里斯神庙里的一个大人物。"

"彭佩蒂先生，对吗？"

"就是他。好吧，我觉得要是打扮成他的样子一定会很好笑。维尔沃斯的人都知道他。确实大家都笑得很开心，对吧，维？"

"西德最后得了第一名。"维奥莱特一脸佩服地说道，"真的太好笑了，督察。大家都笑个不停。"

"唔——这就有趣了，"达菲思索道，突然有一个新想法，"你说你没看到袭击你的人？"

"是的。袭击来得太突然，我们完全没有反应过来。等我们意识到发生了什么事情的时候，他已经从小径的上方跑走了。"

"他？"督察突然说道。

"抱歉——只是随口一说而已。就我所知，也很有可能是个女人。"

"你觉得袭击你的人有没有看到你当时正要送给你女

朋友的手链？"

"我想应该有。我们被袭击的时候刚好站在路灯下面。"

"所以很明显，动机不是抢劫。"达菲评论道。

"我觉得，"西德疲惫地说道，"压根没有什么动机。我敢说，这就是一个疯子在夜深人静的时候出来乱打枪。"

"我猜你在追求这位小姐的时候应该有情敌吧？"

维奥莱特一下子满脸通红，但西德只是笑了一下，

"是有那么一两个人想和我争。你也看得到维长得很漂亮。但并没有人为她疯狂到这个地步。该死的，今天我要是被击中什么致命的地方，督察，这就是谋杀了。这一点我们无法回避。"

维奥莱特打了个冷战，用手臂把西德搂得更紧了一些，然后怜爱地看着他。督察点头表示同意。

"好吧，你的解释也许是对的——一个杀人狂。但另一方面……"

"什么？"

"假如有人真把你错看成彭佩蒂先生了呢？"达菲说道，"这一条线索我们也应该跟进。"督察站起身，"如果你感觉好一点了，我让警察开救护车把你载回家。你住在哪里？"

"麦尔曼先生的车库边上——迷迭香路的'宁静庄

园'。我和其他员工一起在厨房吃饭。"

"好的。我们最好通知一下麦尔曼先生发生了什么事。你至少有一两周没办法开车。你需要找医生看一下你的腿。伤得不是很严重，但需要照料。我明天会去找你的雇主聊一聊。"

西德愁眉苦脸地问道：

"我想你一定会告诉他我今天晚上在舞会上耍的把戏吧？"

"抱歉——是的。"

"老板不会高兴的。"西德缓慢地说道，"他不会喜欢的。麦尔曼先生虽然是一个体面的老好人，但只要事情扯上奥教，他都很容易生气。我可能要被解雇了。偏偏我们决定走小路回家，真是太倒霉了。不然我也不会遇到这种麻烦。"

IV

但让西德一直心怀感激的是，麦尔曼先生从来没有提过这件事。他对西德身体的关切让人感动。甚至让西德觉得自己不值得他的关心，对自己感到很是羞愧。西德意识到取笑彭佩蒂先生，也很容易波及麦尔曼先生。从那一刻开始，西德决定要弥补自己先前的过失，哪怕是再微小的批评，也要时刻准备维护自己的雇主。

而尤斯塔斯在和达菲督察长谈过后，却出奇地不安。他有一种感觉，某些黑暗、令人不愉快事情的出现和他有关，但却没有办法判断或确认到底是怎么回事。他相信达菲的推断是正确的。子弹瞄准的不是他的司机，而是一个清晰可见的佩塔·彭佩蒂的幻影，而在某个恐怖的瞬间，他回想起汉斯福特在神庙里对他说过的话——"时机已经成熟，该行动起来。需要强有力的措施。"但随后他很快又觉得这个疯狂的怀疑很荒谬。过去几天里，汉斯福特对先知候选人的态度不是完全不一样了吗？汉斯福特不再怀疑彭佩蒂对奥教有二心。汉斯福特好像认为奥教分裂的威胁已经不在了，甚至为自己之前的怀疑感到抱歉。

没错——这一切都让人感到古怪不安。但在这萦绕他周围的诡异氛围之外，尤斯塔斯还有自己的私人问题要处理。在离开去苏塞克斯之前，像风向标一样变化无常的艾丽西亚，突然因为之前写的一出戏剧而闹起别扭来，她希望在夏季集会上公演这出戏。这个糟糕的剧本是他们之间的老争执了。艾丽西亚是在恍惚之中写的这出戏——或者用奥教的术语来说，就是"神圣的力量以她为媒介，通过前王朝时期的神明的古老智慧来传播伟大的真理"。剧本叫《赫里奥波里斯^①的九柱神》。但她的剧本很糟糕。非常糟糕。更可怕的是，这是一个用无韵诗写的糟糕剧本。自从艾丽西亚像旋风一样刮进平静的奥教避风港后，就一直竭尽全力推动这出剧的登台。尤斯塔斯很自然地把这个剧本交给奥教的文化委员会审查——一个相当有艺术品位和能力的顾问团。他们看了一眼手稿立刻就脸色发白。顾问团告诉尤斯塔斯，如果他想破坏自己的先知位置，就排演这出《赫里奥波里斯的九柱神》好了。尤斯塔斯当然听从了他们的专业建议，告诉艾丽西亚他无能为力，也就是不行。艾丽西亚很生气。她像所有热情的业余爱好者一样，觉得写剧本一不需要写作技巧，二不需要戏剧常识，并且对批评异常敏感。她的骄傲受到了伤害；而她想当然地把这一切怪罪于温和谦卑的尤斯塔斯。

她曾一度让这出戏像一条老狗睡去——但随着夏季大会的临近，这可恶的东西又重新焕发了生机。它开始咆哮狂吠，在门口抓来挠去，吸引注意力。尤斯塔斯叹了口气。他知道要让这出戏远离6月在老考德内庄园举办的集会活动方案，得费好大一番功夫。他知道艾丽西亚在努力说服彭佩蒂和佩内洛普同意这件事，甚至用剧中两个重要角色来诱惑他们。他也知道佩内洛普其实挺愿意演戏的。

---

① 译者注：Heliopolis，赫里奥波里斯，今埃及开罗，又称"太阳城"，古埃及最重要的圣地之一。

而如果违背她显然的愿望，他需要付出更大的代价。

尤斯塔斯又叹了口气。当先知并没什么意思。但以前，在艾丽西亚·哈格·史密斯还没有插手奥教之前，情况其实没有那么糟糕。现在，坐在这个位置上真是困难重重。

但做父亲更不轻松。特伦斯越来越闷闷不乐、难以接近。尤斯塔斯试图让他摆脱这种闷闷不乐的情绪，开心起来。令人沮丧的是这一尝试失败了。特伦斯用一种素食者发现沙拉里有鼻涕虫那样厌恶的表情看着他。尤斯塔斯试图和他讲道理。但结果令人泄气。特伦斯突然从餐桌边跳起来，用他的男低音嗓音大喊道：

"我受够了你的说教！我受够了奥教、理性穿衣、喂兔子吃的草和所有这些关于高级生活的废话！我想当一个低俗的、可以吃肉的、穿西装的普通人。该死，父亲，你难道没有意识到我已经长大了吗，可以自己做决定了吗？直说吧，如果我还要继续忍受这种伪善的生活，就要疯了！就要失去控制！完完全全疯掉了！"

尤斯塔斯作为父亲的灵魂被深深震撼了。

V

但在这一片阴影中还是发生了一件好事情。生命之符出人意料地再次出现在神庙祭坛上的神龛里。而且很明显毫发无损。因此尤斯塔斯立刻通知了警察，关于生命之符丢失的古怪事件很快被大家抛到了脑后。

当然，只有那个出于某种神秘原因偷了生命之符的男人或女人除外。

第七章

穿泰迪熊大衣的男人

I

达菲督察对五月花小径枪击案的调查进展缓慢而又无趣。根据现有的证据根本无法推断出任何满意的结论。夜晚的两声枪响，逃跑的脚步声——除此之外，什么都没有！没有人看到袭击者的样子。没有什么明显的动机。甚至没办法确定这个差一点成为凶手的人真打算谋杀阿克莱特；而在达菲的脑海深处，始终觉得这两枪是冲着彭佩蒂开的。

经过对犯罪现场的仔细搜查，还是有所收获的。在离中间那根灯柱不远的地方，也就是离阿克莱特和他女朋友所在的不远处，达菲发现路尽头的草丛被踩平了，上面还沾满了泥土，说明歹徒就潜伏在路灯照不到的阴影里。草地上零星散落着几根斯旺·维斯塔牌的火柴。达菲由此推断出袭击阿克莱特的人应该是男性。而且因为现场没有发现任何烟头，可见这个用火柴的人应该是个烟斗客。尽管无法通过现场留下的火柴数量来推断袭击者在这里潜伏了多久，但很显然在这样一个高度紧张的状态，他一定来来回回掏出过好几次烟斗。

但有一个问题让达菲感到很困惑。如果这两枪都是故意瞄准阿克莱特（或者是伪装成彭佩蒂的阿克莱特）开的，而不是某个变态杀人狂的随机目标，那么袭击者是怎么知道阿克莱特会路过五月花小径的呢？走这条路是阿克莱特和女伴在离开胸衣厂大门时临时决定的。这很可能说明开枪的人也在舞会现场，并有机会偷听到阿克莱特和维奥莱特的对话。在车库旁阿克莱特的房间里，经过进一步问询后，这对情侣表示他们从工厂大门走到小径中间的灯柱花了差不多25分钟时间。阿克莱特一边解释一边朝达菲眨眨眼，表示他们在路上耽误一点时间也是很自然的事情——达菲很快反应过来，对此表示理解。那么如果袭击者在工厂外偷听到他们的对话，他将有充足的时间赶在他们前面到达五月花小径，并准备好袭击。

就在这时，达菲收到一条线索，一条他觉得十分重要的线索。阿克莱特和维奥莱特都表示在他们决定走五月花小径回家的时候，周围几米的地方有好几个人。这些人都有可能听到他们的安排。但维奥莱特想起了一个奇怪的小细节，让其中一个人显得特殊了起来。所有来跳舞的人都和他们一样是盛装打扮了的，虽然那时大家都穿着大衣，但还是可以看到附近的这些人都戴着各种奇特的头饰。但有一个人例外。维奥莱特和阿克莱特都表示因为三个原因让他们把这个人记得很清楚：1.穿着一件很合身的泰迪熊大衣，头戴一顶粗呢帽；2.高得不同寻常，肩膀非常宽阔；3.中年人的样子，维奥莱特生动地形容为"讲话文绉绉的那种人"。他们还记起来这个奇怪的人突然跳上一辆小汽车溜走了，阿克莱特还记得那是一辆斯坦8型汽车。他们很肯定这个人没有参加舞会，他和他们根本就不是一类人，压根不属于同一年代。事实上，这人好像完全就是一个陌生人。

达菲对此很感兴趣。假设这个人就是袭击者。他有没有可能直接开车到五月花小径的那一头，再绕路到邻近的街道找个不显眼的地方把他的*斯坦汽车*停好，然后走路来到达菲发现的那块被踩平的草坪？如果这么做，他将有足够的时间来拦截这对情侣。事实上，在他握着左轮手枪蹲守在那里的时候，还一次又一次地点燃烟斗。

左轮手枪？好吧，督察得承认这只是他的臆测。左轮手枪、自动手枪、步枪——袭击者使用的武器还无法确定。他仔细搜查过现场，希望找到任何使用过的弹头，但一无所获。就目前的情况看来，他个人倾向于左轮手枪，但还不打算武断地下结论。

但这个穿着泰迪熊大衣的高个子让他展开了联想。他是维尔沃斯人吗？还是只是一个过客？在五月花小径枪击案发生前后还有人看到过这个人吗？他真的和这个案件有关系吗？

达菲因此在那周的《维尔沃斯之声》报道此事的专栏最后加上了一小段话。是这么写的：

警方急于与一名穿着泰迪熊大衣、头戴粗呢帽的中年男子取得联系，此人个子高大，肩膀宽阔，谈吐文雅。该男子或对这起神秘的枪击案有所帮助。如有人最近在维尔沃斯见过该男子或知其下落，请立刻联系当地警方。

在这则公告发布的两天后，就有一个面孔很和善，身材有点圆胖的秃顶小个子男人走进——或者说偷偷摸摸地走进——警察局大厅。他声称有那个警方急于取得联络的人的信息。警官把他带进达菲督察的办公室。

一坐下来，这个小个子男人就小心翼翼地把帽子放到督察的办公桌上，鼓起双颊，像小孩子一样在椅子上扭来扭去，咯咯笑道：

"天啊，天啊，谁能想到我会在警察局。对了，我叫彼里克。警察局发的消息既好笑又奇怪，太少见了。……现在我在哪儿来着？我在干什么？对了，当然，《维尔沃斯之声》的那段报道。是《维尔沃斯之声》，对吧？不是那个粗俗低劣的半月刊《维尔沃斯报》吧，我和我老婆都……我老婆——对了！我老婆要知道我在这里，一定乐坏了……啧啧！但我的家庭生活不可能……我来这里是要给你什么东西来着？"

"信息。"达菲提示道，努力按捺住他的不耐烦。"关于——"

"啊，没错！就是这个。信息。但我无论如何也……真是太搞笑了，就是和你们登在《维尔沃斯报》上的那个消息有关。"

"是《维尔沃斯之声》。"

"当然了——是《维尔沃斯之声》。完全不能想象警察会和那份低俗劣质的东西有关……别浪费时间讨论这些本地报纸的优缺点了。两个报纸都完全缺少文学性……事实上，曼克斯顿先生不久前才意识到……我当然是指弗雷德·曼克斯顿，不是赫伯特。赫伯特什么都不知道。他完全没有什么批判能力。和他的兄弟完全不一样。赫伯特，请原谅我突然的停顿，就是个傻子。他完全没有……信息！对了，对了。我不能跑题了。您可别让我跑题了。我的坏习惯。当然，说回信息。关于那个戴泰迪熊帽子的男人。"

"大衣。"

"天啊——当然。大衣。泰迪熊帽子就挺……挺像那个戴土耳其毡帽的东方男人了，不是吗？我撞见过他——没错，好像是上个星期六——从我住的旋花圆街上的小房子附近一栋楼里出来。高个子、宽肩膀——"

"你是说那个东方人？"

"什么？"

"你碰见的是那个东方人吗？"

"不是，天啊，你是想要那个人的信息吗？"

"不，先生，我们不需要。我们需要一个高个子、宽肩膀，中年人，穿——"

"是的！是的！我知道。粗呢帽和泰迪熊大衣。我撞见这位先生从我家附近的一栋楼里出来……他从前门出来，飞快地走到马路上和我——非常不幸地……"

"你是说这发生在上个星期六？也就是4天前。对吗，先生？"

"哦，没错，没错。这点毫无疑问。我总是在星期六晚上玩几局*做合同的小游戏*……当然不是和我老婆一起。她觉得喊价太复杂了。她的脑子还没有那么好用……是的，他突然从门口出现，差点把我撞倒。正如你所见，我是一个小个子男人。我的帽子——就是我现在放在你桌上的这顶帽子——滚进了排水沟里。但他很真诚地道歉了，很有魅力的样子……是《维尔沃斯之声》，对吧？"

"是的，先生——警方的声明是刊登在《维尔沃斯之声》上的。"

"好的！好的！我必须得说我和我老婆都很讨厌那份粗俗低劣的——"

"你和这位绅士撞到一起的具体时间是什么时候呢，彼里克先生？"

"哦，晚上。很晚，非常晚的时候。事实上那时候都快到12点了……呃……也就是说，差不多是午夜的时候。一个很不应该的时间。但正如我之后跟我老婆解释的那样——"

"他是正要离开那栋房子吗？"

"天啊，是的。走得相当匆忙。甚至可以用'焦躁不安'来形容。但人很有礼貌。帮我捡帽子……不停地道歉……然后开车走了。"

"你记得那位先生离开的那栋房子的名字或者是号码吗？"

"当然了。号码和名字都……极乐园——没错，就是这个名字。旋花圆街14号的极乐园。我住在22号。是一个很漂亮安静——"

"我猜这位先生并不住在14号？"

"什么号？哦，老天爷啊——当然不。事实上我知道谁住在那里……但也许你不感兴趣……是吗？"

"当然感兴趣，彼里克先生。所有证据都是有用的。"

"是的，是的。非常有道理。让我想想？对了，当然，你想知道谁住在那里……一位非常迷人的年轻女士，名字叫……啧！她的名字就在我嘴边……当然，我想起来了！那天晚上我还瞥见过她一眼，就在她进屋前……让我想想……"

"怎么样，彼里克先生？"

"什么小姐来着……我记得开头两个字母是一样的……是什么来着……亲爱的，亲爱的什么……！没错，就是佩内洛普·帕克小姐！"

Ⅱ

彼里克先生不是唯一一个跟警方说见过穿泰迪熊大衣男人的人。在罗阿普胸衣厂工作的一个年轻工人，表示在去化装舞会的路上，注意到有这么一个人就在工厂大门正对面给车子换轮胎。那时是7:20，就在舞会即将开始前。最后，还有赫特福德郡的一个警察在希钦附近的大北路巡逻时，看到过这个男人开着车在一个十字路口等红灯。那是星期六晚上，午夜12:15的样子。他开着车往伦敦方向去了。但可惜这个巡警没有注意他的车牌号。

"那么现在，"达菲沉思道，"我可以从这些零碎分散的线索中推断出什么呢？"

　　有一个因素立刻引起了他的注意。三名目击证人都声称在同一天，各自间隔几小时见过这个男人——也就是说，在星期六晚上7:20 ~ 12:15之间。而五月花小径的枪击案发生在11:10左右。达菲拿过一张纸放在吸墨水垫上，写道：

　　7:20，有人看到他在工厂外换轮胎

　　10:45，阿克莱特和他的女友在工厂外看到他

　　11:10左右，小径发生枪击案

　　12:00，彼里克在旋花圆街14号外看到他

　　12:15，巡警在大北路看到他

　　仔细研究过这份简洁的时间表后，督察觉得已经准备好就这个男人的动向提出他的推测。在他看来，根据新鲜出炉的证据来看，这个男人肯定不是维尔沃斯人，很可能是从伦敦开车来的，在舞会前到达这里，然后在莫名地拜访完旋花圆街后再开车回去。当然，他去过旋花圆街并不能排除他枪击阿克莱特的嫌疑。在五月花小径的枪击之后，他还有足够的时间可以顺便拜访住在旋花圆街14号的人。同样可以确定的是，他肯定是在撞到糊涂的彼里克先生之后，才直接跳上自己的车，开回伦敦的。关于他动向的推测就这么多了。

　　但他去佩内洛普·帕克小姐的家有什么重要意义吗？

这个帕克小姐是什么人？她和西德·阿克莱特有什么联系吗？

达菲打电话叫当天早上在外面办公室值班的安德伍德警官进来。

"听着，警官，"魁梧的身影一进来，他就说道，"你是这个警察局知道八卦最多的人——对于这个帕克小姐，你知道些什么？有什么有价值的信息吗？"

"旋花圆街的帕克小姐吗？"达菲点头。"好的，先生，我得说她是一个漂亮女人，差不多30岁。从她住的地方可以看出来她生活优裕。她还是葛缕子路上的那个古怪教派的积极分子——那个叫奥赛里斯神庙还是什么的地方。"

达菲低声吹起了口哨，满意地点点头。

"多谢，警官。你说的正是我想知道的。"

所以这位帕克小姐，绕了一大圈又和西德·阿克莱特联系上了。而且，也和彭佩蒂联系上了，因为他们都是同一个教派的成员。嗨！真是一群怪人。首先是那个什么什么符的离奇丢失，现在又是这个同样离奇的五月花小径事件。但这个穿泰迪熊大衣的宽肩膀高个子男人和这一切有什么关系呢？难道他也是那群骄傲自大的奥西里斯之子的成员？如果是这样的话，难道这个教派里有什么诡计发生？

达菲精力满满地跳起来，拿起他的尖顶帽。继续坐在这里，问自己一堆完全没有答案的傻问题简直毫无用处。他的老上司常常怎么说来着？"出去，找证据，办案子。"没错！如果他需要更多信息，毫无疑问那位佩内洛普·帕克小姐是最有可能提供信息的人？

Ⅲ

罩着淡紫色面纱，穿着飘逸的薄纱长裙，长长的袖子薄如蝉翼，用银色的蛇形饰物绑住长长的发辫，佩内洛普闭着眼睛坐在一把高背椅上。她旁边的咖啡桌上燃着两炷线香。一只黄褐色眼睛的大猫躺在一个东方造型的垫子上，一动不动、恶狠狠地盯着她。尽管现在已经是上午10点左右，房间仍好似笼罩在神秘柔和的暮光中，因为一直延伸到花园的落地窗上的厚重织锦窗帘全都被拉上了。事实上，房间唯一的光源来自壁炉旁边，壁龛上放着的一尊巨大的青铜阿努比斯像，从它巨大的琥珀色眼睛中散出的光。这个房间让人想起为了宣传某类即将上映的电影而专门设计的电影院门厅，比如《宾虚》或是《一个国家的诞生》①。

---

① 《宾虚》是讲述犹太人反抗罗马帝国压迫的民族苦难历史片。《一个国家的诞生》是讲述美国南北方黑人与3K党两个家族在内战前后的命运冲突的历史剧情片。

过去的20分钟里，佩内洛普一直处在深刻的"无我"状态。尽管模模糊糊地受到一大盘奶油香蕉泥的影响，她还是成功地把粗鄙的自我融入无限中。佩内洛普把自己提升到更高的境界中去，打算把一系列美丽思想投射到她女仆脑中，因为就在两天前她的女仆在厨房对她很粗鲁。但让她感到懊恼沮丧的是，当她一跨越进更高的境界中后，就立刻忘记了原本促使她做出这次神秘攀登的原因。当然，她有两种选择。要么在经历又一次漫长而艰苦的历程回到有限的世界中去，在那里拾起失去的线索，然后再次费力地攀登到她现在崇高的栖息地；要么选择继续留在这绝对虚无的状态中。出于人类好逸恶劳的天性，佩内洛普毫不费力地做出了选择，继续蹲在这更高的境界里，昏昏沉沉中进入极乐世界。

达菲督察的拜访相当不合时宜，当女仆进来通知他的到来，猛地把佩内洛普从更高的境界中扯了出来，一个震动，把她推回到粗鄙的自我中。她一脸茫然地看着女仆。

"谁啊？"她喃喃道。

"达菲督察，女士。"

"好的，希尔达。带他进来。"

达菲潇洒地走进来，帽子夹在手臂里，微微鞠躬示意。佩内洛普懒洋洋地朝一个盖着假猎豹皮的仿哈托尔造型沙发挥挥手，挣扎着想要弄明白发生了什么事。一个警方督察。为了什么？他想要干什么？她突然紧张起来，有点头晕。

她呆呆地说道："您想见我了解点事情？"

"一点常规的事情。也许您愿意帮忙回答几个简单问题，女士。"

"当然……如果我可以的话。"

"这和我们急于寻找的一位绅士的动向和现在的行踪有关。也许您看过这星期的《维尔沃斯之声》？"

"没看过。我只看《秘术家》和《神秘时报》。我不觉得本地报纸能给人什么启发。"

"确实。"达菲不自在地咳嗽了一下，青铜阿努比斯像炯炯有神的琥珀眼睛让他很分心。"我们有理由相信，就在上周六午夜前不久，这位先生来过这里。"

"您说什么？"达菲又说了一遍。"来过这里？"佩内洛普重复道，"但这不可能！如果他真的来过这里，我肯定应该知道的。那时候只有我一个人在家。女仆希尔达周六晚上总是和她妈妈一起在圣奥尔本斯过。而厨娘，我恰好知道，她那天晚上10点钟前就上床睡觉去了。所以您看，督察……这毫无疑问。"

"但我有证据，我认为是可靠的证据表明，这位先生在午夜时分从您家出来，然后开车走的，那车就停在您家大门外。您确定自己的说法吗，女士？人总是容易忘记细节，即使是几天前才发生的事。我再重复一遍——这是上周六晚上的事。"

听到督察的描述，佩内洛普的表情有一些奇怪而微妙的变化。显然现在她才搞清楚了现在的状态——不再是一脸荣耀自喜的样子，而是充满警惕，甚至是防备地眯着眼睛盯着督察。

"这肯定是有什么误会。上周六晚上没有人来过。"

"连短暂的拜访也没有？"佩内洛普摇摇头。"真奇怪。"达菲喃喃低语，意味深长地看着她，"非常奇怪。我的证人非常确定那位先生离开的时候，看到您在门口。"

"您的证人，也许，看错了……门牌号。"

"这里是旋花圆街14号，对吧？"佩内洛普低着她光滑的头。在一个漫长而尴尬的停顿之后，达菲突然变了音调，厉声说道："我必须要求您再好好想一想，帕克小姐，仔细想想。我想不需要多说，您也知道向警方隐瞒信息是犯罪行为。我再问您一次。您是否在上周六午夜前在这里招待过一位先生？"

佩内洛普犹豫了一下，在督察严厉敏锐的审视下，噘起嘴巴，半闭着眼睛。然后她轻晃了一下脑袋，反叛地说道：

"没有——我没有。我不知道您是从哪儿听到这种奇怪的流言蜚语。真让人难过。"

"很好。"督察站起身，"很抱歉占用您的时间了，帕克小姐。别——不用摇铃叫女仆了。我自己出去。"他再次微微鞠躬致意，"谢谢您。"

当达菲关上前门时，他听到花园大门的咔嗒声，转身看到一个熟悉的身影向他走来。当他们在小路上擦肩而过时，达菲疑惑地挑起了眉毛，但他还是友好克制地说道：

"早上好，彭佩蒂先生。今天不是很冷。"

"异常的温和。"彭佩蒂微笑道，"至少是相对于往年天气来说。"

Ⅳ

双方对这次偶遇都感到很好奇。在佩内洛普充满异域风情笼罩着琥珀色暮光的会客室里，彭佩蒂询问道：

"他来这里干什么？想要什么？到底有什么目的？"

彭佩蒂极度紧张、超级好奇的样子吓了佩内洛普一跳。但她只是淡淡地回道：

"哦，只是一些私人问题。没什么重要的。"

"你确定？"

佩内洛普欢快地笑道：

"我亲爱的佩塔——拜托！"

"请原谅我这样焦虑的样子。但只要一想到您被警方纠缠……就让我难受得不行。只是小事对吗？"佩内洛普点点头，然后探身过去接火点百草烟。"我这么问只是因为他们通常不会派一位督察来询问小事。您确定没有隐瞒我什么事情吗，亲爱的？"

"隐瞒你什么事情！我为什么要隐瞒你？"

"因为您的善良，亲爱的。也许是为了保护我不受伤害，免遭侮辱。"

"我……我不懂，亲爱的。"

彭佩蒂露出一丝不自然的困窘。

"我好奇督察有没有问过您一些关于……我的问题。如果有，请您一定要告诉我。"

"但他为什么要问关于您的问题？"佩内洛普一脸困惑地问道。

"哦，不是什么特别的事情。但我没跟您提过这件事，但生命之符被偷之后，达菲督察来拜访过我。他给我的印象就好像我是小偷一样！"彭佩蒂嘲讽地干笑了一下，"荒谬可笑，您肯定也这么觉得。但只要这些穿制服的先生们有了什么想法，就很难……"

佩内洛普温柔地伸出双臂，圈住他的脖子，把他往鎏金的哈托尔沙发上扯。

"别说傻话了。跟您没关系。就像我之前说的一样，是一件不重要的私事。现在让我们忘记督察的来访……"

彭佩蒂非常清楚这时候该怎么做，这个话题应该抛到脑后了。但那天早上，佩内洛普还是注意到他在床上的表现非常敷衍，完全不似往常。他好像很担心的样子，一脸心不在焉。

另一头的达菲也非常焦心。他好像突然一头撞到了一堵墙上。这是典型的证据自相矛盾的死胡同。彼里克先生的说辞和帕克小姐的否认。究竟是什么意思？上周六晚上那个穿泰迪熊大衣的男人是否去过14号？达菲倾向他去过，但出于某种原因，帕克小姐向警方隐瞒了真相。但为什么？她是否和意图谋杀西德·阿克莱特的案子有关？——也许她是帮凶，在案发前和案发后都帮着掩盖真相？

穿泰迪熊大衣的男人熟悉维尔沃斯的环境这一点是毋庸置疑的。毕竟，他是在偷听到阿克莱特和他女朋友的对话之后，才选择在五月花小径就位埋伏的，这说明他相当熟悉当地的地形。这家伙要么曾经在这里住过，要么经常来这里。也许是一位经常拜访旋花圆街14号的客人？

他还注意到一个很重要的问题。帕克小姐和彭佩蒂很熟悉。这点没什么好奇怪的，毕竟他们都是葛缕子路上那个奇怪宗教的一员。另一方面，差一点成为凶手的嫌疑人可能开枪射击的对象是他认为的彭佩蒂。从这方面想的话还是有某些联系的？彭佩蒂认识帕克小姐，帕克小姐认识穿泰迪熊大衣的男人。最后，他的调查方向真的合理吗？这个谋杀未遂案件的动机真的和这三个差异巨大的人物有关系吗？

第八章

侥幸逃脱

I

就在这个有趣的时刻，达菲督察的调查陷入困境。没有新的证据，没有意外的线索，没有任何进展。五月花小径的神秘枪击案显然注定成谜。西德·阿克莱特很快回到那辆豪华的戴姆勒上，继续给尤斯塔斯开车。彭佩蒂先生继续穿着他的奇装异服昂首挺胸走在花园城市里。达菲经常看到佩内洛普·帕克小姐在购物中心进进出出。而那个穿着泰迪熊大衣的男人，至少据达菲督察所知，再也没有在维尔沃斯出现过。

事实上，维尔沃斯花园城市似乎已经回归到惯常的冬季活动中去。有常见的季节性活动：业余戏剧、讲座、室内乐和各种与宗教、政治和教育有关的集会。还有大量感冒、发冷、神经痛、黏膜炎和喉炎的暴发——疾病不分肉食者和素食者，公正地打击了一片。还有不可避免的寒风，那风连绵不断，透着刺骨的寒意。因此，一直到4月前，人们的脾气都暴躁极了，一点点分歧也可能演变成彻头彻尾的敌对。

可怜的尤斯塔斯痛苦到了极点，奥教的一切都越发不对劲。内殿成员因为一些程序和教条上的琐碎问题，好几次吵得不可开交。哈格·史密斯夫人时不时从她的乡间宅第莅临维尔沃斯，来参加这些奥教会议：搞砸几件事情，发表一些关于财务和宣传的专横宣言，向她亲爱的彭佩蒂说几声赞美，然后留下一堆最后一刻定下来的修订和提醒，在一片混乱中抽身走人。对尤斯塔斯，她礼貌多过友好，仍然对他拒绝制作《赫里奥波里斯的九柱神》这出戏而生气。对先知尤斯塔斯来说，这是一段相当孤独痛苦的日子。哈格·史密斯夫人和彭佩蒂反对他，汉斯福特·布特似乎也抛弃了他，佩内洛普像对小孩一样敷衍他，他一无是处的儿子也对他摆架子，他变得越来越闷闷不乐。有时他甚至想逃离这一切，辞去先知的职位，从自己发起的这项宗教运动剥离，自我放逐。如果不是因为他的骄傲不允许，还有佩内洛普，也许他真会离开这座花园城市。最近他写给佩内洛普的信，越来越充满激情，更加直接迫切，最后被她的冷漠所迫，他甚至写信向她求婚。佩内洛普很善良、圆滑，但也很坚定。她觉得，在现在这种情况下，尤斯塔斯最好克制自己不要再给她写信了。她很抱歉，但为了他好……

尤斯塔斯伤心地接受了这个暗示，从那天开始，只在远处默默地膜拜她。

Ⅱ

在冬天的这几个月里，彭佩蒂意识到，从财务角度来看，他过得还是很舒服的。汉斯福特像一台自动售票机一样高效有规律地拨款。而雅各布，意识到他的利益通过这些勒索可以得到满足，变得相对好处理了不少。只要能拿到勒索回扣以及偶尔分到的一些"必需"（他称之为"跑路费"），他就差不多准备好不再骚扰彭佩蒂了。除此之外，佩内洛普似乎不仅准备好松开她的钱包，而且好像也不打算关上了。当然，他必须努力让她保持这种慷慨解囊的心情，但对彭佩蒂来说，就像其他男孩16岁开始玩板球、木雕或集邮那样，他16岁开始玩弄女性，可以说非常擅长与女性相处。

没错——从财务角度看，彭佩蒂已经很满意自己的成绩了。但他内心的平静并不是没有瑕疵的。彭佩蒂当然没有忽略五月花小径的那起枪击案，也足够敏捷地注意到聪

明的西德·阿克莱特对他开的那个玩笑。而他越分析这个
案件，越确信自己才是那黑暗中射出弹头的预定目标。当
雅各布再次溜达到维尔沃斯，侧身挤进他家前门来讨要
"必需"时，彭佩蒂给他看了本地报纸上的报道。雅各布
吹了吹口哨。

"不就是这么回事嘛？天啊！天啊！你不会是
觉得——"

"我有自己的怀疑。"彭佩蒂打断道，"所以我才给你
看这些剪报。我需要你的意见，雅各布。"

"你不会是想到了高斯吧？"

彭佩蒂严肃地点点头。

"很显然。"

"但那不可能！"雅各布尖叫道，"毫无疑问。我恰好
知道皮埃尔·高斯出远门了。他已经出去了好几个月。在
蔚蓝海岸①混着呢。还是诈骗勒索那一套。"

彭佩蒂重重地松了一口气。

"你确定这都是真的吗？"

"当然！我总是说要特别关注皮埃尔的动向。毕
竟……"——雅各布冲彭佩蒂意味深长地笑了一下——
"你知道的，我一直都把你的兴趣放在心上的。所以当

_____
① 蔚蓝海岸，法国东南地中海沿岸。

然——你不能把这件事归罪于高斯。他确实是一个大滑头，但还得再加把劲儿才能越过我。"雅各布停了下来，点燃了一支烟，突然说道："你知道，还有一种可能性。"

"什么？"

"我们共同的朋友。你现在正在勒索的那只肉鸽子。"

"山姆·格鲁？"彭佩蒂叫道，"真该死！我从来没想到过他。但他怎么敢做这么大的动作。"

"兔子逼急了也是会咬人的。"雅各布老练地评论道，"你要听我的，就小心点儿山姆·格鲁。不用去管皮埃尔。"

在3月底一个漆黑的夜晚，彭佩蒂有理由要牢记雅各布的建议了。他正要进门，突然有什么东西从他左耳边呼啸而过，砰的一声击中木门。彭佩蒂迅速把这还在门上颤动的物体拔下来，转身面向大门。可惜一株巨大的紫丁香给袭击者提供了完美的掩护，当彭佩蒂冲到大路上的时候，他只看到一个人影迅速消失在阴影中。这一连串事件发生得如此迅速，让彭佩蒂几乎不敢相信这是真的。但他手上拿着的这把邪恶的长刀实在让人无法质疑。

彭佩蒂哆嗦着走进屋里，感到一阵头晕恶心。这把刀只要再往右一点点……他又哆嗦了起来。和尤斯塔斯一样，他也深深感觉到一股邪恶的力量出现在这个花园城市里。难道雅各布是对的？真的是山姆·格鲁，也就是汉斯福特·布特投的这把刀吗？他对此表示怀疑。他不觉得汉斯福特是那种工于心计的冷血杀人犯。他太软弱了。而这太离谱了。但如果皮埃尔·高斯在南法……那么到底是谁，谁呢？

自此之后，彭佩蒂再也不敢天黑后出门。他向佩内洛普假装视力下降。但佩内洛普不愿意在漫漫长夜里缺少他的陪伴，最终说服他留下来过夜。彭佩蒂不得不低头接受，但为了避免用人们说长道短，他总是在希尔达和厨娘起床之前从极乐园溜走。

他非正式地考虑过丢掉长袍和土耳其毡帽的伪装。但最后也意识到，走这一步可能更危险。可能会引来许多问题，尴尬的问题，而这些问题是他必须回避的。出于同样的原因，除了雅各布，彭佩蒂从未跟任何人提过飞刀的事情。他非常清楚，自己无法接受任何来自警方的搜查盘问。

III

就这样，带着这所有悬而未决的谜题，奥教高层们在5月底开始着手准备出发前往苏塞克斯。

第二部
老考德内庄园

第九章

西德·阿克莱特偷听到的

I

艾丽西亚·哈格·史密斯夫人的构想正要变为现实。她正坐在自己卧室的竖框窗户旁边——卧室是质朴的斯巴达风格，没有一点多余的女性元素在里面——带着某种提防的眼神，扫过庄园广阔的土地，最后露出一丝满足高兴的神色。在周围远远近近的榆树林里，工人们正忙着挖沟，搭帐篷，钉木桩，绑绳子，铺电线、水管和煤渣路。粉色和白色的山楂花正盛开，金黄色的毛茛铺满庄园花园的外部，打破了柔和砖墙的静默。在她窗下，一台割草机正像一只被困的蜜蜂一样嗡嗡作响，这是第三园丁在温柔起伏的草坪上来回移动。第四园丁在玫瑰小径外，正忙着给芍药花床施粪水。第五园丁在厨房花园的尽头，看过去不过是一个小点，正忙着移栽嫩莴苣。从这里看不见第二园丁，因为他正坐在杜鹃花丛中的手推车上，悠闲地抽着烟斗。而首席园丁，正在盆栽棚里享受他的餐后小睡，这也配得上他显赫的头衔。

　　哈格·史密斯夫人很满足，一切都很顺利。两天前，内殿成员都到了老考德内庄园，为一周后即将涌来的普通成员打前站。对庄园的住宿分配已经完成，大家一致同意庄园的空余房间应该留给更虚弱的奥教成员。佩内洛普带着她的女仆希尔达和厨娘，舒适地安置在庄园南边的寡妇小屋里。尤斯塔斯以一贯的谦卑姿态，认为北入口处装修过的小木屋就已经足够豪华舒适了。特伦斯和金发管家萨默斯夫人一起坐戴姆勒来到这里。西德·阿克莱特住在附近的一个谷仓里，戴姆勒刚好可以停在那里。内殿的其他成员，包括汉斯福特·布特，都主动要求住在中式凉亭附近的钟形帐篷里。而那个中式凉亭被改造成一个安静有品位的冥想屋。只有彭佩蒂一个人拒绝留在庄园神圣的领地里。他显然没有准备好详述具体理由，但已经在当地客栈——斜屋客栈——预订了几个房间。哈格·史密斯夫人很震惊。她觉得让一位先知候选人住在小旅馆里有失体面，于是恳求彭佩蒂改变主意，但彭佩蒂对此很坚决。他含糊地谈到"与更高自我的相处所必需的孤立与超然"，需要"远离值得称道的众人的奉献所产生的喧嚣"。由于哈格·史密斯夫人完全不明白彭佩蒂在说什么，这点只有彭佩蒂自己清楚，她只能接受这个解释，就此罢手。她很失望，也有点生气，但无可奈何。

每隔24小时的晚餐时间，内殿成员就会聚集在庄园里，交头接耳地交谈。在一天余下的时间里，他们则忙于完成即将到来的秘密集会所要求的各种实践活动。一个偶然路过的旁观者可能会认为，在维尔沃斯相当明显的紧张情绪已经在一定程度上蒸发不见了。

但在这所有活动的外壳下，个人偏见和各种问题的酵母仍在不断发酵。唉，那颗"漂亮苹果"真是彻彻底底地"烂到核里了"。

Ⅱ

几个月来，特伦斯一直梦想着这一刻——这个梦如彩色电影般华丽，唯一的主演是他生命中唯一的女人……丹妮斯·布莱克。他相信只要到了老考德内庄园，就有机会和丹妮斯单独见面了。这是一个超级大的庄园，他父亲和污点夫人不可能时时刻刻监控着所有地方。的确，丹妮斯大部分时间都忙着工作脱不开身，但肯定某些时候，比如夜晚，比如黄昏时分……他满怀兴奋地参加了在庄园举办的第一次晚宴。但让他非常失望的是，丹妮斯没有出现。

毕竟，他完全不知道，艾丽西亚和尤斯塔斯已经提前商量好——要尽一切努力把这对情侣分开。艾丽西亚这么做，是因为她不想失去一个好秘书。而尤斯塔斯则是不想失去他对儿子的掌控。

特伦斯曾在远处瞥见过丹妮斯——一个窈窕的身影从玫瑰花园中走过，胳膊上挎着一篮鲜花。他出人意料地大胆叫出她的名字——饱受相思之苦的低吼像隆隆的雷声一样在灰石墙上回荡。结果却让人沮丧——一群人从各种让人意想不到的地方冒出头来，直盯着他的方向。园丁们从灌木丛后窥视，女仆们从窗后探出头，工人们从地上的洞里冒出来；最后是艾丽西亚·哈格·史密斯夫人本尊，像歌剧里怒气冲冲的女主角一样，在阳台上怒视着他。丹妮斯逃进屋子里去。而特伦斯，脸红到了发根儿，跌跌撞撞地跑出了庄园。

他气急了，对父亲、污点夫人、他自己、生活、该死的每件事！任何一个普通小伙子的普通父亲都会允许自己的孩子与丹妮斯这样体面正常的女孩儿接触的。真是恶心卑鄙！如果他还要继续压抑自己，他就会……就会……

但特伦斯并不清楚真到了那种关键时刻，他会怎么做。但肯定是个戏剧性的大动作，他觉得这点是毋庸置疑的。

Ⅲ

佩内洛普曾指示用人，不管彭佩蒂先生什么时候来拜访，都可以不需要通报，直接进寡妇小屋。现在的她比以往任何时刻都更需要一个强壮的手臂来依靠，一个能激励人的角色来振奋她疲惫的神经。对佩内洛普来说，在习惯了安逸稳定的生活之后，突然发现自己陷入困境。就在离开维尔沃斯的两天前，像晴天霹雳一般，她突然收到城里经纪人的来信。信的内容毋庸置疑。由于几只股票出现了完全出人意料的波动，佩内洛普的很大一部分私人收入在一夜之间蒸发了。现在缩紧开支是每天的主旋律——这里省一点，那里不需要。所有不必要的奢侈开销都必须省去，这其中当然包括她时不时给彭佩蒂的"借款"（她喜欢这样乐观地称呼这些开销）。彭佩蒂听到这个消息的时候吓了一大跳。因为雅各布赌马输了不少钱，突然向他狮子大开口勒索更多钱。确实还有汉斯福特·布特每季度的50英镑，但没有了佩内洛普的额外补充，要让雅各布保持理智亲切的状态真是太难了。

而财务状况的倒退与另一个折磨佩内洛普的烦恼相比，简直不值一提。她认为彭佩蒂的生活不该受她的秘密所影响，所以过去几个星期以来，她一直独自与这个可怕的新问题做斗争。但就在到达苏塞克斯的两天后，她终于崩溃了，忍不住向彭佩蒂坦白了一切。

"我的老天爷啊！"彭佩蒂大叫道，被吓得不行，"这不可能是真的！不可能！"

"哦，我一直试图说服自己这都是我的想象！"佩内洛普颤抖着声线说道，"但不是，佩塔。我们必须面对现实。我要有一个孩子了——你的孩子！我承认这很糟糕，但这是真的！"

"但我的天啊，你怎么不明白？"彭佩蒂咆哮道，"如果这个消息传出去，我就完了。完蛋了！想想艾丽西亚听到这个消息会是什么反应。我，作为先知候选人，是你孩子的父……"

"亲爱的佩塔，我们必须保持镇定。"

"该死的——我在努力。但你必须从我的角度想想。作为先知候选人，我这个职位是有一定薪水的。我还会有收入吗？如果——"

"那么艾丽西亚一定不能知道这件事！"

"别开玩笑了。我们怎么不让她知道？除非，"他补充道，突然脸色明亮起来，"除非你准备好离开。对吗？也许你愿意去国外？"

佩内洛普摇摇头。

"不，佩塔。首先，我没有钱出国。另外，亲爱的，我也不能够在这样可怕的时刻离你而去。我不能！你明白的，对吗？"

"那我们要怎么骗过艾丽西亚、尤斯塔斯和其他人？
再过几个星期，你的身子就盖不住了。我跟你说，佩内洛
普，这会毁了我的。我在奥教里的一切都没了。被免职！
被唾弃！"彭佩蒂绝望地挥舞着双臂，在房间里走来走
去。"怎么会在这时候发生这种事情——就在我有升职可
能的时候。就在前几天，艾丽西亚才暗示我……奥教里面
越来越多人希望尤斯塔斯下台。他太不思进取，太刻板保
守了。我从来没提过这件事，但艾丽西亚认为只要能发起
公投……"他夸张地用双手紧紧抱住头部。"现在没希望
了，一点希望都没有了！我彻底完蛋了。我的人生可以被
注销了！"

彭佩蒂倒在扶手椅上，精疲力竭地躺在椅子上，怒视
着窗外阴沉沉的天空……所有计划都落空了，所有希望
都破灭了……他突然意识到佩内洛普凉爽的手抚过他的
脸颊。

"佩塔。"

"怎么？"他粗暴地抓住她的手，不耐烦地怒视着她。

"我想给你看样东西。"

她走到一个小古董书桌旁，打开盖子，拿起她的信
盒，依次打开，拿出一捆用丝带绑着的信。

"这个，"她低声说道，把这捆信递给彭佩蒂，"看看，

我想你会感兴趣的。"

　　彭佩蒂轻快地解开丝带，把第一封信摊平，开始读了起来。他什么都没说。然后拿起第二封信，第三封信，慢慢地他皱起的眉头舒展开来。他坐在椅子上，身子前倾，摸着他的胡子，全神贯注地读着这一页又一页密密麻麻的信。

　　然后叫道："尤斯塔斯！老天爷啊，这不可能！"他开始嘲讽地轻笑起来，"在这么多该死的伪君子里，居然是他。我简直不敢相信。这件事有多久了？"

　　"哦，好几个月了。"佩内洛普说道，"直到几周前我喊停为止……在他跟我求婚之后。"

　　"求婚？"彭佩蒂大叫道。"尤斯塔斯？"他又笑了；但想到佩内洛普拿信给他看之前的对话，他直接辛辣地问道："我承认这件事很有趣，但为什么要现在给我看呢？"

　　"因为，佩塔，你不明白吗？"

　　他茫然地盯着她。

　　"我不明白——"

　　佩内洛普温柔地插话道：

　　"你觉得我会想要毁掉你的事业吗，亲爱的？毁掉你成为先知的机会？亲爱的佩塔，别这么迟钝。你肯定不会把崇拜你的佩内洛普想得那么不堪吧？你没意识到吗？我在想，也许尤斯塔斯就是那个能让我们走出困境的人。"

"尤斯塔斯？但要怎么做？"

"这个嘛，"佩内洛普一脸神秘地低声说道，"假如我去找艾丽西亚……然后跟她说我肚子里的孩子的父亲是尤斯塔斯呢？"

被惊呆了的彭佩蒂跳起身。他直盯着佩内洛普看，好像在怀疑她失去了理智。然后慢慢地，一丝微笑爬上他深皮肤的脸上。

"尤斯塔斯，"他轻轻地说道，"给你写过许多亲密信件的尤斯塔斯，向你求过婚的尤斯塔斯——还是书面求婚！亲爱的，这主意简直太妙了。你太棒了。但你愿意为了我忍受接下来不可避免的丑闻吗？"

"为你的话，佩塔，"佩内洛普非常简单地说道，"你知道我愿意为你做任何事情。"

"但尤斯塔斯可能会否认这个指控。"

"那又怎样？不过是公说公有理，婆说婆有理罢了。但等艾丽西亚看过这些信之后……我觉得先知的位置——"彭佩蒂的黑眼睛开始闪闪发光。

"我的！"他喃喃自语道，"这就会成为定局。我的天！佩内洛普，你简直无与伦比！棒极了！"

佩内洛普的财政援助停止了又如何呢？如果这个计划成功了的话，尤斯塔斯就完蛋了，而他，彭佩蒂，毫无疑问会成为接班的那个人。而先知的职位可是一年有5000

英镑薪水，一个非常值得他念念不忘的数字。

只有一件事让他很困惑。为什么佩内洛普没有利用怀孕的机会强迫他娶她呢？毕竟没有什么事情可以阻碍他们的结合。但当然谢天谢地她没有这个想法！尽管如此，这还是一个让人很费解的疏漏。

IV

佩彭佩蒂还在为这个计划激动不已，可以利用阻碍他拿到5000英镑年薪的人来洗白自己，却完全忘了考虑任何失败的可能。这个由佩内洛普提出来的阴谋看起来毫无缺陷。如果不是西德·阿克莱特偶然想喝半品脱淡苦混啤的话，可能就真的没缺陷了。

西德在谷仓上方的阁楼里住得很开心。他喜欢老考德内庄园自由轻松的乡村氛围。实际上，西德到苏塞克斯的头一星期几乎什么都没做，因为他的雇主几乎从未离开过庄园的范围。他偶尔会把先知从庄园的这个角落载到另一个角落，因为这个庄园的总占地面积接近25平方公里。但除了这些短途行程之外，西德几乎是自生自灭的状态。

在离开维尔沃斯之前，他和维奥莱特·布雷特爆发了一场大争吵。并不是说她没道理，但西德不打算再想这些烦心事。一开始，他还因为这场争吵有些沮丧，但现在他已经完全不受困扰，并准备好随时和任何一个和他看对眼的女孩儿在一起。比如希尔达·谢普斯通——帕克小姐在寡妇小屋的女仆。在他看来，那是个有派头的姑娘，值得培养。当然，希尔达并不是每天晚上都有空，所以西德养成了在把麦尔曼一家送到庄园主屋后，漫步到斜屋客栈的习惯。麦尔曼一家吃完晚餐之后会穿过庄园自己走回去，所以西德可以自由安排晚上剩下的时间。

那是一个星期六的晚上，就在酒馆打烊之后，西德第一次发现自己被牵扯进关于奥教的高级阴谋里。这完全是一次偶然。西德走在回庄园的路上，就在村子尽头小路的转角处，突然意识到前面有一个人影在月光下的小路移动。那个人动作迅速敏捷却悄无声息，在西德看来，有些鬼鬼祟祟。那人走几步就停下来回头看。这勾起了西德的好奇心，他走到宽阔的草地边缘，开始跟踪起那个神秘人。散开的枝叶投下深深的阴影，从那个人的行为分析，他没有发现西德在跟踪。

不久，那个人就走到路边，西德听到更多鬼鬼祟祟的脚步声从小路尽头传来。他蹲在石楠丛后面，静静等着。没过多久，第二个人影出现在月光下，清晰可见，让西德吓了一跳。一看到来人的黑胡子和黑长袍，西德就认出了他是谁。然而，他注意到彭佩蒂先生是手拿着土耳其毡帽的，这让西德觉得他这么做是为了使自己不那么引人注目。

　　站在阴影里的那个人低声吹了一下口哨。彭佩蒂停了下来，谨慎地上下打量了一下小道，朝站在榆树阴影里的那个人影走去，然后立刻开始轻声细语地交谈起来。好奇心越发高涨的西德悄悄从小路上退了下来，注意到一条长阶通到那两人所在的田地。他迅速越过长阶，静静地翻到树篱笆的另一边。

　　在离他们大约5米的地方，西德停了下来偷听他们的谈话，这是他可能靠到的最近距离了。不过在这个距离，他没办法听清他们说的每句话。事实上，他只能分辨出彭佩蒂说的一些短语，因为他的同伴基本上是用一种刺耳嘶哑的耳语在说话。但他能够听到的东西已经足以刺激着他继续听下去。这是怎么回事？为什么彭佩蒂要在小路上这么悄悄摸摸地和这个人见面？而他的同伴又是谁？

　　几秒钟之后，西德意识到他们正在讨论的人是他的雇主。他听到了一些断断续续的句子。

　　"……重点是……麦尔曼一直在写信……很长一段时间……这个女人……用这个作砝码……下台……"

　　另一个人紧随着发表了一些听不清的评论，最后以低沉阴郁的笑声做结尾。然后又轮到彭佩蒂说话。

　　"我承认很尴尬……帕克姑娘没问题，但是……让我失望……搞定……麦尔曼来背黑锅……我告诉你……肯定完蛋了……我们的朋友麦尔曼的终……完蛋！"

　　另一个人又是一阵咯咯笑，还有更多听不清的评论。然后又是彭佩蒂——但这次他在努力说服什么，声音相当焦躁。

　　"但该死的……需要你等几周……必须要有耐心……到时候全部付清好吗……我保证绝对万无一失……如果一切顺利，我们就能养尊处优……"

　　但彭佩蒂突然压低声音，来配合同谋者的沙哑耳语，让西德无法再分辨出任何词语。但西德听到的内容已经足以让他开始疯狂猜测。他意识到这是机会，为自己过去的不良行为弥补雇主的机会。他永远不会忘记五月花小径枪击案之后，尤斯塔斯对他的慷慨和同情。在养伤的时候，尤斯塔斯一直无微不至地照料他，就好像西德是亲儿子一样。即使被西德对他认为神圣的事物开的拙劣玩笑所冒犯到，尤斯塔斯也从来没有表露出来过。他什么也没说，而这让西德有生以来头一次为自己感到羞愧。从那天开始，西德开始坚定不渝地为他的雇主服务。虽然他仍然觉得奥教有点"奇怪"，但宁愿切掉自己的右手，也不愿他的雇主跌倒一下。

　　他觉得再在树篱笆后面等下去也没有什么好处了，于是悄悄地往回走，从草地的边缘绕了一个大圈，在离那两人180米的地方再插进小路。然后一路加快步伐，直到北

区小屋出现在眼前。一扇格子窗户里亮着一盏灯，西德没
有犹豫——他没有回就在附近的谷仓阁楼，而是直接穿过
车道入口的小门——在爬满铁线莲的门厅里，拉响了前门
的熟铁铃铛。

第十章

盒子里的信

I

　　西德早已回谷仓去了，尤斯塔斯还坐在光线柔和舒适的小客厅里，阴郁地沉思着。包裹着他的邪恶力量不再是一些模糊不清的背景，转瞬间变得清晰可见。尤斯塔斯突然间可以清楚地看到时间和命运正密谋着把他领向何处。他被摆在地狱的边缘，一步踏错，就会堕入深渊！

　　这对他们两人来说都是一次极其困难和尴尬的对话——对西德来说，他知道了一些雇主明显不想让人知道的事情；而对尤斯塔斯来说，显然因为西德的发现而感到羞愧。作为奥教的先知，被自己的司机发现有不足并不是一件让人愉快的事情。但因为眼下出现的紧急状况，他不得不和西德·阿克莱特仔细讨论刚刚偷听到的全部细节。
幸运的是，西德的记忆力很好，他能够逐字逐句复述出所
有内容。西德一边回忆，尤斯塔斯一边仔细地把这些东西
都写下来。

就是他现在正在研究的这页纸。

他立刻明白了其中三个令人不安的事实。一是佩内洛
普保留了他给她的所有愚蠢信件；二是她跟彭佩蒂说了这
些信的事情；三是他们很显然打算利用这些信诋毁他在
奥教中的好名声。这样粗野行为的动机不难理解。汉斯福
特·布特最初对彭佩蒂的判断是正确的。这个人野心勃
勃，冷酷无情——这点毫无疑问。他和佩内洛普结盟，一
起密谋破坏他先知的地位。也许最让他伤心的是佩内洛普
在这件事上的态度。他意识到过去几个月来佩内洛普只是
假意友好，其实一直准备伏击他。这是一个多么让人悲伤
和清醒的现实啊！

彭佩蒂在小路上碰面的那个人又是谁呢？他是怎么加
入这个卑鄙的阴谋中的呢？西德没办法提供更多关于这个
神秘鬼祟的人的信息。他只形容他"和彭佩蒂先生一样
高，身材差不多，皮肤也一样黑"。西德没听清他说的任
何话，所以无法判断他和彭佩蒂之间的关系。西德只能说
这么多："彭佩蒂先生好像有点怕另外一个家伙——就好

像他有什么把柄在那人手上。"但尤斯塔斯意识到，这种模糊的概括并没有办法厘清他们私会的谜团。

但无论如何，这个谜团和佩内洛普扬言要拿手上的信给艾丽西亚看相比就算不得什么了。艾丽西亚本来就因为他拒绝制作《赫里奥波里斯的九柱神》而对他不满，一旦看过那些信，她绝对不会对他手软的。这些信是最重要的。尤斯塔斯必须不惜一切代价拿回来，必须想办法说服佩内洛普把信还给他。应该立刻去找她，恳求她大发慈悲，可怜可怜他。虽然倍感耻辱，但却无可奈何，只要没有这些信，彭佩蒂就什么也做不了了。

"但要是……"尤斯塔斯恐慌地想道，"佩内洛普不肯把信还给我该怎么办？"

他不能把信从她身边强抢回来，因为他并不知道信藏在哪里，佩内洛普很可能把信锁起来了。而当他回想起最近几封信里充满激情的片段时，里面充斥着他的放纵、恳求、誓言、告白和赞美，无不显示出他狂野的迷恋——是的，当他想到这一切的时候，不禁浑身冒冷汗，闭上眼睛抵抗着突然席卷而来的晕眩。

"盖布啊！"这是他唯一允许自己使用的较为温和的咒骂方式。"我必须把信拿回来！必须！我必须马上去找她。没错，明天早餐后直接让西德载我去寡妇小屋。"

Ⅱ

　　但可怜的尤斯塔斯从一开始就注定会遭受意想不到的挫折。客厅女仆希尔达传达了他来访的消息，但几秒钟后她就回复说帕克小姐很抱歉但不能见他。尤斯塔斯像个结结巴巴的小学生一样在门口咆哮。但这不可能！他必须见到她。有一个很重要很紧急的问题。希尔达必须再去找她的女主人，跟她解释他有非常重要的事情必须见她。这一次，终于让他松了口气，佩内洛普同意下来门厅。但让尤斯塔斯非常懊恼的是，她并没有打算让他进门。

　　她不安地问道：

　　"天哪，怎么了，尤斯塔斯？你说有一件非常重要紧急的事？"

　　"我必须单独跟你聊，"尤斯塔斯喊着，故意补充道："这件事不仅重要紧急，而且是一件非常微妙的私事。"

　　"这里就很私密。在这里跟我说就行。"

　　"我觉得进去说比较好。"

　　"很抱歉，尤斯塔斯。行行好就在这里跟我说是什么事吧。我今天还有很多事情要忙呢。"

　　"你确定不会有人听到我们的谈话？"

　　"非常确定。"

　　尤斯塔斯迅速地打量了一下四周，然后压低声音说道：

"是关于那些信的事。"

"信？"

"我一直在给你写的那些信。"

"那些信怎么了？"

"我想拿回来。我必须拿它们回来。拜托，佩内洛普。一封不落。现在，立刻！"

佩内洛普惊讶地看着他。这个要求吓了她一大跳。尤斯塔斯是怎么知道这些信的事呢？

"真的吗，尤斯塔斯——你怎么了？为什么突然这么焦虑？难道是因为那些写给我的坦率迷人的赞词感到羞愧吗？哦，我知道我当不起那些——"

"是因为我听到了一些事情，"尤斯塔斯赶紧打断道，"一些非常不愉快的东西。糟糕到我都不敢相信那是真的。"

"你听到的？"佩内洛普带着一丝焦虑问道，"你到底是什么意思？"

"我听说你和佩塔会把那些信拿给艾丽西亚看，目的是……"

"简直是胡说八道！我根本就没有把那些信留下来过。我把信都毁了，一收到就一封一封地毁了。"

"你把信都毁了？"尤斯塔斯抽了一口气，"但……

但是……"

"听过如此令人难以原谅的影射之后,我希望你帮我一个忙,从此远离寡妇小屋。我简直不敢想象这个邪恶的谣言是怎么传到你耳朵里的。我更加不敢相信的是你居然相信了!"

"但是……"

"我不想再听到任何关于这件事的话了,谢谢。"她说着伸手去够那个华丽的门把手。"我会严格命令仆人不许让你进来——任何情况都不行。明白了吗,尤斯塔斯?"

"是的。"他懦弱地应道,脑子还一片混乱。

"那么我想这次相当令人不愉快的谈话就该到此为止了。"佩内洛普厉声说道,"也请你之后再也不要提这件事了。这让我很难受,感觉很不舒服。我从来没有受过这样的侮辱。从来没有!"

下一刻,麦尔曼先生就发现自己茫然地盯着一扇巨大的橡木门,最后佩内洛普为了表达她的愤怒,砰的一声在他面前甩上了大门。

Ⅲ

两分钟后,佩内洛普把电话打到了斜屋客栈。彭佩蒂听上去很恼火。

"很鲁莽，亲爱的？是的，我知道，但我现在担心极了。发生了一些很不寻常的事情。不知怎么回事，尤斯塔斯知道了。不是。知道了那些信的事。是的——我留着那些信呢。哦，不好说。他刚刚还在这里。什么？我们打算怎么用这些信？这就是我要说的，亲爱的。他知道了。不，当然没有。我不知道他是怎么……你要马上过来吗？好的，好的。你过来我们聊一聊，会让我开心很多。像平常一样过来就行。仆人们都知道你随时可以过来拜访。再见，亲爱的。别浪费时间！"

彭佩蒂严格遵从了她的指令。住在斜屋客栈期间，他让客栈在对面的车库准备好一辆汽车和司机随时供他使用。因此15分钟后，他就按响了寡妇小屋的门铃。希尔达没有多问就让他进来了，他跑上二楼佩内洛普的私人休息室。一张嵌花小桌上放着酒杯和装着雪利酒的醒酒瓶。彭佩蒂原本担心的脸上闪过一丝赞赏。

"很体贴，非常周到。"他说着心不在焉地亲了她一下。"我需要来杯酒。怎么说，你这个消息让人又困惑又不安。"他拿起醒酒瓶，然后探寻地看着其中一个酒杯。佩内洛普点点头。"我个人觉得这都是猜测。尤斯塔斯在瞎猜。"他向她举起酒杯，"没必要过度担心，亲爱的。"

"老实说，佩塔，我吓坏了。这是怎么走漏风声的？我想，你没有鲁莽地说错话吧？"

"我？别开玩笑了！当然没有。"

"你没有跟别人提起过信的事吧？"

"从来没有！"他一脸平淡地抗议道。

毕竟，彭佩蒂不会把他和雅各布的密会告诉她，他俩之间的事与她无关。此外，他和雅各布在废弃小路上的谈话怎么会传到尤斯塔斯的耳朵里呢？绝对不可能是在那时候泄露的。

"那么，如果你什么都没说过，"佩内洛普继续困惑地说道，"这家伙到底是怎么知道的呢？真奇怪。"

"正如我之前所说——不过是瞎猜罢了。他可能已经为这些信担心了好几个星期，然后最近终于鼓起勇气来要而已。亲爱的，因为他自己也很清楚，如果艾丽西亚或者奥教的任何高级成员碰巧看到了这些信，他就麻烦大了。"

佩内洛普摇了摇她金黄色的头发。

"我觉得你说得不对。他很明确地说了，听到你和我打算把这些信拿给艾丽西亚看。"

"天啊，但这是不可能的。除非是你的仆人无意中听到你在说梦话或是什么的。"

"不可能。我睡在房子的这一头——仆人都睡在另一边。"

"你觉得他有怀疑到那个——"

"孩子吗？"彭佩蒂点点头。"没有，"佩内洛普继续道，"至少他没有提过。他只是说我们手里有信，打算拿给艾丽西亚。"佩内洛普放下手中的雪利酒。彭佩蒂注意到她的手在颤抖。"我有种很奇怪的感觉，佩塔。我们周围有古怪的事情发生。我能感觉到。某种奇怪不祥的东西。"她一脸懊悔地补充道："我宁愿当时没想到这个可怕的主意。但人一到紧要关头，就容易想到什么说什么。我太冲动了，佩塔。我没有停下来好好思考过。"

彭佩蒂立刻问道：

"你是怎么答复尤斯塔斯的？"

"我告诉他我已经把信都毁掉了。"

彭佩蒂赞同地点点头。

"太棒了！我就知道你是靠得住的，可以在紧要关头保持镇定。"他把她拉到长沙发上坐下，继续认真地说道："现在听着——你必须忘记尤斯塔斯和今天早上的来访。把他从你脑海里完全抹去。即便他有所怀疑，但很可能你已经说服他，让他相信他错了，信都已经被毁掉。同时，你需要好好保管这些信，把它们放在信匣里锁好。把放信匣的书桌也锁好。不要让尤斯塔斯进这屋。小心盯着他。要非常非常小心。如果他不信你说的话，那么很可能会有一些疯狂的举动。也许，他甚至会想要来偷信，或者找人帮他偷。你明白吗？"

佩内洛普点点头。

"你现在仍然愿意照计划行事吗？"

她犹豫了一下，然后低声快速地说道：

"我不知道，佩塔。当我想到这一切，太冷血了，让我为自己感到羞愧。尤斯塔斯的来访让我很不安。我不明白他是怎么发现的。也许你会觉得我太愚蠢太爱幻想……但我忍不住觉得……"

"什么？"

"也许尤斯塔斯有一些……奇特的天赋……某种精神能量可以让他读懂别人的想法。这个无人探索的思想传递领域……我相信这是真的，佩塔。只是大部分人还不会使用和利用这种天赋。"

"胡说什么呢！"彭佩蒂一脸怒容，不耐烦地说道，"我还是认为尤斯塔斯之所以会想要回那些信，都是因为他觉得良心不安。别再胡思乱想了。"

"我知道这样很傻，但这整件事都让我很不安。你真觉得我们应该按计划行事吗？这样我们的良心还能有安宁吗？"

彭佩蒂跳起身，烦躁地喊道：

"看在上帝的分上，讲点道理！现在这种情况，总有一个人要被指责——要么是尤斯塔斯，要么是我。那么，该是谁呢？这是你的选择，出于对我的公平，我应该知道你的最终答案。"

佩内洛普又犹豫不决起来，内心做着斗争。随后她突然打了个颤，然后抬头看着他，平静地说：

"我想现在没有别的办法了，佩塔。我只能为你坚持到底了。"

"很好！"彭佩蒂说道。

但在那一刻，他意识到佩内洛普的状态是不稳定不可靠的。该死的！她的良心在徘徊不定。真到了行动的时刻，佩内洛普很可能会背叛他。这是一个棘手的情况，需要小心处理。彭佩蒂很担心。

Ⅳ

西德·阿克莱特也很担心，他没有错过发生在寡妇小屋门口的那一幕。西德像尊雕塑一样一动不动地坐在车上等着，在车上听不到具体发生了什么，但雇主回到戴姆勒车上时的脸色已经告诉他一切。当他们到达北区小屋后，西德鼓起勇气谨慎地问了几个问题。雇主的回答并不能令人放心。西德完全不相信那个帕克女人说的信已经被毁了的话。但他的雇主实在是太容易轻信别人说的话了。

"现在，"西德痛苦地想道，"他会听信她的假话，然后把这件事放下。然后不等我们转身，那个帕克姑娘就会把那些该死的信塞给哈格那个老女人。我是绝对不会相信

彭佩蒂那个家伙的。从来没有相信过他！他一直在打先知
这个位置的主意。我打赌一定是他撺掇帕克那个女人搞的
事情。她喜欢他。肯定没错！"

　　但要怎么确定那些信是否还在帕克那个女人手上呢？
西德打了个响指。当然！应该早点想到的，希尔达·谢普
斯通——她就是答案。他可以在希尔达休息的半天带她去
多尔切斯特看电影。没错——希尔达会帮他的。她开始有
点喜欢他了，不是吗？等到了晚上，趁大家都去庄园主屋
吃饭的时候，他可以在厨房门口转悠转悠，小心地跟她聊
聊那些信的事情。

　　西德确实这么做了。他打听到的消息完全证实了自己
的猜测。很幸运，因为恰巧就在那天早上，希尔达从楼上
小客厅经过的时候，听到她的女主人提到了信的事。

　　"那个诡异的彭佩蒂先生和她在一起。"希尔达说，
"他总是在这里。我得说他们打得很火热。总之，当我
从门口走过的时候，听到他说'你是怎么答复尤斯塔斯
的？'当然说的就是你的雇主。然后她说就跟她之前说过
的一样，已经把信毁了。然后我听到他——就是彭佩蒂先
生——说他可以信任她在紧急时刻保持镇定。我觉得这一
切都有点可疑。他们俩总是头靠头。亲密无比。"

　　"你发誓，不会告诉别人我来过这里，希尔达。"西德
眨眨眼，"有些事，不好的事要发生了，明白吗？现在跟

我说说——你觉得她会把信放在哪里？"

"不好说。我猜应该在她楼上自己房间的桌子里。"

"她一般几点从庄园主屋回来？"

"从来不会晚于10点。一般是在9点到10点之间。"

西德瞥了一眼手表——8:15。他意味深长地看着希尔达，指指自己，又竖起拇指，指指房子的二楼。

"里面安全的吧，亲爱的？"

"有厨娘在。"希尔达紧张地呼吸，"她在厨房里。但如果你能绕到前面去，我可以让你从大客厅的落地窗里进来。"

"没问题。"西德说。

5分钟之后，他踮着脚尖跟着希尔达上了主楼梯。一到二楼，她就停了下来，指指宽阔的走廊尽头处的一扇门。

"就是那间屋子。"她低声说，"我不能待在这里，以免厨娘问起来。到时候，你怎么来的就怎么出去，西德。我之后再把窗户闩上。动作快点！别被抓住了，不然我的工作就保不住了。"

西德等到女孩回到大厅，消失在厨房的方向后，才蹑手蹑脚向她指的那扇门移动。他轻轻地转动把手，打开门然后溜了进去。

但接着他低叫了一声，僵住不动了。正对着他的扶手椅上坐着一个男人——一个穿着灯笼裤套装的宽肩膀大个子男人，他冷冷地盯着西德。

"你想要干什么？"

"呃……没什么……"西德结结巴巴地说，"我……我只是来找东西的。"

"没想到会在这里看到我，对吗？"

"既然你问了——是的。"

男人站起身，大阔步走到门边，小心地把门关上。

"既然你已经在这里了，你得告诉我你是谁，来帕克小姐的房间做什么。"西德固执地不开腔。"所以你不打算说话了？很好，我不打算继续纠缠你显然无法回答的问题。但在放你走之前，你要明白一点——如果你敢跟任何人说起在这里见过我，我会扭断你的脖子！明白吗？"

"明白。"西德说着，悄悄地朝放在门边的书桌移动，"我不出卖你，你也别出卖我。很公平，不是吗？"他的手在身后摸索着寻找书桌的把手。"但让我吃惊的是，"他补充道，"你看到我时和我看到你一样惊讶！"他拽了拽把手，但书桌的盖子一动不动。显然是锁着的。"不是吗，先生？"

男人不理会他的询问，手猛挥向门口。

"走吧！滚出去，别回来。记住，不想给自己找麻烦的话，就当没看到过我。"

"好的。"西德笑着重复道，"好的！"

离开房子，在这五月寒冷黄昏里，穿行在像迷雾一样笼罩的庄园，他的大脑开始高速运转。刚刚到底是怎么回事？为什么那个宽肩膀的大块头会坐在扶手椅上，显然是在等那个叫帕克的女人回来？但希尔达怎么会不知道屋子里有这么个人呢？所有这些让人费解的因素都让西德觉得很可疑。

但还有一件很奇怪的事情在他脑子里挥之不去。那是他在离开房间的时候才注意到的一个细节，在长沙发的扶手上放着一顶棕色的花呢帽，而在椅背上漫不经心地扔着一件优雅的泰迪熊大衣。这件大衣引起我的注意，就是我见过的那件，绝不会认错。

第十一章

先知的偷窃计划

I

离600多名奥教成员参会的时间还有几天，老考德内庄园进入一个不祥的平静期。彭佩蒂在等待时机。他的想法很有逻辑，如果要把先知从宝座上拉下来，那么越多人目睹他的坠落越好。如果能在大会进行得如火如荼的时候出事，那么整个事情才更具戏剧效果。但拖得太久……彭佩蒂也感到很紧张，因为每次和佩内洛普碰面她都越发紧张和内疚不安。不过彭佩蒂坚持，这是权衡利弊之后最好的办法。

对尤斯塔斯而言，这是一段最让人沮丧消沉的日子。他生活在一片阴影之中，一把高悬的剑随时可能坠落，让人恐惧不安，充满绝望。西德跟他讲过希尔达在寡妇小屋跟他说过的话，但没提自己失败的偷信之举，当然也没说与"泰迪熊大衣"的惊人相遇。不过他让尤斯塔斯明白，那些信毫无疑问都还在；佩内洛普是故意骗他的；彭佩蒂把信拿给艾丽西亚看的威胁不是一个噩梦，而是真实的存在。

但要怎么解决这个威胁呢？尤斯塔斯觉得已经彻底掉入陷阱中了。不论往哪个方向看，似乎都没有出路。在某个时候，艾丽西亚肯定会看到那些充满激情的书信，然后召集内殿成员召开一次特别会议，毫无疑问，全员会一致表决认为他不再适合担任先知这个崇高的职务。他会被传唤到内殿成员前，被提审、盘问，最后被审判。而更让人绝望的是，尤斯塔斯认为，一旦他对佩内洛普的迷恋被认定为世俗之爱，那么他也不配获得神职。是的——即使他们没有把他赶下台，他也不得不退位。

然而……

尤斯塔斯的脸绷紧，一丝倔强的微光闪过他黑色的眼睛。让彭佩蒂当先知……简直难以想象！这个家伙过去几个月来显然一直在谋划他的倒台。把先知的长袍交到这样一个野心勃勃的投机分子手上；一个对死亡审判在道德上的理解不健全的人；一个不相信作恶者灵魂永世不安宁的人；一个宣扬内贝彻①优于伟大的奥西里斯之神的异端理

---

① 译者注：Neb-er-tcher，内贝彻，古埃及神话中的宇宙之神。

论的人；一个否认阿佩普①是荷鲁斯天敌的人——不！不行！不可能！把先知的位置交到这样的人手上，就是在否认自己神学信仰的正确性。

但要怎么阻止即将到来的灾祸呢？只有一个办法。他必须把信拿回来。没错——但要怎么做呢？我的盖布啊，该怎么办呢？显然佩内洛普是不会主动放弃的。他现在又被拒绝进入她的住所。不可能，那么，再次恳求她。佩内洛普不肯单独见他。他不可能越过锁上的大门把信偷回来，他是怎么走到这一步的？先不提偷东西的不光彩，他这个年龄是不可能突然会爬水管，用弯曲的铁丝撬锁的。不，不管怎么考虑，等待他的都只有绝望和沮丧。佩内洛普每一天都在等待着定时炸弹的爆炸。

Ⅱ

然后某天晚上，就在大会开幕前三天，他和特伦斯正坐在北区小屋的客厅里，萨默斯夫人走进来说西德·阿克莱特想见他。由于身体稍有不适，尤斯塔斯那天晚上决定不去庄园主屋吃饭。这只是他日常行程上的一个小偏差，但考虑到随后发生的事情，这是一个意义非凡的细节。

西德手上拿着帽子，在狭窄的前厅里恭敬地等待着。

---

① 译者注：Apep，阿佩普，古埃及神话中的混乱之神。

"什么事，阿克莱特？"

"我必须来见您，先生。"西德的声音里带着一丝兴奋，"单独碰面，如果可以的话。而且越快越好，先生，如果方便的话。我在想……"

"什么？"

"如果您可以和我溜到谷仓那边就最好了，先生。那里不会有人打扰我们谈话的。"

"好的——如果真的很重要的话。"

"至关重要，先生。"西德强调道，"至关重要。"

尤斯塔斯拿好帽子，跟着西德走出门，穿过车道，沿着一条宽阔的煤渣路朝谷仓走去。到了之后，尤斯塔斯在谷仓双开门外的一条粗糙长凳上坐下，等着西德开口。西德迅速扫了一下四周，很满意这里只有他们两人，然后突然说道：

"我有一个主意，先生。刚刚灵光一现想到的。关于那些信。"

"那些信，阿克莱特？"

"是的，先生。我想到一个可以把信拿回来的方法。"

尤斯塔斯跳起来，一脸不可置信。这次轮到他用焦虑的目光扫过像屏障一样的灌木丛，然后才颤抖着问道：

"你说真的吗？"

"千真万确，先生。我得说，您现在没办法再挑三拣四了。您现在的状况糟糕透了，先生。我想了十几个主意想帮您解围，但直到今天晚上，才找到一个可行的办法。现在，我觉得我找到办法了。"

尤斯塔斯又坐了下来。西德靠近。

"怎么说？"尤斯塔斯迅问道。

"这么操作，先生。"西德解释道，"您很清楚帕克小姐不会因为您跟她要，就会乖乖把信吐出来的。但她会听彭佩蒂先生的话——您记住我的话！但假设您去找她，吓她一下——稍微威胁她一下，假装像流氓恶棍一样。我猜她立马会崩溃，二话不说就把信交出来。"

"我不太明白，阿克莱特。"尤斯塔斯僵硬地说道，"像流氓恶棍一样？到底是怎么——"

"我的想法很简单，先生。我的手还是挺巧的，要不了几下子，我就能把一块木头雕成左轮手枪的样子——明白吗？然后，先生，您拿着这个东西在帕克小姐面前晃几下，然后讲话凶狠一点——"

"你是说，"尤斯塔斯愤怒地打断他，"让我恐吓帕克小姐，让她把信交出来？"

"为什么不呢，先生？事关重大！现在不是软弱的时候。"

"但……但我要怎么进去呢？你也知道帕克小姐已经严格命令仆人不让我进入，阿克莱特。我不能闯进去，对吗？"

"是的，先生，您不能。但重点是——我能做的，您也能做——明白吗？还能比我好一百倍。您有差不多的黑眼睛和深色皮肤。体型也差不多。简直小菜一碟，先生！"西德突然爆发出一阵热情，"绝对的小菜一碟！"

"你是说……"但尤斯塔斯说不下去了，这个疯狂的想法让他目瞪口呆。阿克莱特疯了吗？

"我就是这个意思，先生。如果您允许我去伦敦一趟，我还能把当时给舞会准备的道具再租回来——妆发道具、化妆胶水，等等。"

"但就算这样，阿克莱特——"

西德继续滔滔不绝地说道：

"我们会找一个合适的晚上。您找一个借口那天不去主屋吃饭。想办法甩掉特伦斯先生和萨默斯夫人，然后让我给您漂漂亮亮地伪装起来。帕克小姐总是在9:30 ~ 10:00之间回寡妇小屋，我听她女仆说的。然后我只需要开车把您送到寡妇小屋，然后在车道一半的树下等着。而您需要做的，先生，就是大胆按响门铃，随意地点点头，然后直接去帕克小姐的房间。希尔达跟我说过，她接到命令，不管什么时候彭佩蒂先生都可以直接进去，所以您只需要点头然后上楼就可以。我恰巧知道帕克小姐的房间在二楼哪里。我会把图画给您，这样就万无一失了。等您进去之后，就把门关上，掏出木枪，说点狠话。如果您5分钟之后没有带着信回车上，先生，我就不叫西德·阿克莱特。就像我之前说的那样，简直是小菜一碟。不可能出错的。"

尤斯塔斯似乎还有一些顾虑。西德大胆独特的计划让他一时有些慌张。但另一方面，这个计划的简单可行性又对他充满吸引力。毕竟这些信都是他写的，既然它们会变成对自己不利的证据，那么他有权用任何应急手段把信拿回来。尤斯塔斯在脑中迅速过了一遍西德建议的重点。他已经从一开始的冲击中反应过来，重新恢复理智。这个计划有什么缺陷吗？如果真的付诸行动，是否会遇到什么障碍呢？他立刻想到一个问题。

他指出道：

"但如果那天晚上彭佩蒂先生恰巧也去了寡妇小屋，怎么办，阿克莱特？他很可能在主屋吃完晚餐之后，陪帕克小姐一起散步回去。那就太尴尬了。"

"确实如此，先生。但我已经考虑到这一点了，我突然想到，您可以运作一下然后就能知道彭佩蒂先生那晚会在哪里了——怎么样，易如反掌吧，先生。"

"但我到底要怎么运作呢？"尤斯塔斯问道，仍然很困惑。

"我在想那份您和特伦斯先生正在起草的执勤名

单——那个冥想链的主意，先生，大会一开幕就立刻实施的那个想法。那天早上特伦斯先生给我看过他打好的名单。我注意到彭佩蒂先生被指定参加第一周的好几个会议——都是在中式凉亭改造的那个神庙里举行。"

"没错——确实是这样。"尤斯塔斯同意道，然后摸了摸自己的前胸口袋，"我恰好带着原件。"他把折叠的名单摊开，仔细研究。"是的，这里——彭佩蒂先生同意每个工作日参加1小时的会议。当然为了配合他的其他行程，每天的出席时间都不一致。噢，下周一——也就是大会的开幕日——我看到他早上9:00 ～ 10:00有会。星期二，下午2:00 ～ 3:00——"

"抱歉，先生。"西德谦恭地打断他，"我们只需要关注他晚上的冥想时间。我模糊记得下周四。"

"周四！"尤斯塔斯惊呼着，手指滑到名单下端，"是的，星期四晚上9:00 ～ 10:00。"

"很好，就是这个时间，先生！"西德扬扬得意地指道，"还有比这更适合的时间么？这就确定了彭佩蒂先生的情况。您现在只需要确保特伦斯先生和萨默斯夫人那天晚上不在北区小屋就行。这应该很容易，先生。"

尤斯塔斯叹了口气。

"我真不是一个好的阴谋家，阿克莱特。我的脑子完全转不过来。"

西德笑了。

"您可以给她下午放个假，先生？多尔切斯特剧院有一流的杂技表演。您可以建议特伦斯先生陪她一起去，让他们都去那里看表演。"

"嗨——这想法可行。但你真的认为这整个梦幻般的计划能奏效？"

"当然，先生。只要您能按计划行事。"

"那么你建议下星期四动手，对吗，阿克莱特？"

西德点点头。

"到时候大概9:30从北区小屋出发。我们还有5天时间来处理所有细节，确保不出岔子。同意吗，先生？"

"很好，阿克莱特。我就交给你了。虽然不禁觉得这一切都太夸张不像样，但我明白这是必须放手一搏的时刻。请不要认为我不领情，阿克莱特，对你在这样令人厌恶的问题上给予我的同情和帮助。我——万分感激，只是不太适应你分配给我的这个角色而已。"

"但是没办法……情势所迫，先生……"

"没错，阿克莱特，没错。"

就这样，他们奇怪的秘密讨论就此结束，

然而，当彭佩蒂十几分钟之后带着哈格·史密斯夫人一张表示礼貌的小纸条来到北区小屋时，可怜的尤斯塔斯觉得自己有些虚伪。哈格·史密斯夫人为他不能来主屋就

餐感到遗憾，并希望他的小恙不是什么大问题。她在向他
示好。

III

6月1日，星期六下午，第一批成员陆陆续续抵达庄
园，汉斯福特·布特（负责这部分工作）安排大家进入各
自的帐篷。大家有坐火车或大巴来的，有自己开车来的，
有骑自行车来的，还有住得近走路过来的。在南北两个铁
门入口处，哈格·史密斯夫人安排园丁立起两个横幅——
欢迎来到老考德内庄园。这给大会的开幕奠定了一个愉快
的基调。每个人都闪耀着幽默与善意，在玩笑和打趣中
于各自的帐篷里安顿好，然后到大帐篷中集合就餐，聊天
嬉戏，结交新友，重温旧情。没错，尽管天空有些低沉寒
冷，但庄园里仍是一片欢欣鼓舞的景象，随着每一批新成
员的到来，场面就越发热闹生动。

截至周日傍晚，奥教成员已全部到齐，为期两周的大
会也准备就绪，艾丽西亚将于第二天早上在演讲帐篷致辞
欢迎，拉开大会帷幕。但周日下午，在女士帐篷区发生了
一件怪事。每个钟形帐篷可以容纳4名成员。因此，当第
5名无人认识的成员在D行的6号帐篷整理行李时，成员
们很自然地就汇报给汉斯福特·布特处理。

"肯定是出了什么问题。"汉斯福特断言道，一边扫视着他手上的官方名单，"没有可以容纳4人以上的帐篷。我立刻过去。"

他毫不费力地解决了这个小争端。巴克、威克斯泰德、格兰特和哈兹里特的名字清楚地列在他的名单上。明妮贝儿这个名字却没有！事实上，明妮贝儿小姐的名字没有出现在任何官方名单上，虽然汉斯福特觉得这个名字有点耳熟。

"您肯定是维尔沃斯人吧？"他说。明妮贝儿小姐没有否认。"但我没有印象您是维尔沃斯教会的成员，"汉斯福特继续说道，但他突然想起来关于明妮贝儿小姐广为流传的古怪举止，"我不记得看见过您在葛缕子路出现过。"

"哦，天啊，当然没有！"明妮贝儿小姐甜甜地微笑道，"我5天前才申请加入奥教的。"

"但我们差不多6周前就不再接受参会报名了。很抱歉，明妮贝儿小姐，这种情况下我们恐怕没办法为您提供住宿。"

"哦，请不要道歉。"明妮贝儿小姐依然笑容灿烂，"我知道您一定很忙，真的不介意您怎么安置我。即使是一个露天草褥子都行。当然，"她狡猾地补充道，"如果不下雨的话。您不可能那么没良心地把我送走吧。"

汉斯福特在心中挠挠脑袋。明妮贝儿小姐真是给他出了一个难题。这样全心全意的热情是值得赞扬的，这可怜人看起来是那么糊涂无助，要剥夺她享受即将到来的精神盛宴的机会简直让人感觉是在犯罪。他又查询了一下名单，明妮贝儿小姐在他身边耐心地等待着，像小狗一样期待地盯着他。

"好吧，明妮贝儿小姐，请跟我来。"他最后终于说道，"让我看看能为您做什么。我想H行的12号帐篷有一个空位——一个曼彻斯特的成员突发阑尾炎。这不是很合规矩，你知道的，但现在这种情况……"

明妮贝儿小姐高兴地跟在他身后，一路小跑着，在与营地指挥处的另外两位成员协商过后，他们决定把这个空位给明妮贝儿小姐。

明妮贝儿小姐再次打开行李箱，一边整理她简陋的行李，一边单方面无休止地与帐篷里的其他人殷勤交流。她为自己的狡诈取得的成果感到很满意，因为彭佩蒂先生突然从维尔沃斯消失不见，让她深感不安。明妮贝儿小姐很肯定他的离开是为了秘密筹划她的最终毁灭。彭佩蒂先生很可能在召集他的帮凶。明妮贝儿小姐毫不犹豫。她准确地打听到彭佩蒂先生的去向，立刻填表申请加入奥西里斯之子，然后前往苏塞克斯。现在她又高兴起来了，因为又能够监视着他，时刻挫败他的阴谋诡计。她决心，只要情况允许，就要像水蛭一样牢牢吸住彭佩蒂先生。

Ⅳ

这是在周二的早餐桌边，尤斯塔斯从他的早餐——荷包蛋和水煮生菜前抬起头，满是体贴关切地说道：

"您看起来很劳累，萨默斯夫人。我希望您没有在这里过度操劳。没有宁静庄园里的家务设施，恐怕您的工作相当辛苦。"

"确实不是很容易，麦尔曼先生。"萨默斯夫人一副饱受折磨的样子回答道，"但做人总得坚持，尽力而为。"

"没错！没错！"尤斯塔斯喝了一口他的无奶绿茶，接着说："不知道您是否愿意休息半天——比如，下周四。我知道多尔切斯特是一个非常好的购物和娱乐中心。"

"您这么安排真是太好了，麦尔曼先生。"

"那我们就这么说定了。"尤斯塔斯默默松了一口气，微笑道："呃……也许您愿意让特伦斯陪您一块去。我想您可能会想去剧院看晚上的演出，然后坐晚班巴士回来。如果有他陪着您，我会更高兴一些。"

"能有人陪就再好不过了，"萨默斯夫人同意道，"如果特伦斯愿意的话。"

"我想他是愿意的——对吗，特伦斯？"

特伦斯从盘子里抬起头，哼了一声。显然他的思想飘得很远。麦尔曼先生重复了一遍他的提议。

　　"好。"特伦斯不友好地低声抱怨，"你让我去我就去。反正没得选。"

　　尤斯塔斯巧妙地放弃了继续这个话题，暗自庆幸这部分的阴谋比他想象中要容易。

第十二章

谋杀前奏曲

I

到了6月6日——星期四早上，大会开幕时欢快友好的氛围不幸有些波动。下雨了，微寒的潇潇细雨轻柔但满含恶意地连绵不断。已经下了48个小时的雨。看起来还会再下一个星期。尽管受到彭佩蒂不断威胁暴露其身份的压迫，汉斯福特·布特依然因为说中下雨这件事而涌起一股自满。庄园里一片凄凉景象，到处是高腰套靴和浸湿的凉鞋在泥地里吧唧作响的声音。每顶帐篷里都散发着一股潮湿粗花呢带来的浓浓臭气。每棵树都在灰蒙蒙的雨雾中闪着光、滴着水，闷闷不乐的样子。奥西里斯之子们像被干扰的蚂蚁一样漫无目的地在庄园里来回疯跑；从钟形帐篷到讲座，从讲座到用餐，从用餐到冥想，从冥想到不一定能提供安慰的营床。

他们努力保持最初的热情，但即使最狂热的人也无法坐在不舒服的硬长椅上，穿着湿袜子和潮湿的内衣，忍受着大量塑料雨衣聚集在一起散发的恶臭，还能集中注意力听《复活的三一真神》《托特的内在象征》这样的演讲。尤斯塔斯尽了最大的努力激发大家体味教条的美好，但这是一项艰苦卓绝的工作。他自己，也因为私人问题的困扰，整体状态异常糟糕。有两次在大帐篷里演讲的时候，坐在后排的成员不得不让他大声点，因为他们一个字都听不清。尤斯塔斯两次都试图满足他们，但最后却发现从嗓子里冒出来的是颤抖的假音。大家开始咳嗽，坐立不安，把手上的纸张弄得沙沙作响。

真正把大会从低谷中解救出来的是彭佩蒂。他一会儿在这里，一会儿在那里，简直无处不在，他谜一样的眼睛闪烁着光芒，磁性的东方腔调总是情绪高昂地向大家致以问候。他一身奇装异服，但却像耶和华一样无视恶劣的环境，在雨中大步走着。他的讲座像电闪雷鸣般激烈地向大家传播着他的思想。彭佩蒂忽视知识，专注于调动被雨水浸透的观众们的情绪，其颂歌《论邪恶的塞特的重要性》被赞为启蒙主义的经典之作。他让听众们在他讽刺的鞭策下坐立不安，让他们充满了悔过和忏悔之心，在神秘兴奋的旋涡中得到升华，以致很多人完全忘记了周围的环境，直接晕了过去,进入"无我"的状态。

只有明妮贝儿小姐一个人完全无动于衷。坐在中间第三排的她,用警惕和怀疑的目光直直盯着彭佩蒂。她记下他的每一个动作,每一个细节,对他投射出源源不断的敌意。她比以往任何时刻都更加确信,彭佩蒂一定密谋着在庄园某个黑暗角落伏击她,好彻底清除她。她的执念从未像现在这样恶毒。

II

周四午饭后不久,尤斯塔斯看着特伦斯和萨默斯夫人出发去多尔切斯特后,终于松了一口气。离关键时刻越近,他越发紧张。西德周一溜去了伦敦,把全套"彭佩蒂"服装带了回来,藏在谷仓阁楼里。他和尤斯塔斯排练过三次那部分戏份,又一起仔细研究了一遍西德准备的寡妇小屋简图。假左轮手枪已经准备就位。西德甚至指导过他的雇主恐吓的话该怎么说,强迫他把温柔的语调变成一种短促刺耳的吼叫声;折磨得可怜的尤斯塔斯尴尬地来回扭动。在西德看来,一切万无一失。尤斯塔斯已经提前跟艾丽西亚打过招呼,说因为工作压力太大,晚上就不去主屋吃饭了。戴姆勒已经备好随时可以送他往返于寡妇小屋之间。西德表示,就连天气也对他们有利,因为低雨云的出现意味着黄昏会较早降临。当尤斯塔斯按计划时间抵达寡妇小屋时，天应该已经全黑了。

尽管如此，随着下午慢慢过去，尤斯塔斯仍充满恐惧与不安。他和教友们在拥挤的食堂帐篷里草草地喝了一杯茶，然后悄悄溜走，钻进在一旁等候的汽车回到北区小屋。大约3个小时后，他就该去谷仓，像西德说的那样，"把自己打扮起来"。他用静静地冥想来打发时间，不时感觉到一阵发冷恐慌，当然还有不耐烦。如果成功完成任务，那么他很肯定佩内洛普将不会再和他说话了。但另一方面，如果他失败了……

他闭上眼睛想着失败的可能和可怕后果，把自己搞得越发纠结不堪。壁炉架上的钟表无情地嘀嗒作响；欢快地无视着时间一分一秒地流过！

第十三章

梅瑞狄斯督察开始工作

I

梅瑞狄斯督察以一贯轻快的步伐踏上新苏格兰场的台阶，向警卫点头致意，微笑地穿过大门走进办公室。过去6周时间，他一直在调查芬奇利的一件特别沉闷无趣的造假案，用他自己的话来说，感觉就像是"在斯旺西潮湿的安息日里，像威尔士福音派教徒一样活泼"。这是那种需要巨大的耐心、专注于细节和严格坚守常规的案子。总之，就是那种99%会交给刑事侦缉处处理的案子。以梅瑞狄斯带着偏见的眼光看来，这个案子好像还要再耗费令人疲惫的6周时间。他把瘦长的腿伸到桌子底下，深深地叹了口气，然后开始核对最近存档的一些证词材料。

他还没真正开始工作，手边的内部电话就响了起来。

梅瑞狄斯拿起话筒。

"喂？好的——请讲。什么？立刻？好的。我马上到。"

当他沿着走廊往前走的时候，不禁好奇到底发生了什么事。电话是警察局长的私人秘书打来的。局长想要立刻见他。为什么呢？

梅瑞狄斯没等多久就知道答案了。局长和往常一样，没有把时间浪费在开场白上。

"早上好，梅瑞狄斯。"他叫道，"看过今天早上的报纸了吗？"

"我只是在吞早餐的时候扫了一眼头条新闻，先生——仅此而已。"

"那你肯定没有看到快讯上的这条新闻。看看吧。"

局长递过来一份《伦敦每日之声》，梅瑞狄斯读到：

据报道，昨晚两名"奥西里斯之子"教的著名成员离奇死亡。惨剧发生在苏塞克斯的老考德内庄园，当时正在举行该教派的夏季集会。警方已介入调查。

梅瑞狄斯看完把报纸递回去，然后问道：

"这到底和我有什么关系呢，先生？"

"目前为止……没什么关系。未来嘛……辛苦劳累，流汗流泪……梅瑞狄斯，至少我是这么觉得的。西苏塞克斯郡的郡长今天早上从奇切斯特电话过来。他是我的老朋友。希望苏格兰场能马上派个人过去，接手这个案子。事情好像比看起来要复杂。你现在在查什么案子？"

"芬奇利的造假案，先生。"

"谁和你一起办案的？"

"哈顿，先生。"

"那就让哈顿全权负责这个案子。我需要你坐第一班火车到挨着老考德内庄园的塔平·马莱特村。给奇切斯特的人打个电话，告诉他们你什么时候会到。他们答应会派一个警司来接你。"

"好的，先生。"

"对了，你最好给你妻子打个电话，让她打好行李，做好你几天都回不来的准备。你必须到现场调查。你应该能在塔平·马莱特找到住处，都清楚了吗，梅瑞狄斯？"

"是的，先生。"

"很好！"

II

当穿着便衣的梅瑞狄斯从来自伦敦的火车上走下来，洛克比警司已经等在站台上了。洛克比毫不费力地认出要接的人，因为梅瑞狄斯瘦削结实的体形和鹰一般的特征在媒体报道上出现好多次了。他热情地上前握手。

"很高兴您已经知道了详情，督察。虽然未曾谋面，但我早已久闻您的大名。"

"谢谢。"梅瑞狄斯微笑道。

"车子已经等在外面了。"警司继续说道，"我建议先送您到斜屋客栈去，看您能不能安置在那里。然后我们可以找一个安静的角落喝一杯，给您讲一下案件细节，再溜达着去老考德内庄园。"

20分钟后，梅瑞狄斯已经在客栈安置好，然后两个人在冷清的沙龙酒吧一角坐下，喝了几杯苦啤。洛克比马上开始详述主要细节。

"我们是昨晚深夜接到的报警，所以还没时间详查。但事情大致是这样的——一位佩内洛普·帕克小姐被发现死于寡妇小屋的二楼客厅——那是庄园主屋南边的一栋小建筑。死因是中毒——一种大脑抑制剂——目前猜测是氢氰酸。姑娘被发现时坐在扶手椅上，旁边有饮料盘。以上这些还算简单明了，对吗？"

"如果你是指这是谋杀还是自杀的话……"梅瑞狄斯附和道。

"没错——但接下去事情有了转折。在帕克小姐被发现死在客厅里的不久前，有一个男人来找过她。好像是司机载他来寡妇小屋的，他的车就等在外面。对了，这个人才是大新闻——他恰好是奥西里斯之子的创始人——就我目前收集到的消息来看，是一个受人尊敬的体面人。他叫麦尔曼——尤斯塔斯·麦尔曼。"洛克比举起啤酒杯，大饮了一口，然后满足地点点头，"这里的老板知道怎么保存啤酒，对吧？口感够清爽。嗯，据司机所说，麦尔曼只在房子里待了10分钟，然后就突然摇摇晃晃地走出来，大喘着气好像病了的样子，他挣扎着迅速爬进车里，然后叫司机快点朝北区小屋开——那是他在集会期间住的地方。关键是，当司机去帮他下车的时候，发现那个可怜的家伙已经倒在座位上死透了。马克斯顿——我们的法医，昨晚和我一起从奇切斯特过来的。他确认麦尔曼也是被毒死的。同样的大脑抑制剂。除此之外他面部还有一些挫伤，上排牙齿断了一颗。马克斯顿认为，这可能是他倒下前的抽搐造成的。这些就是案件的梗概，挺有趣的吧？"

"非常。"梅瑞狄斯干巴巴地同意道。

"还有一个相当奇怪复杂的地方。麦尔曼拜访帕克小姐的时候，是带着伪装的——非常聪明彻底的伪装。"

"是扮成什么人吗？还是只是……伪装？"

"不——这就是奇怪的地方。他装扮成了那个古怪的教派里的二把手。一个看起来像外国人，名叫彭佩蒂的家伙。"

"嗯，"梅瑞狄斯沉思道，"令人困惑。这个叫麦尔曼的家伙——他结婚了吗？"

"鳏夫——有一个儿子。"

"彭佩蒂呢？"

"单身。"

"好的。"梅瑞狄斯喝干啤酒，潇洒地把杯子放在玻璃桌上，然后拿起他的帽子，"告诉我，洛克比，发现那位小姐死亡的房间没有被人动过什么东西吧？"

"没有。我昨晚离开之后就把门锁上了。有当地的警员在寡妇小屋执勤。"

"很好。"梅瑞狄斯轻快地站起身，"请你先把我载到寡妇小屋去。然后我们再去北区小屋，看你提到的另一具尸体。出发？"

"走吧。"洛克比说。

Ⅲ

梅瑞狄斯一进入寡妇小屋，就全身心投入工作，眼里只有犯罪现场。洛克比提了几个老生常谈的问题，却只收到一些心不在焉的嘟囔，之后就明智地闭上了嘴。他看着梅瑞狄斯检查房间的方式，越发感到钦佩。督察一处不漏地检查过去，但却什么都没碰过。他有条不紊地处理每一个引起他注意的细节，不慌不忙，也不多言语。

20分钟后，他直起身，戴上橡胶手套，朝一张嵌花桌走去，那桌上放着一个装着雪利酒的醒酒瓶和一组玻璃杯。梅瑞狄斯注意到其中两个杯子有使用过的痕迹。他一个接一个小心地拿起玻璃杯，闻闻杯子，然后又闻闻醒酒瓶。他转向警司。

"洛克比，解决了一个小问题。毫无疑问，这两个杯子里的酒都是从醒酒瓶里倒过来的，而这个醒酒瓶是被人捣过鬼的。"他又拿起醒酒瓶，取掉玻璃塞，伸到洛克比鼻子底下，"闻一闻！"

"嗯——苦杏仁的味道，"洛克比评论道，"那绝对是氢氰酸。我和马克斯顿昨晚也猜到了。但我不能把先入为主的想法套到你头上，对吧？"

"但你明白这说明了什么吗？"

"你是说麦尔曼——"

"——毒死这位小姐，然后又毒死自己。"梅瑞狄斯厉声说道。

"所以这要么是两人一起自杀，要么是谋杀加自杀，对吗？"

"我想我们可以这么推断。"梅瑞狄斯谨慎地答复。

"这样看来，我们好像是把您骗了过来。麦尔曼谋杀了这位小姐，然后自杀了。"

"哇！喔！"梅瑞狄斯叫道，觉得好笑，"别这么快下结论。我说我们可以这么假设，但还不能确定这是事实。

还要考虑麦尔曼伪装的原因。还有，"梅瑞狄斯迅速走到门边的书桌旁，"这个！注意看锁旁边裂开的木纹，这书桌的盖子最近被撬开过，肯定有什么东西被人拿走了，考虑到现在的情况，我猜麦尔曼一定就是那个贼。"

"您觉得他采用伪装的方式，是为了把谋杀嫁祸给那个叫彭佩蒂的家伙吗？"

"不，我不这么认为。"梅瑞狄斯突然回答道，"如果他都准备好要自杀的话，就没必要隐瞒自己的罪行了。他肯定知道，一旦死亡，尸体会被仔细检查。而他的伪装甚至经不起一次粗查，不是吗？"

"那为什么要伪装呢？"

"没错。这就是我们必须弄清楚的地方。那么现在，"梅瑞狄斯补充道，"让我们看看能不能提取出任何指纹——从这些玻璃杯或是这个醒酒瓶上。我猜这些证物都还没有被处理过？"

洛克比咧嘴笑笑。

"这是在打击可怜的郡警局吗？虽然我们只是地方警察，但基本操作还是熟悉的。"

梅瑞狄斯笑笑，拿出一个装着灰色粉末的小瓶子，开始工作。在半小时频繁使用放大镜之后，他相当阴郁地说道：

"恐怕我们的开局很糟糕。只从一个玻璃杯上提取到一组最近留下来的指纹。其他杯子和醒酒瓶都干净得该死。你怎么想？"

"简单。麦尔曼肯定是戴了手套。"

"那他戴了吗？"

"这个……我昨晚检查尸体的时候，他是没戴手套，但这说明不了什么。"

"尽管如此，我们也必须找出其中的原因。他进屋的时候戴了手套吗？还是他随身携带了一副手套？他明明知道自己要自杀——如果这确实是他的主意——为什么还要费心隐瞒自己的指纹？"

梅瑞狄斯转向死去的那位小姐。那是一幅可怕的景象，她倒在椅子上，一只赤裸纤细的手臂悬在一侧，僵硬的手指碰到地毯。她的头耷拉在肩膀上，好似在专注地倾听着什么在这个死寂的房间里只有她能听到的声音。对外行来说，这是一个可怕得让人心烦意乱的景象，但对梅瑞狄斯来说，多年艰苦的锻炼已经让他习惯，这只是又一起重案的关键。

他从用旧了的公文包里拿出一小块印台和一份官方指纹表，梅瑞狄斯熟练地提取死去小姐的指纹样本。然后开始用放大镜仔细检查这些指纹，再与他刚刚从一个用过的雪利酒杯上提取到的一组完整指纹进行对比。他又转向在一旁等候着的洛克比。

"这些都是这位小姐的指纹——就和我猜想的一样。我觉得没有理由让尸体继续躺在这里了。马克斯顿已经初步认定毒药就是死因了，对吗？"

"非常确定。"

"那么最好让警员找人帮忙，把尸体在卧室放好。对了，这家的用人是什么情况？"

"据我所知，有一个客厅女仆和一个厨娘。还有一个在室外工作的人——给庄园主工作的当地小伙子。"

"好的！我稍后再盘问他们。在这之前，我想请你载我到北区小屋看看。"梅瑞狄斯灰色的眼睛闪了闪，"我喜欢按一定的调查顺序开展工作。"

"听上去很不错！"洛克比笑着说。

IV

奥教的先知躺在一间简陋小房间里的床上，身上盖着一张床单，扭曲却安详。迟早到来的死亡，解决了他所有的尘世问题。他的灵魂已经寄居在他信仰的众多神明之中了。

梅瑞狄斯拉下床单后，注意到他仍穿着伪装，连栩栩如生的黑胡子都仍旧粘在他僵硬的下巴上，抽搐的样子是死于致命剂量氢氰酸的典型尸体表征。梅瑞狄斯迅速提取出一组完整指纹；然后戴上手套，小心翼翼地搜检死者的口袋。但让人吃惊的是，他什么都没找到，裤子和异族长袍的口袋里都空空如也。他提醒洛克比注意这个事实。

"我不确定这是否有重要意义。"洛克比指出，"他很可能是在出发去寡妇小屋前换上这些衣服的。可以从衣服褶上的标签看出，这套衣服是从伦敦潘敦街的一家戏剧服装公司租来的。这样的话，衣服口袋都是空的也很正常。"

"但这副手套是怎么回事？如果他是戴着手套去寡妇小屋的，正如之前提取的指纹证据表明的那样，他一定是在某个地方把手套处理掉了。"

"那车呢？"

"是的，我想先看一下那辆车和开车的那个家伙。但在这之前，我想先跟他儿子聊一下。"

面色苍白、眼神疲倦的特伦斯在客厅接待了两位警官。梅瑞狄斯安静高效地盘问了他一遍。他父亲和死去的那个女人是什么关系？特伦斯不清楚。为什么他父亲要伪装成彭佩蒂的样子去找那个女人？特伦斯更是完全不清楚。父亲出发的时候他在北区小屋吗？不在。特伦斯解释说，午饭后不久他和管家一起去了多尔切斯特，晚上11点后才回来。总之，特伦斯基本没有告诉督察什么有价值的线索。作为证人而言，他基本上无法依靠。

然后，西德·阿克莱特却完全是另一番情况。梅瑞狄斯头次收集到对前晚发生的古怪事情有所帮助的信息。一进入谷仓，他就问了西德一个至关重要、让整个案件有了头绪的问题：

"为什么麦尔曼先生要把自己伪装成这位彭佩蒂先生？"

随后，西德滔滔不绝地说了很多。梅瑞狄斯差点没有时间把这份庞大的证词记下来。西德把自己知道的所有东西都告诉了督察——伪装和拜访的原因、帕克小姐和彭佩蒂先生对他雇主的威胁。梅瑞狄斯越听越感兴趣。

"但有一点我是清楚的！"西德最后喊道，"主人绝对没有杀帕克小姐！我实话实说，主人是一个连苍蝇都不会伤害的人，他不会的。他是一个胆小善良的人——为人处世规矩得体。他为什么要自杀，这点只有上帝知道，督察。我承认看起来很糟糕，但也许是他想到恐吓帕克小姐归还信件而感到羞愧，一时激动才这么干的。如果您想听我的意见，虽然我觉得您可能不需要，我觉得帕克小姐一定是在我主人离开之后才被杀的。"

梅瑞狄斯摇摇头。

"恐怕你猜错了。一方面，麦尔曼先生并没有恐吓帕克小姐，让她把信交出来。他是强行打开她书桌的盖子去拿信的。另一方面，我不禁觉得麦尔曼先生去寡妇小屋的目的就是谋杀帕克小姐。你看，阿克莱特，即使他是一时冲动决定自杀的，但不会提前准备好这么便利的条件。明白了吗？当你的雇主进入寡妇小屋时，一定随身携带着毒药。那么，如果他随身带着毒药，这肯定是用来谋杀帕克小姐的。"

"但为什么呢，先生？"西德困惑地倒吸了口气。"他为什么要杀她呢？"

"可能是因为她拒绝交出那些信。"尽管梅瑞狄斯的推论十分符合逻辑，但西德似乎并不信服。梅瑞狄斯接着说道："顺便问一下，信在哪里？信并不在麦尔曼先生身上。"

"在这里，先生。"西德解释道，"在车后面——应该是主人昨晚放的。因为这位先生昨晚就把车门锁上，把钥匙拿走了，显然我是没有碰过车后面的任何东西的。"

"没错。"洛克比说着掏出他的钥匙圈，"阿克莱特只来得及把尸体从车上弄下来，搬进小屋里。事实上，我们来的时候，他都没来得及把车开进车库。"

等洛克比打开一扇光滑闪亮的车门后，梅瑞狄斯再次戴上他的橡胶手套。在戴姆勒宽敞的后座上，躺着一个光滑的红色真皮信匣。几秒钟后，梅瑞狄斯就着手提取可能存在的指纹。结果却令人相当困惑。

"天哪！洛克比，你怎么解释这个？这上面同样只提取出了一组指纹——与死去那位小姐的指纹完全吻合。还是没有麦尔曼的指纹。"他转向阿克莱特，"告诉我，你的雇主进入小屋的时候戴着手套吗？"

"就我记得的情况——没有，先生。"

"那他出来的时候呢？"

西德想了一下，兴奋地叫了起来：

"这个情况——有趣极了。我之前完全没想到。他从屋子里出来的时候，是戴着手套的——那种黑色的皮革手套。"

"他手上拿着信匣吗？"

"拿着——我特别注意过这点，因为这是他去寡妇小屋的原因。"

"当你把尸体从车上弄下来的时候，注意到麦尔曼先生是否还戴着手套么？"

"没有，先生。"西德强调道，"我非常确定他没有戴手套。"

"那他肯定是在车上把手套摘掉了。"梅瑞狄斯很快进入车后座，仔细搜索了一遍。完全没有手套的迹象！他再次转向西德，"车后座的窗户是开着还是关着的？"

"就和您现在看到的一样，是关着的，先生。您可能还记得，当时正下着雨。"

"真奇怪。"梅瑞狄斯喃喃自语。

"有没有可能，他开过窗，把手套扔掉之后又把窗户关上了？"洛克比问道。

"有可能。"梅瑞狄斯承认道，"但不太现实。想想当时的情况，洛克比！这个人因为摄入致命剂量的氢氰酸，一直处于抽搐状态。谁会有这么强大的意志力完成这么复杂的动作？而且无论如何，这么做有什么意义呢？为什么要扔掉手套？"

"没错。"洛克比同意道，"为什么呢？在这种情况下，完全无意义。但他肯定因为什么原因把手套处理掉了。"

梅瑞狄斯再次把注意力转向西德。

"当你主人从小屋出来的时候，他到底说了什么？"

"没说什么，先生。他只是呼哧呼哧喘着气，从嗓子里挤出一句话'快载我回家——我不舒服！'"

"他看起来状况很不好？"

西德点点头。

"我在车道拐弯处的一个树丛后面等着，所以直到他走到车旁，我才看到他。在我下车想要帮他一把前，这个可怜的家伙已经把车门扭开，躺在了后座上。我能从他摇摇晃晃走路的方式看出他很痛苦。"

"然后你就直接把车开回北区小屋了？"

"差不多吧，先生。我不得不飞速跑下去把寡妇小屋的车道门打开。为了防止有羊跑进庄园吃草，所以大门是关着的。除此之外，我就全速开车回去了。"

"当你回来的时候,麦尔曼先生已经死了?"

"是的,先生。"

"还有谁知道这些信的事情?"

"就我所知,先生,只有彭佩蒂先生。"

"我知道了。好吧,阿克莱特,询问就暂时到此为止。你将会收到一张参与调查的传票。即使有新闻记者找到了你,你也什么都不能说。明白吗?"

"好的,先生。"

梅瑞狄斯转向洛克比。

"现在回寡妇小屋,去和那边的用人聊聊怎么样?"

第十四章

不明访客

I

一回到寡妇小屋，梅瑞狄斯明智地把询问重点放到了希尔达身上。毕竟，就职位而言，客厅女仆肯定比因职责所在而困于厨房的厨娘兰迪夫人知道得多。他在楼下的大客厅询问的这位姑娘，因为这里没有什么能让她联想起那出突然让她年轻的生命笼上阴影的惨剧。希尔达的精神状况很糟糕，面色苍白，还哭红了眼。但在督察随意平静地问了几个问题之后，她好像恢复了一点精神。

然而从一开始，她的证词就令人惊讶地简洁明了。梅瑞狄斯迅速从中厘清了以下几个事实。她的女主人9:30前从庄园主屋回来，像平常一样直接去了楼上的小客厅。她看起来一切正常。15分钟之后，希尔达听到前门铃响，让彭佩蒂先生进了屋。他直接上楼去了帕克小姐的房间。

"你确定那是彭佩蒂先生？"梅瑞狄斯问道。

"哦，相当确定，先生。他没那么容易被认错，毕竟穿得那么奇怪。"

"他跟你说过话吗？"

"嗯，他只是低声说了一声'晚上好'，然后跟我点了点头，先生，如果你把这个称为'说过话'的话。"

梅瑞狄斯想："她到现在都没有怀疑过那位彭佩蒂先生其实是麦尔曼。很明显她还不知道惨剧的全部细节。"然后他大声说道："我明白了，小姑娘。好吧，继续。"

"好的，先生。"希尔达说，"别的就没什么好说的了。大概10分钟后，我听到有人重重地从楼上下来的脚步声，然后是前门砰的一声关上的声音。我自然觉得那是彭佩蒂先生离开了。然后大概在10点钟的时候，我通常会在这个时候给女主人端一杯好立克热饮①，帮助她睡眠。所以我敲了敲她的门，走进去，就……就……"

"好的。"梅瑞狄斯巧妙地插入，"我能猜到剩下的部分了。然后你给庄园主屋打了电话，对吗？"

"是的，先生，哈格·史密斯夫人在来之前迅速了解过情况。"

"在你走进房间的时候，除了你女主人的尸体，还注

① 译者注：Horlicks，好立克粉，一种含麦乳精的冲泡饮料。

意到别的什么东西吗？"

"我……我……"希尔达倒吸一口气，掏出一块脏兮兮的手帕，"唔！太恐怖了，先生，我完全不敢去回想。真的，我不敢！"

"但你必须尽全力帮助我们，小姑娘。"

希尔达握紧拳头，脱口而出：

"我就是很苦恼……要厘清头绪并不容易。除了一股很浓的雪茄味道，我并没有注意到什么东西，先生。"

梅瑞狄斯猛地抬头。

"真的吗？彭佩蒂先生抽雪茄吗？"

"这么一想的话——他不抽，先生。至少我从来没见他抽过。现在回想起来，只偶尔看到过他抽烟。"

"麦尔曼先生呢？他抽雪茄吗？"

希尔达一脸困惑不解的样子。

"但这和他有什么关系吗，先生？"

梅瑞狄斯笑了。

"要知道你的任务是回答问题，而不是问问题。"

"抱歉，先生，麦尔曼先生吗？不，麦尔曼先生不抽烟也不喝酒。他是真正的圣人……曾经是！"希尔达大吸了几口气，纠正道。

"不喝酒！"梅瑞狄斯惊呼，迅速地和洛克比交换了一个眼神，"你是说，他完全不碰酒精的吗？"

"是的，先生。"

梅瑞狄斯很困惑。那么麦尔曼是怎么和帕克小姐一起喝雪利酒的呢？还有抽雪茄？这又是怎么回事？死去的这位小姐肯定不爱抽雪茄吧？他问了这个问题，但希尔达的回答很坚决。她的女主人确实抽烟，但只抽一种闻起来像烧干草的奇怪香烟。那么希尔达是怎么在房间里闻到这股非常独特的气味的呢？

"现在跟我说说，"他继续道，"那天晚上你有听到从帕克小姐的房间里传来任何不寻常的声音吗？"

希尔达目瞪口呆地看着督察，好像他是一个魔法师一样。

"天哪，这也太巧了！我是说，你问我的，正是我要告诉你的。女主人回来没多久，我听到她房间传来一阵咚咚响。像是跺脚的声音——沉重的脚步声。好像有人在房间里发脾气走来走去一样。我当时不得不穿过大厅去餐厅取东西。当然，那时候没多想。我觉得也许是女主人在做她的瑞典操练习什么的。但想到此后发生的事情——"

"那具体是什么时间？"

"在帕克小姐回来之后，不超过一分钟的时间。"

"在这之后，你还听到什么声音吗？"

"嗯，我觉得我听到了什么，但那时候我已经回到厨房。所以不是很确定是不是真的。"

"所以你觉得你听到了什么？"

"一楼大厅有东西被撞倒、打翻了的声音。就在彭佩蒂先生按门铃前的一两秒钟。但厨娘总说我爱幻想不存在的噪音。所以这也许只是我的幻想。"希尔达停了下来，吸吸鼻子，挑衅地补充道："但厨娘也不能否认我在那边的落地窗上发现的古怪事情。即使耳朵骗了我，我的眼睛肯定没问题。督察，我发誓晚上7点进屋的时候，那些窗户是关上闩好的。但等我10点过后再去一楼检查门窗的时候，窗户却是打开的。这绝对不是我的幻想！我感觉，"希尔达严肃地补充道，"昨晚屋里发生了一些奇怪的事情。就我看来，有人在女主人还在庄园主屋的时候偷溜了进来，然后晚些时候又从落地窗那里溜了出去。我在门厅里听到的动静一定是这人弄出来的。但他们是谁，为什么来……这个，我就完全不清楚了！"

梅瑞狄斯显然很感兴趣。

"你是说，当帕克小姐在主屋吃饭的时候，有一个不明人士设法进了寡妇小屋，还找到了去帕克小姐房间的路？然后，等帕克小姐回来后，又设法溜下楼，从那边的落地窗离开？"

"就是这个意思，先生！"

"你是说，帕克小姐在彭佩蒂先生到之前，见了这个不明人士？"

"我是这么想的。"

"但当帕克小姐在主屋的时候，有人能够不被你们察觉偷溜进来吗？"

"哦，这很简单，先生。我和厨娘总是等女主人离开后开始吃饭，也就是说那时候我们都在厨房里，如果他进来的动静很小，我们完全察觉不到，不是吗？"

"但前门那时肯定是锁着的吧？我注意到那是一把上好的耶鲁锁。"

"哦，我不是说他是从前门进来的。前厅的两扇窗户是开着一部分的，如果他够敏捷，是可以从那边溜进来的。"

"那他为什么不从同一个地方离开呢？"梅瑞狄斯敏锐地问道，觉得这个女孩的想象力确实有点太过丰富。

希尔达想了一下，然后明朗地笑道：

"先生，如果他看到彭佩蒂先生出现在车道上，也许不想撞见他，所以才从房子侧面这边的落地窗离开。这很自然，不是吗？"

梅瑞狄斯点点头。

"我想你可能说中了什么。"他转向洛克比，"很有趣，不是吗？有趣又相当古怪。一个相当复杂的情况。"他又转向希尔达，慈祥地拍拍她的肩膀，"好了，小姑娘，我们应该没有需要你的地方了。你一直很坦率，对我们帮助很大。我需要你在证词上签个名，但我们可以晚点再做这件事。"

Ⅱ

"现在该做什么？"女孩离开后，洛克比问道。

梅瑞狄斯瞥了眼他的手表。

"你可能会觉得我不可理喻，但我建议你先上车，去斜屋客栈点好午餐。我随后步行过去……推理——需要漫长而孤独的苦思。同意吗？"

"我可从来不会阻止别人思考。"洛克比笑着说，"听说这是一种锻炼大脑的好方式！就目前的情况来看，你肯定有很多东西要思考！"

等洛克比沿着寡妇小屋的车道驶离，梅瑞狄斯点燃烟斗，开始慢慢穿过庄园，往北入口走去，最后会走到塔平·马莱特路。他故意选了一条绕过帐篷区的路，因为急于避开一切干扰。他无比确信，这个案件不像表面上看起来那么简单。事实上，里面充斥着许多非常棘手的并且让人觉得古怪和困惑的地方。一连串相关的问题开始在他脑中穿行，但梅瑞狄斯以强大的意志力和逻辑性，从检查完的所有问题中挑出比较突出的部分。如果想找到答案，他就必须逐一击破。

希尔达的证词自然成了分析事实的起点。有没有人（除了假扮成彭佩蒂的麦尔曼之外）在佩内洛普·帕克死之前与她有过接触？这姑娘提供的信息似乎表明了这一点。希尔达提到这位可能的访客时，说的是"他"——也许这只是措辞的缘故。但那人也很可能是位女性，不过希尔达闻到的雪茄味似乎表明应该是男性。到目前为止，完全无法判断闯入者的性别。确定的是，希尔达和厨娘吃饭的时候，有人进入了寡妇小屋，悄悄走到佩内洛普的房间，和她有过简短交谈，打算离开时，麦尔曼正在走近前门。这迫使闯入者只能通过落地窗离开，而落地窗是不能从外面闩上的。接受这些事实真相之后，可以从中推断出什么呢？这个不明人士肯定很熟悉佩内洛普的日常行程，包括家里用人的情况和房子的布局。总之，肯定是很熟悉那位死去小姐的人。但如果是这样的话，为什么要鬼鬼祟祟地溜进溜出呢？很显然是为了掩盖这次拜访。这就说明此次拜访是带着某种犯罪意图的。又是什么样的犯罪意图呢？是明面上那么简单的答案吗……谋杀？

总之，*当披着斗篷、粘着胡子的麦尔曼走进佩内洛普·帕克的房间的时候，她是否已经死了？*

一阵兴奋袭上梅瑞狄斯心头。假设这件有点惊人的事情是真的，那么然后呢？麦尔曼走进那个房间，突然遭受可怕的惊吓。死在他前面椅子上的是他曾经疯狂爱着的女人；尽管她对他冲动的情书报以令人不愉的威胁，也许他仍爱着她。从各方面看，麦尔曼都是一个敏感易激动的人。他有没有可能一时心理失常，选择自杀呢？有毒的雪利酒就在手边。他很可能注意到了苦杏仁的味道，立刻明白了佩内洛普是怎么死的。然后他认为这也是结束自己生命的恰当手段。

"嗯，"梅瑞狄斯沉思着，"合理但有点恶俗。但想想这个推理的缺陷，立刻就能想到一个非常不对劲的地方。如果麦尔曼是自杀的，为什么要撬开书桌拿回那些信呢？这当然不合逻辑。他肯定知道自己没办法在倒地死亡前把这些信毁掉的。即便是麦尔曼在自杀*前谋杀*了那位小姐，这依然是一个让人困惑的地方。"

第二个有问题的地方是——除非是麦尔曼谋杀的那位小姐，不然他为什么要戴手套呢？据阿克莱特所说，当他的雇主进入寡妇小屋时，是没有戴手套的。但出来的时候，却戴着手套。也就是说，麦尔曼肯定是在屋内把手套戴上的。除非麦尔曼就是凶手，不然这么做是非常奇怪且毫无意义的。

但这又如何呢？她在麦尔曼进屋前就死了吗？还是麦尔曼给她下的毒？嗯！一个非常微妙且难以决定的点，就目前情况来看，不得不先搁置一下。

梅瑞狄斯的思绪转向了谋杀的作案手法。目前有的证

据：1.一个雕花醒酒瓶，里面装着有毒的雪利酒，但没有
找到指纹；2.一个用过的玻璃杯，有苦杏仁的味道和死去
那位小姐的指纹；3.另一个用过的玻璃杯，同样有苦杏仁
的味道，但没有发现指纹。显而易见的结论是，凶手把氢
氰酸下在了装着雪利酒的醒酒瓶里，然后把酒倒进两个玻
璃杯里。梅瑞狄斯认为，毒药很肯定是被密封在一个小玻
璃瓶中——要么是含有2%无水酸的普通氢氰酸稀释液，
或者是含有4%无水酸的舍勒①溶液。但凶手直接把毒药下
到醒酒瓶里而不是玻璃杯里这点让人十分费解。因为首先
醒酒瓶是不能塞住的，而且正如梅瑞狄斯记忆中的那样，
醒酒瓶的瓶颈非常细。其次，如果凶手把毒下在杯子里，
他可以立刻看到毒药效果，但把氢氰酸下在瓶子里肯定会
被稀释掉。这难道是凶手什么令人费解的怪癖？

这自然又引发了梅瑞狄斯对有毒饮料的第二点猜想。
如果杯子里的雪利酒都是从醒酒瓶里倒出来的，那么麦尔
曼和死去的那位小姐应该都吞下了相同剂量的氢氰酸。这
样的话，那位小姐应该是在麦尔曼离开房间前就已经死亡
的，因为麦尔曼自然希望在自己服毒前确保毒药的致命效
果。据希尔达的证词看，麦尔曼在楼上的房间里待了大约
10分钟。如果麦尔曼是凶手的话，他肯定不可能一开始就

① 译者注：Scheele，舍勒，瑞典化学家，氧气的发现者之一，研究过普鲁士酸——也就是氢氰酸的特性和用法。

让她喝下有毒的雪利酒。在喝酒前，他们肯定有一定程度的交谈。实际上，我们可以合理地推断出帕克小姐的死亡应该是瞬发的。然而，相同剂量的毒药对麦尔曼是什么效果呢？他走下楼，走出寡妇小屋，沿着车道摇摇晃晃地走出去好几米远，然后自己爬上了车。直到一段时间后，在回北区小屋的路上，死亡才降临。

诚然，大多数毒药对不同个体的影响不尽相同。有些人的耐药性更强一些。但在这个案件里，毒药效果差异之大足以让人对事实进行更仔细的分析。也就是说，让帕克小姐中毒的剂量是否和麦尔曼摄入的毒药剂量相当呢？麦尔曼当然可以给自己少倒一点有毒的雪利酒。但为什么呢？如果他都打算自杀了，那么肯定更愿意痛快地死去而不是缓慢地死去。

有件事很重要。他必须让法医马克斯顿下午过来一趟，对两具尸体进行第二次检查。他可能会面对直接质询——回答出佩内洛普·帕克是否是当场立刻死亡的。从这个角度推论案件，还要仔细分析醒酒瓶里剩下的有毒雪利酒和两个用过的玻璃杯底部残余的几滴液体。

除此之外呢？梅瑞狄斯用力扯着烟斗。今天收集到的证据已经足够多了。就他看来，有时候比证据不足更有害的是证据泛滥。如果可能的话，他喜欢解决完一部分问题后，再着手另一部分问题。就好像在长途跋涉之前，要先把松掉的线头系紧。

　　这是他喜欢的办案方式。但命运总是习惯于忽略人类的喜好，固执地推动事情大步发展。而就在此刻，虽然梅瑞狄斯毫不知情，而命运已经铆足了力气打算扰乱他的计划。

第十五章

致命效果

I

这场双重悲剧对奥西里斯之子夏季集会的打击很大。尽管寡妇小屋惨案发生的第二天雨就停了；尽管太阳在试图突破松软的云层，给云层镀上了一层金边，但突然失去先知和一位深受喜爱的内殿成员，还是让奥教教众备感消沉和恐惧。卡、巴和阿布的神秘象征意义不再能如以往一般引起人们讨论的热情。即使是最狂热的奥教徒也不再关心萨胡是否有阿库[①]的问题，这个消息对大家想象力的巨大影响可想而知。

① 译者注：古埃及人认为人至少有九个灵魂，这里的卡（Ka）、巴（Ba）、阿布（Ab）、萨胡（Sahu）和阿库（Aakhu）就是其中五个。卡是护卫灵，是人在镜子中看到的影像；巴是死后现身的鬼魂，以鸟的形状飞入或飞出坟墓；阿布位于心脏；萨胡象征心智与精神力量的统一；阿库是始前生命，位于血液里。

离开演讲帐篷，只有一个主题值得讨论……这出惨剧！

当然，有人严厉驳斥了麦尔曼先生先谋杀了佩内洛普·帕克再自杀的谣言。大家普遍认为下毒的另有其人，可能是与先知和他迷人的侍祭有仇。到目前为止，麦尔曼先生在惨案发生前伪装成彭佩蒂先生去拜访过帕克小姐的消息还没有泄露。关于此案的所有讨论最后都会归于一个问题：在惨案发生前，有教友看到可疑人士出现在寡妇小屋附近吗？他们一致认为，看见可疑人士的教友有责任立刻向警察报告。蒙图-穆特先生（奥教唯一一个经过证实的埃及人）就是出于这样的原因来见梅瑞狄斯督察了。

蒙图-穆特先生平生有三大爱好——古埃及学、巴氏牛奶和飞蛾。对第一个和第三个爱好，他投入了大量时间学习研究。而第二个爱好，可以说是他赖以为生的东西。如果可以这么表述的话，他算得上是牛奶成瘾，一个不可救药的牛奶豪饮者。当然，前提是必须巴氏杀菌的。对祖国伟大文明的自豪感，驱使他加入奥教。而鳞翅目昆虫学家的身份，使他在6月6日——星期四晚上来到莲花池边，就在寡妇小屋西南边约四五百米的地方。

在老考德内庄园的短短几天时间里，蒙图-穆特已经捕捉制作了好几个标本——包括两只完美的长须夜蛾，一只雌性的和一只超小的。这些当然都很好，但他目前只关心能不能再网罗到那种只能在死水边找到的稀有飞蛾。因此，黄昏后不久，蒙图-穆特就带着他的灯笼、罗网和标本匣出发，穿过庄园来到莲花池边。毛毛细雨完全没有吓退他，因为多年经验告诉他，这样的天气最适合出来捕飞蛾。他穿着橡胶靴，脚步踏得很轻，手上的灯笼是关上的。直到点缀在池塘边的黄华柳林，他才突然打开灯笼，光线打在树叶上，在昏暗的光线下映出一片珍珠灰。但紧接着他就被吓了一跳，因为几乎就在脚边，一个人影跳了起来，窜到树丛深处去了。

"谁在那儿？"蒙图-穆特警惕地喊道，"拜托告诉我你的身份。是谁？"

除了雨滴轻轻打在池塘平静水面上的声音之外，一片寂静。蒙图-穆特很困惑，有点害怕，但他还是深入到黄华柳林下的茂密灌木丛中，他的灯笼照射出来的光线像一只在黑暗中窥探的眼睛。然后他再次惊扰到那个徘徊的人影，但这次那人影从林中窜了出来，冲到池塘的远端。蒙图-穆特试图跟上他，但不巧被绊倒了，还摔碎了灯笼的电灯泡。但就在这一瞬间，蒙图-穆特注意到了两件事——那个人穿着一件带腰带的雨衣，而且没戴帽子。但对于那个人的特征，他什么也没看到。

当然，那时的蒙图-穆特虽然感到困惑，但并不觉得这件事很重要。直到第二天"传出"双重悲剧的消息，蒙图-穆特才在其乐于助人的帐篷室友的催促下找到警方。

蒙图-穆特通过哈格·史密斯夫人得知，梅瑞狄斯督察把他的总部设在了塔平·马莱特的斜屋客栈。因此，在大帐篷用过午餐之后，蒙图-穆特借了一辆自行车，骑车来到了客栈。幸运的是，梅瑞狄斯还在边用餐边和洛克比讨论案情，还没有离开客栈继续调查。梅瑞狄斯让客栈老板安排了一间私人客厅供他使用。在老板自家点缀着蕨类植物盆栽、红色天鹅绒和小酒杯的客厅里，梅瑞狄斯了解到案件的另一个复杂情况。

虽然蒙图-穆特的英语不是很好，但他依然非常健谈。几分钟后，梅瑞狄斯草草记下了证词的关键点，开始了盘问。

"你什么时候到的莲花池？"

"差不多是在9点钟过一点的样子。"他干脆地说。

"你到的时候，天完全黑了吗？"

"不算。还有一点光亮，但不多。我带着吸引飞蛾用的灯笼，所以还是能看到一些东西的。"

"你说这个人是蹲在树底下的？"

"看起来是这样。"

"你觉得他是在故意躲避你吗——他想隐瞒自己身份？"

"就是这样！"蒙图-穆特激动地叫道，"如果不是这样，他为什么在我问'谁在那儿'和'是谁'的时候不回答呢？他不仅不回答，还跳起来，钻进黑暗中消失了。"

"你说你没有注意到他的特征，穆特先生。但对于他的体型和身高，有什么印象吗？"

"哦，是个大块头。肌肉发达的样子。个子很高，比平均身高高多了。差不多有一米八。"

"穿着一件带腰带的雨衣，但没有帽子，对吗？你记得他头发是什么颜色吗——浅色还是深色？"

"只有我的灯笼光情况下，很难判断。但我觉得应该是浅色，不是深色头发。"

"当他第二次溜走的时候，你没有想要追上去吗？"

"没有。那时候天更暗了。而且没有灯笼照着，我也不好追。我在黑暗中视力很差。"蒙图-穆特先生停了一下，不好意思地笑着："而且我个子比较小，还有点害怕，您应该能理解。池塘在晚上显得特别孤零零的——离哪里都远。也许您已经去过池塘了？"

"没有，"梅瑞狄斯承认道，"还没有。但我打算今天下午去那里看看。也许一小时后我们池塘见，穆特先生。方便吗？"

"荣幸之至。"蒙图-穆特说着微微弯腰。

"很好！"梅瑞狄斯总结。

II

蒙图-穆特一骑车离开，梅瑞狄斯就开始和洛克比讨论起这条新线索的含义。他对这个新调查方向的出现感到很恼火，因为手头上还有许多未解决的问题。

他们刚在客栈老板拥挤不堪的客厅里抽完一斗烟，梅瑞狄斯一脸不满地对洛克比说，"你看，我们离你最初的想法越来越远了，这个案子不像表面上看起来那么简单。问题的关键是——真的是麦尔曼杀了帕克小姐，然后自杀的吗？还是他自杀是因为他走进房间的时候就发现帕克小姐已经死了呢？或者有没有可能麦尔曼和帕克小姐都是被某个第三者谋杀的呢？"

"别指望我！"洛克比笑道，"就我看来，都挺合理的。"

梅瑞狄斯继续：

"但是，至少有一点我们可以确定——有人在帕克小姐从庄园主屋回来之前就进到了楼上的客厅。但现在问题是，这个'某人'和穆特先生在池塘边惊扰到的人是同一个人吗？"

"时间上符合吗？"洛克比问。

"不是很清楚。我们不知道这个不明人士偷溜进寡妇小屋的具体时间。一直到9:35，希尔达才听到帕克小姐房间传来的奇怪响声。而穆特是在9点左右到的池塘。"

"也就是说穆特看到的人和希尔达听到动静的那个人，很可能是同一个人？"

"没错。"

"如果那个家伙想在帕克小姐回来前溜进寡妇小屋，池塘周围的树林肯定就是他藏身等候的绝佳地方了？"

"但他为什么要等呢？"

"什么？"

"我是说——为什么要等？那人为什么不在他觉得最合适的时间去寡妇小屋呢？毕竟，在附近徘徊是有一定风险的。而且他是涉险逃过才没被认出来。如果穆特看清了他的特征，我们很容易就能找到他。但现在……"梅瑞狄斯耸耸肩，"高个子、宽肩膀、浅色头发——没有太多线索，不是吗？"

洛克比心不在焉地摇摇头。他的思路好像飘向一些与刚才督察说的话无关的方向。他突然抬头看着梅瑞狄斯。

"你意识到氢氰酸会引起痉挛吧？"

"所以呢？"

"那个女仆听到的响声。"

"然后呢？"

"那可能是帕克小姐临死前的痛苦挣扎。一个不是很令人愉快但合理的想法。"

梅瑞狄斯表示反对。

"希尔达说听起来像沉重的脚步声。这说明是有一定节奏的声音。我个人认为是脚步声。"

"有什么特别的理由吗？"

"一个很确切的理由。希尔达提到，她是在女主人进屋'一分钟左右'后听到的响声。所以我觉得她不太可能一进房间，就被骗着喝下一杯有毒的雪利酒。"

"为什么不能呢？"洛克比反驳道，"她进屋的时候没有尖叫也没有喊出声，说明她看到这个男人在她房间里一点都不惊讶。或者换一种说法，她可能在那个时间看到他在屋里会有些惊讶，但不是害怕，因为她和那个人很熟。如果很熟的话，在她进屋一分钟后，给她倒一杯雪利酒不是很自然的事吗？"

"确实是一个很干净的推论。"梅瑞狄斯承认，"但这位朋友肯定会和她一起喝一杯？我们知道他不可能这么做，因为没多久他就从落地窗那里溜出去了。而他也不可能给自己倒一杯没有毒的雪利酒，因为被投毒的是醒酒瓶。此外，只有两个玻璃杯有使用过的痕迹，而另一个杯子肯定是麦尔曼用过的。"

"我亲爱的朋友，"洛克比大笑，"你对这帮奥西里斯之子知道多少啊？我打赌他们一半的人都滴酒不沾。这个家伙很可能就是滴酒不沾的那一半。"

"所以你觉得是这个闯入者谋杀了帕克小姐，而不是麦尔曼？"

洛克比点点头。

"坦率说，我是这么想的。"

"那麦尔曼呢？"

"这个嘛，也许正如你所说，他可能是发现帕克小姐死了，然后自杀的。另一方面……"

"什么？"

"也许是意外呢？"

"意外？"

"没错。"洛克比笑道，"麦尔曼看到死去的帕克小姐，打击太大，感到头晕。然后转向装着雪利酒的醒酒瓶不是很自然的事吗？但关键是他不知道酒里有毒！"

"这当然是一种可能性。"梅瑞狄斯考虑了一下这个新理论，然后继续："但如果是这样的话，洛克比，为什么麦尔曼倒酒前要戴上手套呢？很古怪，不是吗？"

"天哪！"洛克比尖叫道，"我完全忘了那副该死的手套。进门的时候没戴，但出门的时候肯定戴着。这问题很棘手。"

"我还可以说得更夸张一些，但算了！"梅瑞狄斯笑笑，"你看，我亲爱的朋友，现在的情况非常不理想。我们两个可以继续推出各种合理的推论，但自己又能轻易推翻所有推论。"梅瑞狄斯站起身，在光滑的壁炉上敲了敲他的烟斗，然后拿起帽子。"现在，在去赴蒙图-穆特先生的约会之前，你可以打电话叫马克斯顿下午过来一趟吗？我想要了解更多关于法医鉴定的证据细节。同时，我需要你从总部派个人送一些证据去苏格兰场。"

"你是指？"

"装雪利酒的醒酒瓶和那两个玻璃杯。我想要分析这三件物品里的液体残留物。如果麦尔曼和帕克小姐是同时喝的同一瓶里的酒，我还是不明白为什么麦尔曼会那么久之后才昏过去。"

"你觉得帕克小姐是当场死亡的？"

"是的——差不多吧。如果不是，我亲爱的朋友，她肯定可以在麦尔曼离开之后，赶到门口呼救的，不是吗？这也是我需要马克斯顿再彻底尸检一次的原因之一。"

III

蒙图-穆特先生在莲花池附近等着他们。他相当夸张地重演了一遍前天晚上发生的事情，指出他在哪里第一次碰到那个位未知的潜伏者，等等。梅瑞狄斯拿出笔记本，绘制了一张周边的地形草图，当天晚些时候，又把它扩展成一张更加全面的老考德内庄园地图。据他判断，池塘离寡妇小屋的边篱大约有四百多米的样子。虽然池塘周围的环境提供了绝佳的掩护，但两地之间基本上还是平坦开阔的地面。一条模糊的小路从池塘边蜿蜒地延伸出来，一直伸展到寡妇小屋背面某个地方。梅瑞狄斯决定好好调查这条小路。

但在离开池塘前，他仔细检查了一下蒙图-穆特声称那个不明人士蹲着的地方。尽管雨后的地面还有些松软潮湿，但却看不到脚印，因为草木太茂盛，留不下任何清晰的印迹。可以肯定的是，这个地方的草木都被踩平了，说明这个人在黄华柳下等了很长一段时间。此外，梅瑞狄斯还在这里收集到至少四个苹果核，进一步验证了这个假设。

"很奇怪。"他对洛克比说。

"为什么？"

"因为一个人在焦急等待行动关键时刻到来时，通常会选择抽烟来舒缓情绪。"

"他也许不抽烟。"

"如果我们认同希尔达的证词的话，这是不可能的。还记得她说闻到过雪茄的味道吗？"他转向谨慎站在后方的蒙图-穆特先生，"我们不需要再继续麻烦你了，穆特先生——多谢。"他又转回来对着洛克比，"现在让我们顺着这条路去寡妇小屋。"

一分多钟后，他们发现了一个有趣的事实。这条小路通往一扇矮门，门口是厨房花园的篱笆，而就在外面，一丛云杉树下半掩着一间小茅屋。

"哈啰！"梅瑞狄斯叫道，"这可能有用。让我们看看附近有没有人在。"

一个脸色很好的丰满年轻女人来开门，但她看到洛克比的警服后，有些担心。梅瑞狄斯注意到她的目光，安慰她道：

"没事的，女士。我只是想问你几个问题。你能猜到和什么有关吧？"

"我猜是发生在寡妇小屋的那件事。"

"没错。你是在庄园里做什么的？"

"我男人是这里的园丁——为庄园主屋的哈格·史密斯夫人工作。也许你会想和他聊聊？"

"有可能。但首先还是看看你能不能帮到我们。我们怀疑昨天晚上9:30前有人穿过这扇门。大约15或20分钟后，我们认为他很可能又从这里离开。所以我想知道你有没有——"

"那快听听这个！自从我们听说了可怜的帕克小姐发生的事之后，我男人就一直很困扰。他今天早上才跟我说，'露丝，这里面肯定有问题，我想我应该把这件事告诉警察。'"

"什么事？"梅瑞狄斯迫不及待地打断道。

"关于我们俩昨天晚上看到的事情。那是在10点前。我和赫比坐在客厅里，然后丹迪——丹迪是我们的狗——突然像疯了一样叫起来。'露丝，'赫比说，'外面有人，反正窗户里的脸不是我的！'窗帘是拉开的，屋里的光能照亮外面的小路。"这个年轻女人转身跳到台阶上，面朝着茅屋。"就是那边的那扇窗户，看到了吗？然后，我和赫比很自然地朝窗户外看去，我们看到有个人朝那扇门溜去。那瞬间他被灯光照得很清楚，但他居然转身背对我们！"

"你注意到那个人长什么样吗？"

"这个，可能说不太具体。我们觉得是中年人，胡子刮得很干净，也许40岁的样子。"

"穿着带腰带的雨衣，没戴帽子？"梅瑞狄斯飞快地接口，"高个子，宽肩膀，对吗？"

"他个子很高，身材不错的样子——我只能这么说。"露丝斟酌着语气，"但他肯定戴着帽子——那种出去打猎时戴的软花呢帽。而且他肯定没穿雨衣，我们都觉得很奇怪，因为当时下着雨。我觉得他穿的是一种花呢西装，但我不能肯定。赫比觉得从衣服判断，他应该是位绅士，但我们两个都不能肯定，因为一切发生得太快。那人肯定不是我们认识的人。也就是说，不是当地人。"

"你丈夫在哪里呢？"梅瑞狄斯困惑沮丧地问道。

"在芦笋地边上的盆栽棚里——就在那边，看到了吗？"

"谢谢。"梅瑞狄斯说，"我会过去和他聊聊。谢谢你提供的信息，女士。"

他们毫不费力地找到园丁。他正在散发着霉味的昏暗盆栽棚里移植大丽花。5分钟后，梅瑞狄斯意识到，虽然园丁完全证实了他妻子的说法，但也不能提供任何新证据了。

他们慢慢朝着寡妇小屋走去，洛克比讽刺地说：

"一个造型多变的艺术家吗？"

梅瑞狄斯的笑声有点空洞。

"该死的，洛克比！昨天晚上这里到底发生了什么事？现在你我都清楚，躲在池塘边的那个人不是10点前从花园里溜出来的那个人。但我敢发誓，从寡妇小屋落地窗偷溜出来的人肯定就是小茅屋夫妇看到的那位戴猎帽的绅士。"

"也许池塘边的那个人是同伙。"洛克比表示。

"嗯——有可能。"梅瑞狄斯看了一眼手表，"你说马克斯顿几点到来着？"

"3点左右。"

"大约10分钟后，对吗？好的。我们去帕克小姐的房间等他吧。"

IV

实际上大约20分钟后，法医马克斯顿的车才在郡警局通信员的护送下到达。在此期间，梅瑞狄斯和洛克比借了绳子、纸和棉花，仔细地把雪利酒醒酒瓶和两个玻璃杯打包好。梅瑞狄斯在与马克斯顿密谈之前，给苏格兰场的首席化验员卢克·斯皮尔斯写了一张便条，详细解释了需要的信息。他把这张便条和包裹一起交给了通信员。

"你今晚最好在镇上过夜，然后明天把化验员的报告带回来。然后千万不要撞到证据！这面朝上，易碎的玻璃制品，需要特别小心！记住这点，还有小心别开太快！"

警员笑了笑，敬了个礼，冷静地开车拐弯驶出车道。梅瑞狄斯回到楼上，去找马克斯顿和洛克比。

"很高兴你这么快就赶过来了。"梅瑞狄斯说道，"但我想要了解更多法医检验的细节。毒药毫无疑问就是氢氰酸，对吗？"

"绝对没错。"马克斯顿强调道。

"关于帕克小姐的死亡——你坦白说——她是瞬间死亡的吗？"

马克斯顿想了一下，然后以专业严谨的口吻说道：

"这一点目前我还不能确定。只有等化验员确定帕克小姐用过的玻璃杯里的残留物确切浓度后，我才能给出一个更确切的答案。但所有的症状都表明，帕克小姐差不多是瞬间死亡的。"马克斯顿微笑道，"你也许会说'差不多瞬间死亡'这个表述很矛盾，对吗，梅瑞狄斯？作为一个纯化论者，我倾向于同意你的意见。但从医学上来讲，'瞬间死亡'比表面含义更有弹性。以吞服浓缩剂量的氢氰酸为例，两分钟内就会致人死亡，从验尸官的角度看，这可以说是瞬间死亡。但在大多数情况下，从瓶子里喝下氢氰酸的时候，受害者在毒发晕倒前，不仅有时间换掉软木塞，还能把瓶子放回架子上。还有些情况，人的感官会立刻萎缩，但不是真正死亡。"

"那在这种情况下呢？"梅瑞狄斯问。

"就我从尸检症状判断而言，帕克小姐立刻受到毒药的影响，可能只支撑了几分钟。"

"那你能解释一下，为什么麦尔曼在吞下和帕克小姐一样浓度的毒药后，还可以打开门，走下楼梯，自己走出去，一直走了差不多20米来到他停车的地方，爬上车，然后很显然是车开在路上的时候才倒下去的？"

马克斯顿摇摇头。

"我得说——我不能。昨晚做初步检查的时候，我自然是不知道这么多细节的。请注意，不同体质对同等剂量的毒药的反应也不尽相同。这是一个医学事实。但这个情况……不太正常，摄入同样剂量毒药，药效发作时间差别太大。"

"当你检查麦尔曼的遗体的时候，是什么想法？"梅瑞狄斯继续问道。

"我粗略检查完之后，认为他和帕克小姐一样，是在服毒后一两分钟内毒发死亡的。两人的尸检症状是一致的。"

"有什么办法能够验证你的假设吗？"梅瑞狄斯焦急地问道，"该死的，马克斯顿，请原谅我的无理，但这是本案至关重要的一点。"

"哦，你不需要考虑我的职业情感。"马克斯顿笑道，"别忘了，我脸皮可厚了！而且你大可以放心——我们有两个验证的方法！首先，正如我之前提到过的，分析两个玻璃杯里的液体残留物。其次，我们可以通过尸检进一步分析麦尔曼和帕克小姐的胃容物。一旦确定他们喝了同等剂量的有毒溶液，那么就可以合理判断他们都应该在一分钟内死亡。"

梅瑞狄斯转向洛克比。

"你怎么看，洛克比？"

"我觉得我们应该对两起案件申请尸检。如果你和马克斯顿都同意的话，我会立刻联系验尸官，安排警察救护车把两具尸体送往停尸房。"

"尸检应该能证实我的发现。"马克斯顿说。

梅瑞狄斯站起来。

"很好。就这么定了。事情就交给你安排了。事实上，洛克比，我觉得我不应该再继续占用你的时间了。如果明天你能帮我安排一个了解当地情况的好警官，然后从郡警察局总部派一辆警车给我，就能满足我目前的全部需要了。可以吗？"洛克比点点头。"很好！让他9点钟准时到斜屋客栈报到。"

第十六章

特伦斯历经磨难

I

洛克比和法医离开之后,梅瑞狄斯一动不动地坐了10分钟。他看上去好像睡着了一样,但心里却从没有像现在这样警觉过。这案子既让他感兴趣又让他恼火。感兴趣是因为这个案子复杂且出人意料地多变;恼火是因为证据不断出现使他应接不暇,而且大部分是相互冲突的证据。简单看来,是麦尔曼杀了帕克小姐后又自杀了,但他现在已转而认定这样一个不容置疑的事实,应该是这三个人中的一个作的案——麦尔曼,从落地窗偷溜出去的那个人,或是蒙图·穆特见到的那个人。

他的思绪再次自然地转向指纹。无法提取到麦尔曼的指纹,显然是因为他戴了手套。但希尔达听到的那个在麦尔曼来之前才离开的人又是怎么回事呢？显然除了帕克小姐在用过的玻璃杯上留下的几枚清晰指纹之外，在醒酒瓶和两个玻璃杯上没能找到任何最近留下的指纹。但这并不能说明佩内洛普·帕克的第一位访客也戴了手套。

梅瑞狄斯想了一下情况。那个人在帕克小姐从主屋回来之前就已经在屋里了。因此，他可以不慌不忙地给雪利酒下毒。要做到这一点，只需要拔掉醒酒瓶的塞子，往里面倒氢氰酸溶液就行。但这个理论无法解释为什么不把毒药直接下在玻璃杯里这个问题——毕竟，这样要直截了当得多。姑且不考虑时间和隐秘性的问题，把毒下在醒酒瓶里也一样容易。还有个问题——玻璃塞子上没有指纹。没错。但假设这个访客在打开塞子的过程中用手帕包住了塞子呢？这说得通！但他有没有可能无意中碰到了房中其他东西呢？

电灯的翻转开关？还是门把手呢？没有用。这两个地方会有十几个不同的人的指纹。梅瑞狄斯敏锐的眼睛在房间里转来转去，突然停在了壁炉台上，他看到了一个小小的银箔烟灰缸。烟灰缸里孤零零地躺着一根雪茄烟头！该死的！他应该早点注意到的。梅瑞狄斯转瞬间戴上他的橡胶手套，捡起烟头仔细检查了起来。他立刻发现：这根雪茄没有抽完，是被人掐灭的——很明显摁灭在烟灰缸的底部（所以希尔达的鼻子没有出错！）。但从指纹的角度看，这又有什么帮助呢？不平整的雪茄叶没办法"留"住指纹。但等一下！这个烟灰缸的设计不是非常轻巧易碎吗？一个人摁灭烟头的本能动作是什么样的呢？他肯定要用另一只手来固定烟灰缸吧？

3分钟后，梅瑞狄斯知道他找对地方了。在高度抛光的烟灰缸银箔表面撒上粉之后，几枚指纹印清晰可见。由于烟灰缸里只有这一枚雪茄烟头，因此可以合理推断这就是佩内洛普·帕克第一位访客的指纹。梅瑞狄斯小心翼翼地用一块干净的布把烟灰缸包起来，布是他放在公文包里提前准备好的。5分钟后，他采集了希尔达和厨娘的指纹，然后从用人的住宿区直接来到楼下的大客厅。

梅瑞狄斯在那里很轻松地找到了想要找的东西。他在一个窗格上，靠近落地窗的旋转把手边，提取到两三枚指纹。在放大镜帮助下，他发现这几枚指纹和烟灰缸上的指纹印一模一样！于是一脸满足地转身回到门厅。

就在这时，前门响起一阵长长的铃声。梅瑞狄斯没有等希尔达过来，决定自己处理问题——把门打开了。来访者用恶狠狠的防备目光看着他，停顿了一会儿，然后是一个低沉响亮的声音，要求道：

"你就是苏格兰场来的那个人，对吗？不需要回答。这是很显然的事。我就是来找你的。"然后对梅瑞狄斯身后的人说道："不，不，希尔达。走开！我想单独和这位先生说话。"吃惊的希尔达迷迷糊糊地跑开了，来人继续说道："我是哈格·史密斯夫人，老考德内庄园的主人。我们可以到屋里坦诚地聊聊这起可怕的不幸吗？"

II

10分钟后，梅瑞狄斯也瞪大了眼睛，有点迷糊。哈格·史密斯夫人滔滔不绝的讲话像浪潮般袭来，让他喘不过气来。他察觉到了危险：面前的正是那种有着"很强的个性"的女人。但多年的经验，使他在面对这种女性证人时超乎一般地宽容。不能被这种滔滔不绝的讲话压垮，毕竟，在这种长长的废话里也会隐藏着一些有价值的信息。

他默默在心里给哈格·史密斯夫人的长篇大论归纳要点。

这场悲剧让大家都感到意外和震惊。

最意外震惊的是她和彭佩蒂先生。

彭佩蒂先生现在将要肩负起先知的责任。

今天晚上，内殿将会发起一次新任先知的选举。

毫无疑问，彭佩蒂先生会当选。

她早就怀疑佩内洛普·帕克和尤斯塔斯·麦尔曼一直"对彼此有着柏拉图式的好感"。

但麦尔曼先生为了进入帕克小姐房子所采取的诡计，

不仅非同寻常，而且表明他们之间肯定发生过某种争吵。

（"她显然还不知道那些信的存在。"梅瑞狄斯想着，"可能也不知道与这些信相关的阴谋。"）

她坚信奥教正经历一个"被不利占星影响"的阶段。在维尔沃斯神庙曾经发生过一起珍贵的祭坛饰品被盗的案子。

还有麦尔曼先生的司机阿克莱特跳舞回来时险些被杀的事情。而最奇怪的巧合是，那次阿克莱特也"非常侮辱性地扮成了我们亲爱的先知候选人的样子"。

就在这一刻，就在梅瑞狄斯实在无法再让哈格·史密斯夫人继续滔滔不绝下去时，突然出乎意料地听到了他一直期待的有价值信息。他直截了当地止住哈格·史密斯夫人热闹无比的话头：

"谋杀阿克莱特未遂是什么时候、在哪里发生的事？"

"不好意思？"哈格·史密斯夫人惊呆了。她还不习惯话说到一半被打断。她盯着督察，毫不掩饰目光中的敌意。梅瑞狄斯重复了一遍问题。"但这重要吗？"哈格·史密斯夫人问道，"那是好几个月前发生的事了，而且只是可怜的尤斯塔斯的司机而已。不是什么重要角色。我肯定你不想被这样不相干的事情打扰。"

梅瑞狄斯直截了当地反驳道，"我应该了解所有情况，这很重要。"

哈格·史密斯夫人不情愿地交代了细节，然后试图再次回到她的步调。但梅瑞狄斯哼了一声，又一次打断了她，"我想应该有警方调查过吧。"

"是的。"

"但没有逮捕谁？"

"没有。"

"你记得是谁处理这起案件的吗？"

"不，不太记得……哦，我想起来了……一个叫杜比还是什么奇怪名字的督察。还是叫达菲来着？对了——维尔沃斯市警局的达菲督察。"

梅瑞狄斯记了下来。

"现在跟我说说，夫人，你对这起不幸的事件是什么想法？"

"当然，"哈格·史密斯夫人兴致勃勃地说道，"只有一个解释说得通，是约好的结伴自杀。我觉得麦尔曼先生对可怜的佩内洛普有某种催眠般的影响，是他操控着她一起做了这件可怕的事。在美好的信念和希望中，"哈格·史密斯夫人补充道，"他们将会在更高的境界中以最和睦友好的方式再会。"

"麦尔曼先生有什么敌人吗？"梅瑞狄斯实际地问道。

"这是多么可笑的问题！"哈格·史密斯夫人叫道，"一个人能找出自己的敌人就够累人的了。我怎么可能给

得出一份可怜的尤斯塔斯的敌人名单呢？敌意也是有程度
的区别。不喜欢和仇恨是截然不同的。"

梅瑞狄斯笑了笑，可贵地抑制住了他的不耐烦。

"让我换个说法吧。在与他有直接交流的圈子里，有
没有人可能有理由不喜欢他？"

"我有时候就有理由不喜欢他！"哈格·史密斯夫人
反驳道，"在奥教政策甚至某些神学问题上，他常常让我
恼火。我知道彭佩蒂先生也有同样的感受。我得说，我们
代表了奥教先进的那部分，而可怜的尤斯塔斯是个保守分
子。然后，当然，还有他那个长得太壮了的儿子——特伦
斯……他和他父亲总是起冲突。在这个问题上，我是同情
尤斯塔斯的。那是一个粗鲁无理、特别叛逆的年轻人。他
居然莽撞到跟我的秘书求爱。尤斯塔斯很快就制止了他的
行为！"

"那这位年轻女士还在你身边吗？"

哈格·史密斯夫人点点头。

"那么也许这个小伙子还爱着她？"

"他当然是！"哈格·史密斯夫人立刻答道，"但我和
尤斯塔斯禁止他去见那个姑娘，我想他的迷恋最终一定会
消失。"

"我明白了。那帕克小姐呢？"

"我想不出来有谁会不喜欢可怜可爱的佩内洛普，几

乎所有人都喜爱她。但我自己觉得她有点太无趣、太没有条理……不过她有一个可爱迷人的性格。"随后哈格·史密斯夫人带着一种可以被形容为"贵族式不怀好意的眼神"补充说道:"显然男人们都觉得她非常合意。"

她听起来像一个房屋中介,梅瑞狄斯觉得,就像是在描述一处房产!

III

但这是一次有趣的采访。所以特伦斯总是和他父亲对着干吗?他爱上了一个姑娘,但父亲却不许他去见她。对于初次陷入狂热迷恋的毛头小伙子来说,这可真是一个危险的规矩。这里面会有动机吗?可能有。但阿克莱特说,他雇主拜访寡妇小屋的事情只有他们两个知道。那么,如果特伦斯疯狂到想要除掉挡路的父亲,他是怎么知道这次拜访的呢?作为住在北区小屋的一员,也许他无意中听到父亲和司机的对话。但佩内洛普·帕克呢?他对她没有怨恨。没错。但也许她只是被无意牵连的受害者。特伦斯溜进寡妇小屋,在雪利酒中下毒,她和麦尔曼都中招了。

"但是,哇哦!"梅瑞狄斯苦笑道,"这不可能。麦尔曼滴酒不沾,特伦斯是知道这点的。如果知道这个又怎么会在装着雪利酒的醒酒瓶里下毒呢?正常情况下,他父亲压根不会去碰雪利酒。"

然而——那个没戴帽子穿带腰带雨衣潜伏在莲花池边的人，可能是特伦斯·麦尔曼吗？身材高大健壮、浅色头发——好吧，这些都对得上。但是，在谋杀案发生当晚，他声称和管家一起在多尔切斯特。他们午饭后不久就离开了北区小屋，一直到晚上11点才回来的。没错！但在这种情况下，不应该仔细检查一下这些细节吗？

梅瑞狄斯决定在回客栈的路上顺便去北区小屋看看。他还可以顺便通知一下小麦尔曼尸检的事情，稍后肯定会有救护车来运走他父亲的尸体。

到达北区小屋后，梅瑞狄斯决定先和管家聊聊。他想要先听听她的去多尔切斯特的故事，然后再与特伦斯的版本核对一下。萨默斯夫人本人来应的门，然后应他的要求，带他去了小客厅。一进客厅，梅瑞狄斯就关上门，开始了盘问。

询问一开始，他就意识到萨默斯夫人很紧张。她一开始的答复非常含糊，很快就引起了梅瑞狄斯的怀疑。他开始询问更多细节。他们什么时候到的多尔切斯特？大约是3:15从巴士上下来的。他们到达后做了什么？她去购物了。那特伦斯呢？萨默斯夫人不清楚。他说要去书店转转。他们有一起喝茶吗？萨默斯夫人犹豫了一下。梅瑞狄斯重复了一遍这个问题。萨默斯夫人承认他们一起喝过茶，根据事先说好的时间——4:30。在哪里呢？她再次犹豫了一下——最后说："在城堡路的那家叫'帕蒂会客厅'的餐厅。"然后呢？哦，他们沿着河岸散步，最后去了剧院，那里有一场很精彩的杂技秀。萨默斯夫人还有节目单吗？有的。不。她不是很清楚是不是还留着。但随后，她突然下定决心，从书架上拿下她的手提包，从包里掏出节目单。

"我可以留下吗？"梅瑞狄斯问道。

"当然可以。"

"很好。现在可以请你叫麦尔曼先生进来一下吗？我想和他聊聊。"

"但我不……我想他肯定……"萨默斯夫人有些困惑，"哦，那好吧——我去叫他。"

"很好！"梅瑞狄斯重复道，不怀好意地微微笑了一下。

管家一离开，他就仔细扫了一遍节目单，认真记下节目单里的各项表演。随后，当特伦斯进来的时候，他迅速把节目单塞进口袋里。梅瑞狄斯在解释完尸检的事后，开始了盘问。特伦斯的回答很迅速，当然和管家说的内容也相一致。然后他们谈到了晚上的表演。

"节目精彩吗？"梅瑞狄斯随意地问道。

"是的——相当精彩。"

"我看到约克郡的那个喜剧演员约翰·梅里杜也上场了。"

"是的，他也非常棒。"

"还有卢·谢尔顿的乐队？"

"哦，非常精彩。一流的表演。"

"那个骑自行车的杂耍人怎么样？我一时想不起他的名字。但我在大剧场看过一两次他的表演。"

特伦斯犹豫了一瞬间，然后又开始赞不绝口。

"是的——他聪明得不得了，督察。绝妙的平衡感。非常棒的表演！"

梅瑞狄斯笑了。他拿出节目单，递给特伦斯。

"仔细看一下，如何？"

特伦斯照做了，在认真看完节目单后，他的脸一下子通红。

"怎么样？"督察突然问道。

"我得说……真古怪……我好像有点糊涂了。那个骑自行车的家伙——"

"没错！"梅瑞狄斯打断他，"根本没有骑自行车的杂耍人。奇怪吗？我想，更奇怪的是你居然觉得一个不存在的表演棒极了。"他的声音硬了下来，"现在看这里，小伙子，你最好坦白交代。你昨天下午没有和萨默斯夫人一起去多尔切斯特，根本没有看过这场杂耍秀里的任何一个节目。你只是在萨默斯夫人回来之后看了一下节目单，从她那里了解一些细节，假装你去过那里。可惜我一下就抓住了你的漏洞。对吗？"特伦斯茫然地低头看着他裸露在外结实的膝盖，不安地在座位上挪动。他一言不发。梅瑞狄斯继续厉声说道："为了你自己好，我建议你老实交代为什么没有去多尔切斯特，以及你昨天下午和晚上在干什么。"

"我不想去。"特伦斯闷声说道，"所以我就留在家里，在庄园里闲逛。"

"闲逛了9个小时吗？在飘着雨的天气里！"

"嗯，我不觉得有什么不好。我喜欢在雨中散步。"

"你穿雨衣了吗？"

"当然。"

"我能看一下你的雨衣吗？"

"当然，我想可以。虽然我觉得这要求挺蠢的，但你知道自己在干什么。雨衣在门厅里。我去拿。"

几秒钟后，梅瑞狄斯知道他至少解决了一个悬而未决的问题。大个子、宽肩膀、浅色头发，穿带腰带的雨衣！但特伦斯·麦尔曼在池塘边做什么？他直接问出这个问题。特伦斯第二次红了脸，固执地保持沉默。

梅瑞狄斯警告他：

"你要知道，年轻人，如果你拒绝解释自己的古怪行为，警方一定会做最坏的猜测。我恰好知道你和你父亲不和。池塘离寡妇小屋又只有几百米远。你明白这是什么意思吧？"

特伦斯跳了起来，瞪大了眼睛。

"天哪，督察！——你不会是在说我和我父亲的死有关系？你不能这么无赖吧！"

"哦，我不能吗！"梅瑞狄斯冷冷地回道，"除非你对我坦白，不然我什么都能怀疑。你为什么不能老实交代呢？"

"因为……因为我不能。"特伦斯虚弱地回答，"我只是在闲逛——就这样。打发时间。我不想让父亲知道我没有去多尔切斯特，必须在外面闲逛到萨默斯夫人回来为止。你明白吗？"

"某种程度上说——明白，"梅瑞狄斯承认，"但你一开始是怎么跟萨默斯夫人说的呢？你肯定告诉她什么借口。"

"当然。我跟她说我非常讨厌公交车、茶馆和闷热的剧院这类的话。我告诉她我想去好好走一走。而且，因为她是个好人，当然能理解我。"

"就这样？"梅瑞狄斯评论道。

"就这样。"特伦斯一脸挑衅地重复道。

Ⅳ

梅瑞狄斯正要离开小屋时，西德·阿克莱特从通往谷仓的小路上走过来。由于想到哈格·史密斯夫人提供的新鲜线索，督察趁机询问他关于在维尔沃斯发生的枪击案。就这样，梅瑞狄斯第一次听到了关于穿泰迪熊外套男人的事。

"达菲督察确认那个男人就是开枪的人了吗？"梅瑞狄斯问。

"我不清楚，先生。他自然没有跟我说太多。毕竟，一直没有逮捕过任何人，所以我猜达菲督察可能遇到难题了，只能就这样不了了之。他好像很确定我之所以被打中腿，是因为我恰好装扮成了彭佩蒂先生的样子。"

"有趣。所以这个人之后再也没有人见过了吗？"

西德迅速地打量了一下四周，把梅瑞狄斯拉到更靠近谷仓的地方，然后低声说道。

"这你就错了，先生。有人又看见过他。"

"哦？谁见过他？"

"我。"西德说。

"你？什么时候？"

"差不多10天前，先生，在集会开始前。"

"在哪里？"

"你可能不会相信，先生，但我发誓就是在帕克小姐昨晚死亡的那个楼上小客厅里。"

"这是什么情况！"梅瑞狄斯惊呼道，越来越感兴趣，"你为什么不早点告诉我？"

"因为我不知道这个有关系。"西德简单回答道。

"但你是怎么去到那个房间的？"梅瑞狄斯继续问道。

西德把整个事情的前因后果详细地解释了一遍，从他去那里的原因，试图帮他的雇主拿回那些信，到他与那个男人令人惊讶的照面。梅瑞狄斯要求他详细描述那个男人——高个子、宽肩膀，中年人，明显受过教育的样子。他的头发呢？哦，深色的，两鬓有点灰白。

随后就在那里，当西德恭敬等候的时候，梅瑞狄斯草草记下一则备忘录：

1.*蒙图-穆特看见的男人——高个子、宽肩膀，浅色头发，系腰带的雨衣，没戴帽子。*

2.*从园丁小屋旁经过的男人——高个子、很结实，中年人，可能是绅士，软呢帽，花呢西装。*

3.*阿克莱特在帕克小姐房间看见的男人——高个子、宽肩膀，中年人，受过教育，深色头发。*

"还有一个问题，阿克莱特。"梅瑞狄斯继续问道，"你进房间的时候，这个人身上就穿着泰迪熊外套吗？"

"不是，先生。外套是放在沙发上的。"

"那你注意到他穿着什么样的衣服吗？"

"当然——粗呢西装。很贵的样子。"

"帽子呢？"

"棕色呢帽，先生。就放在沙发上，他的外套旁边。"

梅瑞狄斯合上笔记本，然后把本子塞进口袋里，拿起他放在戴姆勒踏脚板上的旧公文包。

"谢天谢地，阿克莱特。你告诉我的这些，可能对调查路线有重要影响。"梅瑞狄斯朝门口走去，"好了，我就不继续耽误你时间了。"

"等一下，督察。我还有一件事想告诉你。"

"什么？"

"关于我今天早上说的话。我后来才意识到说得并不准确，先生。"

"哦？"

"是的，先生。我说除了帕克小姐之外唯一知道那些情书的人就只有彭佩蒂先生。这是不准确的。我是在你走了之后才想起来那件事的，督察。那是上周六，就在斜屋客栈关门没多久的时候……我走在从塔平·马莱特回来的路上……"

然后西德将彭佩蒂在深夜的小路上与某个不明人士密会的事告诉了督察。梅瑞狄斯再次拿出他的笔记本，记下一系列详细的笔记。特别是阿克莱特偷听到的谈话片段是所有新证据中他最感兴趣的部分。这个不明人士是谁？为什么彭佩蒂要去见他？这个神秘人士又有这个先知候选人的什么把柄呢？

　　离开谷仓时，梅瑞狄斯的脑中装满了各种令人震惊的崭新犯罪理论：他决定在客栈吃晚饭，然后在卧室里静静度过这个晚上，试图把这些显然毫无关系的零碎证据串联起来。

第十七章

与彭佩蒂的会面

I

在享用完一顿美味的晚餐之后，梅瑞狄斯坐在一张宽敞但摇摇晃晃的柳条椅上，打开他的笔记本，第一次不慌不忙地开始分析他收集到的线索。

他现在能肯定两件事。一是藏在池塘边上的人肯定是特伦斯·麦尔曼。他肯定是出于某种不道德的原因出现在那里，因为显然他不肯坦白没有陪萨默斯夫人去多尔切斯特的原因。二是阿克莱特10天前在帕克小姐房间中撞见的那个人，和园丁夫妇在前天晚上10点前看到的那个从他们小屋窗前经过的人是同一个人。虽然在后一种情况里，他没有穿泰迪熊外套，而且很显然戴的是一顶猎帽而不是呢帽；但剩下两个描述都完美吻合。而且，希尔达听到的从楼上和稍后门厅传来的动静也许都是这个人弄出来的？这个推测不是更合理吗？更进一步猜测，也许开枪打了阿克莱特的也是这个人，就在他扮成彭佩蒂从维尔沃斯的化装舞会回来的时候？

梅瑞狄斯聪明的脑子立刻想到了另一种可能。这个人试图谋杀阿克莱特，也许是把他错认成了彭佩蒂。*这是否意味着可怜的麦尔曼也是因为同样原因丧命的？*

天哪，这似乎是一个合理的假设！非常合理！麦尔曼之所以被毒死，不是因为他是麦尔曼，而是因为凶手以为他是彭佩蒂。这位神秘的入侵者不知什么原因对彭佩蒂怀恨在心。根据迄今为止收集到的证据来看，都暗示着这条思路。这个人显然很熟悉佩内洛普·帕克。他很了解她的习惯，对寡妇小屋也很熟悉。毫无疑问，他在维尔沃斯就认识她，可能不仅仅只是她的一位朋友或是熟人？他有没有可能是她的情人呢？或者更确切地说，曾经的情人？他曾经在帕克小姐的生活中占据了非常重要的位置，直到彭佩蒂的出现，破坏了他们的关系。

梅瑞狄斯笑了。真是不变的动机——嫉妒。不变的三角关系——两个男人，一个女人。在这种情况下，这是他能想到的所有理论中最符合逻辑的一个。接受他们的这种三者关系之后，一切就都解释得通了。维尔沃斯的枪击案；寡妇小屋的秘密拜访；也许还包括谋杀案本身。毫无疑问，达菲督察可以帮助他更准确地评估这种关系，因为也许他在维尔沃斯的调查中发现了更多阿克莱特不知道的信息。

很好，斜屋客栈装了电话。维尔沃斯花园城市警察局总部也有电话。那他还在等什么呢？如果想要更准确的信息——找达菲啊！

10分钟后，梅瑞狄斯和达菲督察通上了话。达菲不在警察局，但值班的警察给了他达菲私人住宅的电话。幸运的是，达菲在家。

他很健谈，也说了很多。流畅地总结了一下他称之为"五月花小径案"的事件。大概20分钟后，梅瑞狄斯挂断电话，他知道自己找到了方向。那个身材健硕的中年绅士在某个深夜去过佩内洛普·帕克在维尔沃斯的家。事实上，几乎就是在五月花小径的枪击案发生后不久。彭佩蒂也去过帕克小姐家，达菲亲眼所见。天哪，没错！一切都说得通了。达菲将把那晚的案件档案寄过来。

"很好！"梅瑞狄斯精神头十足地思考着。"假定两个事实：这个穿泰迪熊外套的男人——先简称为'泰德'——就是凶手；麦尔曼之所以被毒死，是因为泰德以为他是彭佩蒂。那么这与案子的细节相契合吗？首先，凶手一定看到了伪装成彭佩蒂的麦尔曼靠近寡妇小屋。不然他怎么知道他会来呢？泰德不可能偷听到阿克莱特和雇主关于这次拜访的任何谈话。如果他真的听到了，就知道麦尔曼不是彭佩蒂了。不——他一定在什么时候看到伪装后的麦尔曼向寡妇小屋走过来。但这可能吗？假定希尔达的证词都没问题，那么答案就肯定是'可能'。泰德正是因为这个原因飞快从落地窗溜走的。没错！但如果他从落地窗溜走，就不可能再溜回楼上向雪利酒里下毒。他不可能有时间在麦尔曼进来之前把一切搞定。而且，在泰德冲回来，下毒，然后又冲出去的整个过程中，帕克小姐不可能就静静地在一旁看着。然后呢？这个理论说不通。当然，除非帕克小姐告诉过他那天晚上彭佩蒂会过来。但，该死的，他没有！只有扮成彭佩蒂的麦尔曼来了。而且帕克小姐压根不知道麦尔曼会来找她。所以这个理论也说不通。但也许还有一种可能？泰德只是碰运气在雪利酒中下毒，觉得彭佩蒂迟早会出现把酒喝掉。嗯——经不起推敲。太冒险，太不确定。毕竟，帕克小姐也可能一等泰德离开就马上喝一杯。结果导致——瞬间死亡。尸体被发现。在彭佩蒂能够靠近这个该死的醒酒瓶前，雪利酒就被发现有毒，然后被处理掉了。因此泰德把麦尔曼错认为彭佩蒂，然后被错杀的理论不成立。死路一条！"

梅瑞狄斯迅速转到一条新思路上。

"假设泰德只想谋杀帕克小姐，麦尔曼只是阴谋里的一个不幸的意外？有可能。我想过这个可能。有什么说不通的地方吗？只有一处地方——如果麦尔曼的死亡只是意外，那为什么进寡妇小屋之后要费心戴手套呢？所以我又回到原点了吗？麦尔曼给雪利酒下毒，谋杀帕克小姐后再自杀。这意味着泰德只是偷溜进屋里去见帕克小姐，和她聊了聊，然后又偷溜下楼，看到麦尔曼走进房子，然后从落地窗出来。泰德根本没有在雪利酒中下毒。好吧，这个思路怎么样呢？这是到目前为止所有解释中最合理的了。没有必要详究为什么醒酒瓶上没有泰德的指纹，其实原因特别简单，因为他压根没碰过醒酒瓶。"

梅瑞狄斯叹了口气，深深地把自己埋进柳条椅里，漫不经心地看着烟斗的烟飘向天花板。所以他绕回到了一开始的地方，整个案子的进展准确地说是零！不——不对。当然，他已经确定并证明两个他认为可能是嫌疑犯的人——特伦斯·麦尔曼和帕克小姐那位神秘的朋友。尽管这两个人都被目击在当晚的案发现场附近出现，但根据目前掌握到的证据来看，无法确认两人真与案情有牵连。天知道特伦斯在下雨天的晚上9点出现在池塘边做什么！为什么另一个家伙会闯进帕克小姐家……好吧，这也只有天知道！但这些戏谑问题的答案一点都不重要。因为它们完全不相关。重要的只有一点——现在唯一可能的嫌疑人就只有尤斯塔斯·麦尔曼。但他已经快要排除麦尔曼是凶手的嫌疑了。毕竟，如果假定麦尔曼是凶手，他的犯罪动机显然就是追回那些信件。帕克小姐拒绝把信还给他，因此他就狡猾地在雪利酒中下毒，然后劝她喝下毒酒，等她倒下之后，撬开她的书桌，取出信匣。这个阴谋诡计可以说是太夸张了点，他完全可以在撬书桌的时候把帕克小姐绑起来塞住嘴进行。因此，动机看起来似乎也很单薄。但随后发生的事情似乎更加不合逻辑。拿回这些信件之后，麦尔曼突然决定自杀了。但这到底是为什么呢？

整个故事压根说不通。为什么要如此小心地不留下指纹呢，他明明知道10分钟后自己就会变成死人？他怎么处理的手套？为什么他毒发的时间要比帕克小姐晚那么多？除非他去寡妇小屋的时候还没打算谋杀帕克小姐，但为什么他要随身携带毒药呢？

"哦，见鬼！"梅瑞狄斯想着，突然觉得沮丧和疲惫不堪。"该死的，我到底该怎么办呢？"

II

第二天早上，天空蔚蓝清澈，草地上铺满晶莹的露珠，鸟儿们欢声歌唱，远处传来互相呼应的杜鹃声，乡村弥漫着清新的泥土和树叶气息，6月到了。梅瑞狄斯从敞开的窗户望着下面的乡村街道，头一夜的沮丧消失了。毕竟，他好像有点太过期待老天的保佑了？一个复杂的案件不可能在短短24小时内就被厘清楚。经验告诉他，重案通常需要数周甚至是数月耐心、单调的努力工作后才能被解决。

在低矮的餐厅里吃过一顿丰盛的早餐后，梅瑞狄斯开始审视所有间接证据和案件本身可以推断出的一些特别棘手的问题。也许这个案子最困难的地方是，他无法确定正在调查的是何种性质的犯罪。是双重谋杀吗？谋杀加自杀？双重自杀？还是意外造成的死亡案件？他前一天已经考虑过所有这些可能性，分析过每个方向的利与弊，然后带着开放的心态上床睡觉。然而，迄今为止依然有一个方向他没有考虑过。这确实是他的疏忽，但考虑到一天匆忙的行程，也许是可以原谅的。这个方向是这样的。有没有可能是佩内洛普·帕克谋杀了尤斯塔斯·麦尔曼，然后自杀的？

这是一个新的观点，肯定还需要探索。动机是什么呢？好吧，也许佩内洛普疯狂地爱着这个怪人彭佩蒂，也许她认为只要除掉麦尔曼，彭佩蒂就能成为奥教的最高先知？也许这个职位有着丰厚的津贴，让她的动机更加迫切！那作案手法呢？给雪利酒下毒肯定更多是自发的偶然行为，而不是预谋的恶性。毕竟，佩内洛普不知道麦尔曼那天晚上会来找她。另一方面，可以重构当晚的事件。

麦尔曼通过假扮彭佩蒂进入她房间，要求拿回他冲动

中写下的情书。佩内洛普拒绝归还这些信。于是，麦尔曼
拿出他的木质左轮手枪（阿克莱特的证词），吓唬她说出
藏信的地方。当他忙着打开书桌的时候，佩内洛普抓住机
会在雪利酒中下毒，然后用某种方式暗示他是赢家，应该
喝一杯来庆祝他的胜利。于是，麦尔曼——

梅瑞狄斯摇摇头。天啊！这个理论简直破绽百出。他
在心中一一列出这些破绽。一是如果佩内洛普是被威胁交
出信件的，她就会直接把书桌钥匙给他，而不是让他自己
把桌子撬开。二是她怎么会恰好有一瓶氢氰酸随时可以
用呢？三是她真能说服滴酒不沾的麦尔曼和她一起喝一
杯吗？第四点，如果接受上述动机，她为什么要自杀呢？
虽然她疯狂地爱着彭佩蒂，但她真能如此狂热无私地奉献
吗？毕竟，彭佩蒂成为奥教先知的想法里肯定也包含了她
的参与？

梅瑞狄斯匆匆喝完最后一杯咖啡，点燃一支香烟。这
时，一个穿着整洁制服的黑色身影唰地一下出现在宽敞的
客栈院子里。梅瑞狄斯从敞开的窗户向外喊道：

"是从奇切斯特来的警察吗？"

"是的，先生。"

"很好。快进来。门在你左边。我是梅瑞狄斯督察。"

梅瑞狄斯瞥了一眼奥哈利丹警官就知道洛克比给他选
了一个好手。他是爱尔兰人，体格健硕，蓝眼睛，幽默的

大嘴巴，抑扬顿挫的嗓音，即使读电话簿都有诗歌的韵律。督察点头示意他坐下，因为当时餐厅空无一人，他迅速勾勒了一下本案的重点。当他结束的时候，奥哈利丹笑了起来。

"长官派我来，是觉得我是最适合来帮您解决问题的人，先生。不管是多么让人困惑的案子，派我来就对了！意外、自杀、谋杀——都有可能。这肯定是一个需要极大耐心和判决断力的案子。不追查到底我们绝对不休息。"

"这简直就是我自己想法的回声，奥哈利丹！"梅瑞狄斯笑道，"现在告诉你我——"梅瑞狄斯突然警惕地朝警官身后点头示意，"嘘！小心地回头看一眼，警官。如果我没记错的话，那应该是我们非常感兴趣的一位绅士。他肯定也住在这里。我完全不知道。"

奥哈利丹小心地在座位上慢慢转动，眼角瞥向那个刚刚在房间远处角落里坐下的古怪身影——蓄着胡子、有点邪恶的身影，穿着土耳其毡帽和长袍——他毫不费力地从梅瑞狄斯的描述中认出那个人。

"看看！"他压低嗓子粗声说道，"那就是死去小姐爱上的人？先生。天啊，他看上去更像一个杀人犯，而不是什么非常有女人缘的男人。"

"这个嘛，不管他长什么样，"梅瑞狄斯低声评论道，"我肯定他已经被庄园里的那群莫名其妙的教众选为先知了。我一直想和他聊聊，没有比现在更适合……"

梅瑞狄斯站起身，拿起他的公文包。"在这等一下。我想和那个家伙聊一聊。"

督察随意地在餐厅里漫步。当彭佩蒂冷冷地抬起头时，梅瑞狄斯亲切地朝他点点头，招呼道："早上好，彭佩蒂先生。我一直想跟您碰个面。我叫梅瑞狄斯——梅瑞狄斯督察，负责这次调查的侦探。肯定不需要我再跟您解释这次来塔平·马莱特的原因了。"

"很容易猜到。"彭佩蒂回嘴道，不是很礼貌地挥手示意梅瑞狄斯在一张空椅子上坐下。"一件悲惨不幸的事。我想我不便问您案件的进展如何吧？"

梅瑞狄斯笑了笑。

"你知道的，我确实不便透露。帕克小姐是您非常亲密的朋友吧，彭佩蒂先生？"

"她是我在奥教中坚定的同僚。"彭佩蒂不悦地纠正道，"正如你可以想象到的那样，我在奥教中有许多亲密的朋友。"

"不知道我现在祝贺您升职是否为时尚早？哈格·史密斯夫人——昨天向我暗示——"

彭佩蒂低下头。

"我是昨天深夜在内殿举行特别会议后被告知这一殊荣的。但一想到我是在这样悲剧的情况下接受这一崇高职务的，就感到特别难过。"

"当然，你可能听说了麦尔曼先生是经过某种伪装后才进入寡妇小屋的？据我所知，帕克小姐拒绝见他。"

"是的——我听说过。"

"您也知道他是怎么伪装的吗？"

"知道。"

"我这里想说的是，彭佩蒂先生，"梅瑞狄斯已经从轻松友好的态度转为更官方的样子，他感觉到彭佩蒂很警惕防备的样子。"麦尔曼先生之所以伪装成你的样子，是因为他的司机从寡妇小屋的用人那里得知，你可以不管白天黑夜在任何时候不需要通报就能进屋：这充分说明帕克小姐是您的密友，不是吗？一位非常亲密的朋友。您在她的私生活中占据非常优先特别的位置，对吗？"

"同作为奥教执行委员会的一员——"

梅瑞狄斯猛地打断他：

"天哪，彭佩蒂先生！您为什么就不能跟我说实话呢？我恰巧知道您和帕克小姐是某种最亲密的关系。为什么要拐弯抹角？"

不安的表情在彭佩蒂黝黑的脸上稍纵即逝。他突然说：

"我真不明白这和你的调查有什么关系。能让我平静地吃完早餐吗？还有非常忙碌的一天等着我，我想你可以想象。”

　　“不好意思，彭佩蒂先生。但我不能让任何事情阻碍我的工作。我在调查一件非常严肃的案件。现在，在惨剧发生的那天晚上，你到底在哪里？”

　　“你不会是在暗示——”彭佩蒂一脸愤怒地问道。

　　“我没有在暗示任何事情！”梅瑞狄斯回答，“只是想知道你在上周四晚上8:00 ~ 10:00做了什么。”

　　“我不知道你想暗示什么，督察。”彭佩蒂冷笑道，“但不管你有什么怀疑，恐怕我都要让你失望了。我和往常一样在庄园主屋吃了晚餐，在8:50离开，然后穿过庄园来到中式凉亭。”

　　“等一下。”梅瑞狄斯拿出他手绘的地图，仔细地研究了一下，然后手指到一个圈起来的点，这里主路一分为二，一边通向庄园主屋，一边通向寡妇小屋。“你是说这里的这个建筑吗？”

　　彭佩蒂看了一眼地图，点点头。

　　“哈格·史密斯夫人把这里改造成神庙。在大会期间，我们会在这里组织一个叫作不间断冥想的活动。教众必须承诺每天来这里就我们信仰的某些方面进行一个小时冥想。”

　　“你是说大会14天的冥想表都已经提前排好了？”

　　“没错。巧的是，我承诺的一个出席时间恰好是周四晚上9:00～10:00。"

"所以你离开主屋，顺着主路走到神庙，然后一直待在那里直到10点？"彭佩蒂点点头。"你是一个人在神庙里的吗？"

"不是。我们有安排正式的出席时间，但大家都可以自由地在白天或晚上的任何时间使用神庙。我记得，我到的时候至少有五六个成员在场。有些人只待了很短一段时间——但其他人10点钟来替换我的时候，有些人还在冥想中。"

"你9点钟接替的是谁？"

彭佩蒂犹豫了一下。

"督察，真的不能指望我……不——等一下。应该是来自伦敦北部神庙的一位成员——阿宾登先生。但如果你觉得这些细节都和调查有关的话，为什么不直接查阅官方名单呢？我敢肯定我们的营地指挥官布特先生会非常乐意帮助你的。"

"多谢，彭佩蒂先生。"梅瑞狄斯站起身，"非常有用的一次会谈。整个大会期间你都会住在斜屋客栈，对吗？"

"是的。"

"很好，很高兴你能提供如此坦率简洁的信息。"

"不然有什么意义呢，督察？"彭佩蒂带着讽刺的微笑问道，"在经过很长一段时间的培养之后，我拥有了相当强大的灵魂能量。但我可以向你保证，过去10分钟里我完全没有理由使用这种能量。普通的社交能力就已经足够让我知道你在想什么了。当你在这张桌子边坐下的时候，你已经在怀疑我和寡妇小屋发生的惨剧有什么关系。但我警告过你，你会失望的。再见，督察。"

Ⅲ

一坐进警车，梅瑞狄斯便开口道：

"朝庄园开，奥哈利丹。路上看到有隐蔽的地点时，就开过去。我要想一想接下去的行动计划。"

5分钟后，奥哈利丹把车停在几棵榆树低垂的树荫下，关上发动机。梅瑞狄斯掏出他的烟草袋，慢慢地把烟斗装满。

"一个怪人。"他评论道，"仔细想一想的话，真是一个相当冷静无情的家伙。"

"您说彭佩蒂先生吗？"

梅瑞狄斯点点头。

"根据阿克莱特的证词，彭佩蒂想要通过公开麦尔曼写的情书来抹黑诋毁麦尔曼的人品。我敢打赌这绝对是他撺掇帕克小姐搞的这个恶心人的小把戏。然而你听听他刚才讲话的样子，完全一副天真无辜的样子！你有没有想过，警官，彭佩蒂其实才是从麦尔曼的死中受益最大的人？特别是如果这个新职位的工资很丰厚的话。"

"您不会是觉得他就是凶手吧，先生？"奥哈利丹会意地看着他问道。

"我承认刚刚问他话的时候，这个想法确实在我脑中闪过。但他好像有不在场证明。完美无缺的不在场证明，好像是？"

"但您只听过他的说法，先生。"

"不——你错了。我第一次问话阿克莱特的时候，他就告诉过我，麦尔曼是特意选了彭佩蒂一定会去神庙的时间去寡妇小屋的。阿克莱特说，这是因为他们不能冒险选彭佩蒂可能会出现在寡妇小屋或陪帕克小姐从主屋回来的时候。尽管如此，我们还是可以立刻查证。彭佩蒂提到过一位营地指挥官。我想我们可以把营地总部设为第一个停靠点？"

"当然，但您还是不相信他，先生。"

"老实说，警官，我不相信！虽然我不明白彭佩蒂是怎么谋杀麦尔曼或是帕克小姐的。而且就后者而言，我也不明白他为什么会想要杀她，毕竟他们两个之间的关系显然非常友好。但我的预感告诉我——那个家伙很讨厌。刚刚跟你过案件要点时，提到他和某个不明人士的奇怪会面吧？"奥哈利丹点点头。"嗯，阿克莱特偷听到的几个词都暗示着不光彩的勾当。这点毫无疑问。"梅瑞狄斯掏出笔记本，查阅了一下。"没错——就是这里。'*那个帕克小姐没问题，但是……*''*麦尔曼会背黑锅*'之类的话。当然还提到到了那些信。这些无须解释。但听这个，'*需要你等几周……必须要有耐心……到时候妥妥付你钱*''*我保证是稳赢的事……如果事情顺利我们就发达了……*'没有更多的内容了，但这些足以提取一些可信的结论了，不是吗？"

"您在暗示这是勒索吗？"

"看起来非常可能是这样。"

"彭佩蒂被逼进绝路。"

"没错。"

"而他自己又没办法付钱，敲诈他的人又在不断施压。"

梅瑞狄斯指出，"他希望通过取代麦尔曼在这个奇怪宗教中的位置来修正这个局面。这说明，奥哈利丹，这个他们称为先知的位子，肯定能挣大笔钱，不是吗？"

"是的，看起来好像是这样，先生。"

"然后还有一个事，"梅瑞狄斯继续说道，"你注意到彭佩蒂的措辞了吗？像'妥妥'、'稳赢'和'发达'这样的说法，在他几分钟前的谈话中是绝对不会出现的。如果说有什么区别的话，我觉得他讲话还挺学究气的。至于那种外国口音，阿克莱特当时说他一点口音都没有。关键是，他私下里讲话还挺粗鄙的。也就是说，这家伙是一个装腔作势的假货，是个两面派。而先知彭佩蒂是他最不自然的那一面。"梅瑞狄斯推开他的笔记本，"无论如何，我们都要去查证一下这个家伙的动向，了解更多关于先知职位的信息。我想你可以先开车带我去找营地指挥官。"

第十八章

毒药之谜

I

过去几周时间里，汉斯福特·布特发生了巨大的改变——不仅是身体上的变化，还有心理上的变化。彭佩蒂随时可能暴露他身份的威胁犹如达摩克利斯之剑一般高悬在他头顶，让他完全丧失了安全感，神经高度紧绷在崩溃的边缘。他一言不发地支付了血腥钱。没错。但威胁依然存在。彭佩蒂随时都有可能翻脸，可能会报警。彭佩蒂一报警，自己就完蛋了。毫无疑问他肯定会被抓去蹲"号子"，很可能会蹲很长一段时间。他现在拥有的有意义、有趣又体面的生活将成为泡影。这种生活将离他远去。

因此，不难想象当梅瑞狄斯和穿着制服的警官走进汉斯福特作为营地指挥官的办公室时，他是什么感觉了。汉斯福特带着一丝警惕，仓促地站起身迎向两位警官，表情异常焦虑。

"早，"他用他奇特的速记式英语猛地挤出一句问候，"有什么我可以帮忙的吗？你们想要什么？是要问话吗？"

梅瑞狄斯介绍了一下自己，静静地解释了来访的原因。汉斯福特似乎放松了一点，但梅瑞狄斯很快就注意到他对警察突然出现的不寻常反应。但不可否认他乐意帮忙的态度。他立刻就拿出参加"不间断冥想"活动的名单供梅瑞狄斯查验，并派人去营地附近找阿宾登先生和蒙梅里小姐，这两人中，一个是冥想时间在彭佩蒂先生之前，一个是在10点钟与彭佩蒂交接。信使离开后，梅瑞狄斯完全不准备浪费时间，立刻开始挖掘更多信息。

"你是奥教执行委员会的一员，对吗，布特先生？"

"是的。"

"那么你应该能跟我说说先知这个位子。这个职位有津贴吗？"

"有的。"

"多少？"

"很多。你想要具体的数字吗？这是保密信息。但如果你坚持的话……"

"我想我必须知道。"

"5000英镑一年。"

梅瑞狄斯吹了声口哨。

"5000——唷！那彭佩蒂原本担任的那个职位呢——只是一个荣誉头衔吗？"

"500。"汉斯福特立刻说道。

"我明白了。所以彭佩蒂因为麦尔曼的死获利颇丰？"

"每年多了4500英镑。恰好比他本身的价值多了4500。"

"你不喜欢这个家伙？"

"我不信任他。从来都不。是个野心勃勃、虚伪狡猾的人。"

梅瑞狄斯点点头，但没有多加评论。他默默想着布特对彭佩蒂性格的评价与他表现出来的样子截然不同。如果彭佩蒂是一个两面派，再考虑到即将获得的大笔财富，他很可能就是毒死麦尔曼的人。动机就在那里。但时间因素呢？

但当阿宾登先生和蒙梅里小姐来了之后，梅瑞狄斯的怀疑却完全站不住脚。阿宾登发誓彭佩蒂是9点到达中式凉亭的。蒙梅里小姐发誓她是10点与彭佩蒂交接的。两人都表示当时神庙中还有好几名其他成员。

"所以彭佩蒂先生绝对不可能在9:00 ~ 10:00不被人发现地离开神庙，对吗？"

两位证人都认为这是绝对不可能的。阿宾登继续道：

"为什么不问问明妮贝儿小姐呢？我知道她是在彭佩蒂先生到后不久来的，一直待到蒙梅里小姐接手之后。但我得提醒您一下，督察，她是一位非常不平凡的小女人。非常敏锐，善于观察。"

梅瑞狄斯转向布特。

"你能派人去找一下这位明妮贝儿小姐吗？我非常想确认这一点。"

大约10分钟之后，明妮贝儿小姐赶到了，梅瑞狄斯最终确认彭佩蒂不是他想要的人。明妮贝儿小姐兴奋不已，滔滔不绝地讲述了一个长长的杂乱无章的故事，里面充满了不相干的东西，但因为夹杂了太多间接细节，所以这个故事只可能是真的。据她所说，当彭佩蒂晚饭后从庄园主屋离开的时候，她恰好在主屋外面。事实上，她一路跟着他顺着主路走到中式凉亭。等她决定进去之后，又恰巧一直待到他冥想时间结束的时候。然后她又继续巧合地跟着他一直往北区小屋的方向走，走到一半的时候她转向了女子营地。

"你周四晚上的动向有很多巧合的地方啊。"梅瑞狄斯评论道，眼睛闪闪发亮，"你确定这真的都是巧合吗，明妮贝儿小姐？你不会是因为什么原因在跟踪彭佩蒂先生吧？"

明妮贝儿小姐突然惊讶得发出一声尖叫。

"哦，你真聪明，警官！你真聪明！我以为这是我自己的小秘密。但我明白对你试图隐瞒任何小秘密都是没用的。事实上——真的，我觉得隐瞒是很愚蠢的举动。我应该想到这一点的。"

"什么？"梅瑞狄斯问道，觉得又好笑又困惑。

"当然是法律怎么保护我。"她压低嗓音，把梅瑞狄斯从其他人身边拉开，拉到大帐篷的一个小角落里。"事实上是这样的，警官，我的生命有危险！他现在随时都有可能对我下手！他只是在等我失去警惕，然后——"

梅瑞狄斯打断道：

"等等，明妮贝儿小姐。让我们先厘清一下。谁会动手？"

"当然是阿里·哈米德。我想也许你已经注意到了。"

"阿里·什么？"梅瑞狄斯震惊地问道。

"但你肯定已经猜到彭佩蒂不是他的本名了吧？哦，我亲爱的警官，我觉得你肯定已经猜到了整个故事。你知道的，他的真名是阿里·哈米德。我一直在观察他。我必须非常非常密切地观察他。是的，几个月来，我一直……"

这个精彩的故事一点一点展开来。汉斯福特偶然注意到督察听着她喋喋不休的独白时迷惑不解的目光，特意拍了拍额头，冲着明妮贝儿小姐点头示意她不太正常。然而，当她终于结束之后，梅瑞狄斯向她保证从此无须再担心。警方将接手处理这个问题。他称赞她决定把这件事交给法律处理是多么明智。然后梅瑞狄斯温柔地让她离开。

"唷！"他擦着额头叫道。

"她可真是个怪人，先生。"奥哈利丹说道。

"是个个例。"汉斯福特解释道，"挺无害的。住在维尔沃斯。大家都知道她。"

"你觉得她跟踪彭佩蒂的证词可靠吗？"梅瑞狄斯问道。

汉斯福特点点头。他重新恢复了镇定，因为意识到今天这个情况，警察无论如何都不是来"抓他"的。

"我当然觉得没问题。我之前就注意到过。她像彭佩蒂的影子一样。当时觉得很奇怪。但今天知道是怎么回事后……"汉斯福特耸耸肩膀。

"好的，感谢你的帮助。"梅瑞狄斯说着朝大门处走去，"走吧，警官。"

Ⅱ

两位警官刚要离开帐篷，奥哈利丹就叫道：

"看起来好像有人想找我们，先生。还挺着急的样子。"

梅瑞狄斯顺着他伸出的胳膊看过去，看到一个人影迅速地从主路上跑过来，一边疯狂地挥手吸引他们的注意力。几秒钟之后，梅瑞狄斯认出那是住在寡妇小屋旁边小茅屋的园丁。

"你好——你想要什么？"他问。

"我想找你，先生，"他气喘吁吁地说。"是我刚刚注意到的一件事。和我们昨天下午在寡妇小屋的谈话有关。怕您不记得，我是赫伯特·哈斯金，园丁——"

"哦，我记得你。怎么了？咱们一边朝寡妇小屋走，一边说吧，这里人太多了。"

当他们穿过大橡树和榆树树荫下松软的草地时，哈斯金开始说话：

"是这样子的，先生。昨天晚上在*布洛克莱拜的白哈特酒馆*，大家很自然地开始说起发生在寡妇小屋的事情。大家好像都对凶手是谁和为什么杀人有很多想法。当然我觉得大家对这些想法都是半信半疑的。但我听到的一件事让我觉得很古怪。一个叫查理·贝茨的，是多贝尔少校家放牛的。那天晚上从庄园南边的路回家。你知道的那天晚上非常暗。查理走着走着突然撞上一辆停在路边的车。他说车灯没开，车里也没人。查理觉得有点古怪，就点燃了一两根火柴想看清楚。他说那是一辆斯坦10——轿车。也许您不清楚，但那条路上有片林子。查理突然听到有人从树林里跌跌撞撞地走了过来，他蹲在榛树底下想看看是怎么回事。好吧，长话短说，这家伙穿过树篱，拿着一个小手电筒朝那辆车走去。查理在那个人开车离开之前看清楚了他的长相。先生，我觉得这肯定错不了，那个人就是我和露丝在周四晚上看到的从我们小茅屋旁边经过的家伙……戴着猎帽，没穿外套……一切都一致。"

"还真是一条非常有用的信息。"梅瑞狄斯点头表示赞同，"那是什么时候的事？你朋友有碰巧提到吗？"

"我也问过他这个问题。他说是10点后。而这个和我们知道的事情都对得上！"哈斯金带着苏塞克斯喉音的口音露出一丝胜利的意味。"啊！这还不是全部，先生！"

"什么？"

"查理是一个很能干的小伙子，他曾经参加过童子军。查理恰好注意到了那辆车的车牌号，他记住了！"哈斯金掏出一个脏兮兮的信封，"当时就记住了，然后在白哈特酒馆写了下来。先生，AHL-2414。没错，就是这个。查理·贝茨可真是个聪明的小伙子。"

III

20分钟后，梅瑞狄斯从寡妇小屋打电话，联系上了汽车登记部在哈特福德郡的办事处。他的要求很简单，想要车牌号 AHL-2414 登记的车主名字和地址信息。哈特福德郡办事处答应一定尽力。

"您也知道的，先生，"办事处职员表示，"我们不能保证一定有结果。这辆车可能是最初在这里注册的，但后来可能换过车主。或者车主有可能搬到另一个郡去，不再向我们申请更新牌照。不好意思，督察，但如果运气好的话，我会在半小时内给您回电话。"

梅瑞狄斯刚挂断电话，一直等在小屋前门的奥哈利丹就走进来报告说有通信员从苏格兰场过来。

"很好！"梅瑞狄斯叫道，"应该是警方的分析报告。签收包裹吧，警官，告诉那位警员他可以回奇切斯特了。"

几分钟后，梅瑞狄斯迫不及待地飞快扫过分析报告。奥哈利丹好奇地看着他。梅瑞狄斯突然打了个响指，把报告摔在门厅的桌子上。

"这个，我真是——"

"是您没预料到的东西吗，先生？"

"没错，警官！完全出乎我意料，而且在我看来，完全无法解释。我让苏格兰场的首席化验员卢克·斯皮尔斯分析了一下醒酒瓶和两个玻璃杯里的液体残留物。这里是他的发现。"梅瑞狄斯抓起打印的报告单，念道："'确证实验表明，两个玻璃杯里的氢氰酸容量一致——都含有高浓度的氰化氢。然后，醒酒瓶里的氰化氢浓度则要低得

多。因此，两个玻璃杯里的酒应该不是从醒酒瓶里倒出来
的；或者从醒酒瓶里倒完酒之后，又在玻璃杯里额外添加
了氢氰酸。毫无疑问，玻璃杯里的有毒雪利酒已足以让人
瞬间毙命。然而，醒酒瓶里的毒酒已经被稀释到如果在合
理的时间内提供救治，受害者还有可能恢复健康的程度。'
哎，奥哈利丹，这要让我们怎么理解？案情愈加复杂了，
不是吗？我真想不明白。"

"我也完全理不清头绪，先生。但有可能就如化验员
猜测的那样——在含有低浓度氢氰酸的毒酒被倒进玻璃杯
后，又有人在杯里加了额外的剂量。"

"但这是为什么呢？"梅瑞狄斯闪过一丝恼怒地问道，
"明明已经直接在玻璃杯里下毒了，为什么还要费功夫在
醒酒瓶里下毒呢？这没道理。"

两人都沉默了下来，思考着这意外反转的证据。奥哈
利丹突然说：

"还有一种可能的情况。"

"什么情况？"

"假如是把其中一杯有毒的雪利酒倒回醒酒瓶中呢，
先生？这样两个杯子中的残留物浓度都会一致，但本来就
装了一半雪利酒的醒酒瓶的氢氰酸浓度则会低得多。"

"天哪，警官！我觉得你这想法有点道理。这绝对是
一种可能。但打死我都不明白为什么要这么做。如果是麦

尔曼毒死的帕克小姐，他想要暗示自己也被毒死了，然后消失不见，这才能说得过去。但麦尔曼恰好也死了，我们都知道他死于氢氰酸中毒。这说不通。另一方面——"

附近桌子上的电话响了起来。梅瑞狄斯抓过话筒。

"您好——是的，所以我运气不错吗？太棒了！等一下——我记下笔记。约翰·基思·达德利，希钦大桥街的格鲁夫酒店。好的——是的，我记下了。非常有用，多谢。再见！"梅瑞狄斯挂上电话，转身兴高采烈地看着奥哈利丹，"总算有好消息了，哈特福德找到那辆车的主人了。我要马上去希钦警局，让他们去做笔录。"他已经拨号打开电话交换台了。"也许只要我们和这位神秘的先生好好聊一聊，剩下的难题就能解决大半了。喂！喂！电话台吗？请帮我转希钦警局？不——我不知道电话号码。好的，你找到再给我回电话。这是很紧急的警务电话。"

第十九章

一位年轻女士的证词

I

在和希钦警局的贝克督察通过电话长聊了一番之后，梅瑞狄斯从寡妇小屋出发前往斜屋客栈。像前天和洛克比的情况一样，他让奥哈利丹自己坐车先走。梅瑞狄斯急于再次独自一人好好想想。

自接手案件以来，他受到的最大的震动就是这天早上卢克·斯皮尔斯传来的消息。醒酒瓶中的氢氰酸浓度相当稀薄。玻璃杯中的浓度更高。为什么呢？嗯，愈加可以确定的是，这场双重悲剧的设置比他最初想象的要复杂得多。关于盘子上的毒酒之谜似乎无法破解。这不仅仅是谁在雪利酒中下毒的问题，而是凶手是如何下的毒。把玻璃杯中浓度更高的毒酒倒回到无毒的醒酒瓶中，奥哈利丹的这个理论看上去很合理。但凶手为什么要这么做？他这么做有什么好处？这种疯狂行为的背后一定有什么原因。如果是这样，那原因是什么呢？梅瑞狄斯暂时停止思考了，迄今为止，这个谜团似乎真的无解。

梅瑞狄斯下一个考虑的是特伦斯·麦尔曼。他隐瞒了自己没有陪同萨默斯夫人去多尔切斯特的原因，这点不可否认。同样不可否认的是，就在悲剧发生之前，特伦斯·麦尔曼就潜伏在距离寡妇小屋不到四百米的地方。如果这都不重要……

"好吧，"梅瑞狄斯思索着，"假设特伦斯也是嫌疑人之一。他能作案吗？假如他设法溜进屋中——然后呢？难道他偷溜上楼，打断了他父亲和帕克小姐的密谈？难道他是趁着他们两人不注意的时候在雪利酒中下了毒，然后又说服他们两人喝下去的？但为什么要毒死帕克小姐呢？他们两人完全没有过节。他的父亲——没错。这样的话他就有动机了，虽然他和父亲在大多数事情上都争执不下，包括他和布莱克小姐的友谊。但必须承认这个动机并不强烈。但一时冲动愤怒之下……但即使这样，氢氰酸奇怪的浓度又要怎么解释呢？哦，见鬼！那个小伙子向我隐瞒了一些事情，如果我知道是怎么回事就好了。他可能是凶手，但另一方面，这个年轻人身上讨人喜欢的天真气质又让我觉得他不是！"

彭佩蒂呢？好吧，彭佩蒂才是一副绝好的凶手面孔。他的外表、性格、奇怪的两面派行为——都完美契合一个凶手应有的样子。而且最重要的是，彭佩蒂有作案动机——非常强烈的动机。麦尔曼的突然离世会让他获益颇丰——先知的荣誉和这个职位带来的丰厚年金。但帕克小姐呢？在威胁暴露那些愚蠢的情书上，他和佩内洛普·帕克是联盟的。但有没有可能帕克小姐在最后一刻反悔了，并要挟不仅要烧毁这些信，而且还要告诉哈格·史密斯夫人和奥教所有的大人物彭佩蒂想要诋毁麦尔曼从中获利的阴谋呢？

梅瑞狄斯的脉搏加速。天哪！这个新理论似乎很有道理。与其相比，他之前的理论都不是很成熟。有没有可能利用那些信的想法也来自彭佩蒂？帕克小姐违背自己的意愿被说服对先知使了这个阴招，但她在最后一刻良心发现。然后呢？彭佩蒂眼睁睁看着先知的位置和每年5000英镑在自己眼前消失。所以他动手了，迅速地下了狠手。他必须除掉麦尔曼，还有帕克小姐！他不知怎么地知道了麦尔曼那天晚上要去拜访帕克小姐，然后又不知怎么地成功让他们喝下有毒的雪利酒。

太棒了！棒极了！一个完美的推理。除了两个问题。彭佩蒂是怎么在玻璃杯中下毒，然后再说服他们俩喝下毒酒的？他又是怎么在有完美不在场证明的情况下，靠近寡妇小屋的？

　　这个理论很好。但推翻这一理论的证据更好。怀疑彭佩蒂是凶手，就像是闭上眼睛在雾蒙蒙的夜晚走进一条死胡同一样！不——彭佩蒂肯定"没戏"。

Ⅱ

　　接着又传来了更多惊人的消息、更令人困惑的证据。这次是马克斯顿，他在午饭后不久从奇切斯特给斜屋客栈打的电话。

　　"喂，梅瑞狄斯，我已经做完了尸体解剖。"

　　"很好。"

　　马克斯顿讽刺的笑声顺着电话线传了过来。

　　"是吗？等你听完我的发现再说不迟。保证吓你一大跳。我就不用细节分析和浓度百分比这之类的东西麻烦你了，就直接告诉你简单的事实吧。"

　　"我就是个简单的人。"梅瑞狄斯提醒他。

　　"好吧，我继续说。就和我之前说过的一样，我分析了两具尸体的胃含物。第一点是这样的——帕克小姐死于经雪利酒稀释过的较高浓度的氢氰酸。第二点是——麦尔曼死于更高浓度的氢氰酸，并且未经雪利酒稀释！"

　　"天哪！"

"经过仔细考虑，我认为麦尔曼是直接喝下了未经稀释的毒药。含有4%无水酸的舍勒溶液。他肯定像被熄灭的蜡烛一样即刻毙命。"

"但该死的！"梅瑞狄斯咆哮。

"哦，还没完，"马克斯顿平静地继续，"帕克小姐要有孩子了。不是立刻。大约还有6个月的样子。粗检时不容易发现，但在尸体解剖的情况下……"马克斯顿停顿了一下，又讽刺地冷笑了一下，最后说："我一点都不惊讶她可能是因为怀孕被谋杀的。既然麦尔曼一直在给她写那些私密的信……好了，再见吧，我亲爱的朋友。我想我们将在周一的死因审理会上再见。"

III

"好吧，警官。"梅瑞狄斯在把马克斯顿的信息交代给奥哈利丹后，问道："你觉得怎么样？"

"如果按我的方式来的话，毫无疑问我会直接回奇切斯特，先生。这个案子没有未来，一点希望都没有。我想说是麦尔曼谋杀了可怜的帕克小姐，因为她怀孕了。而后他为了逃过绞刑而选择了自杀。但我觉得你可能不会同意我这个想法，先生。"

梅瑞狄斯摇摇头。

"怎么会？如果麦尔曼想要自杀的话，他可以直接喝有毒的雪利酒。问题是，他没有。他死于未经稀释的高度浓缩的氢氰酸溶液。"

"他很可能是离开寡妇小屋后喝下的毒药，先生。"

"没错。他不可能在喝下这样致命的剂量后还能走到车边。但那又怎样呢？"

"有没有可能是回到车上后才毒死自己的？"

"他有可能这么做。但他走在车道上时的状况又怎么解释？阿克莱特说他当时步履蹒跚，很明显很痛苦的样子。事实上，这个可怜人气喘吁吁地说自己不舒服，并让阿克莱特尽快把他送回北区小屋。"

"他有没有可能是在演戏呢？"

"如果是这样，我不明白这样有什么意义。"梅瑞狄斯反驳道，"老实说，这所有的事情我都不明白意义何在。你永远想象不到一个醒酒瓶、两个玻璃杯和一剂氢氰酸会组成这样一个让人困惑的问题。"梅瑞狄斯敏锐地抬头，看到斜屋客栈老板走进这间现在无人使用的餐厅。"找我？"他问。

"是的，先生。刚刚有一通来自希钦的电话找您。"

"太好了！"梅瑞狄斯说着跳起身。"我马上去接。"几分钟后，他又回到奥哈利丹身边。他看上去异常兴奋，"终于有进展了，谢天谢地！希钦警方在达德利的房子里找到了他，他已经准备好做笔录。他也承认了帕克小姐去世的当晚在这里。希钦的人会立刻把他送过来，这样我就可以盘问他。他们大约会在3小时后抵达。在此期间，我建议我们——"梅瑞狄斯猛地停了下里，手指指向窗户，"你看，是谁啊？会不会是来找我们的，警官？"他迅速走到格子窗扉前，礼貌地问道："我能帮忙吗？你好像不知道怎么走，是在找老板吗？"

"不，我……事实上……我听说警方的督察在这里。那个来查案的侦探——"

梅瑞狄斯微微一笑。

"那您就不需要再继续找了，小姐。"

"哦，谢天谢地！如果您就是梅瑞狄斯督察的话，我可以进去吗？"

"请进。"

在梅瑞狄斯介绍完奥哈利丹后，他们在一张桌子边坐下。

"你的名字是……？"梅瑞狄斯问道。

"哦，我是丹妮斯·布莱克，哈格·史密斯夫人的秘书。"

"请收下我的同情。"梅瑞狄斯笑道，"你来找我是有什么事吗？"

"这个，是我听到的一些事——在营地流传的一个谣言。您不知道在这里事情传得有多快。快得吓人。"

"跟疯了一样！"奥哈利丹叫道，"我敢打赌这里每个人都知道我的中间名叫科尼，虽然这是一个连我妈都忘却的事实。"

"那这个谣言是什么呢，布莱克小姐？"

女孩犹豫了一下，脸一下红了起来，然后喃喃道：

"是我听到的一些和特伦斯·麦尔曼有关的事。您见过他，对吗？"

"哦，是的，我见过他。"梅瑞狄斯说着和奥哈利丹交换了一个意味深长的眼神。

"这个谣言实在让人不安，令人厌恶，我觉得我必须来见您。哈格·史密斯夫人不知道我偷溜出来了，所以我必须动作快一点。"丹妮斯再次犹豫了一下，然后脱口而出："督察！特伦斯被怀疑与发生在寡妇小屋的事情有关，对吗？他们说警方怀疑他可能……和他父亲的死有关。但这不是真的！我知道的。我承认特伦斯不喜欢他的父亲，但要做下这样的事情……他不可能做这种事的！真可怕，居然有人能这样联想。我就是不明白这些人。他们不是要过一种更高尚的生活吗，然而却用这样邪恶的方式谈论特伦斯。他们都是糟糕透了的伪君子。"

"你喜欢小麦尔曼，对吗？"

"我……不……是的……"然后她相当挑衅地说道："是的，我想我是。他是这样一个无助可怜的笨蛋。谁都会情不自禁地喜欢上他。"

梅瑞狄斯静静地说：

"恐怕谣言不是完全没有根据的，布莱克小姐。警方从不在没有任何理由的情况怀疑任何人。在这个案件里，我们有理由怀疑他。你看，在寡妇小屋的惨案发生前不久，有人看到他出现在离案发现场几百米远的地方，而他拒绝——"

"这就是我来见您的原因。"丹妮斯急切地打断他，她抓起手提包，然后掏出一张折起来的纸条递给梅瑞狄斯，"请看看这个，督察。我想您就会明白这个恶心的谣言是怎么开始的了。"

梅瑞狄斯打开纸条，因为奥哈利丹的缘故，把这封简短的信件大声念了出来。

亲爱的丹妮斯，

如果我再见不到你，我会崩溃的。我们必须见一面。现在，请听我说。我本应该在下周四陪萨默斯夫人一起去多尔切斯特，但我已经说服她为我的缺席保密。8点钟我将在莲花池边等你，请你尽可能在晚饭后溜过来见我。我

会一直等在那里，直到我不得不回去和坐多尔切斯特的巴士回来的萨默斯夫人碰头。我亲爱的丹妮斯，你知道我为你疯狂。

无尽的爱
特伦斯

"很好，很好。"梅瑞狄斯说着把纸条还给她，"这就是那个年轻人沉默的原因。他拒绝告诉我为什么徘徊在池塘边，是不想要危害到你，小姐。他可真不错，不是吗？我是说，考虑到现在的局面。"

"哦，他真太了不起了！"丹妮斯闪烁着眼睛喊道，"太善良了！但我不能这样利用他的好。特伦斯就是这样。如此体贴……如此正派，对所有事都这样。"

"但你没办法去赴约——是这样吗？"梅瑞狄斯问道。

丹妮斯痛苦地点点头。

"污点夫人突然一时脑热，口述了一堆信让我写。她一直让我写到了10点之后。"梅瑞狄斯灰色的眼睛闪了闪。

"污点夫人，我想这是你们给哈格·史密斯夫人取的一个相当形象的化名？"丹妮斯再次点点头。"所以那个可怜的小伙子就一直等到他该回去和萨默斯夫人碰头的时候？”

“是的，我想是这样。之后我一直没有机会和他碰面。他大概以为我不想见他了。”

“嗯，我会很快打消他这个想法的，小姐。别担心。还有，谢天谢地你想到要给我看这张纸条。如果有人敢把那个小伙子的名字和周四晚上发生的事情扯在一起，你就告诉他们是从我这里听到的——他完全没有嫌疑。”

“您太好了。”丹妮斯热情地说道。

“好吧。”当丹妮斯离开之后，梅瑞狄斯对奥哈利丹警官说道，“嫌疑人可以去掉一个了。一位迷人又冷静的年轻女士。如果达德利的情况和特伦斯·麦尔曼相似，我们又回到了起点。麦尔曼毒死了帕克小姐，然后又毒死了自己。”

“我一直在想一件事情，先生。”

“当然了！”

“关于那副手套的事情。”

“手套怎么了？”

“是您提出来的麦尔曼是怎么上车之后把手套处理掉的疑问。”

“没错。”

“好吧，现在，先生，您会考虑我说的麦尔曼离开房子之后都是在演戏的理论吗？他是在坐上去北区小屋的车后才服的毒。您得承认这是一个简单又明了的解释。"

"目前看来，"梅瑞狄斯同意道，"这是唯一的解释。这说明麦尔曼在回家的路上，打开过车窗，把手套扔掉，再关上车窗，然后准备好摆脱他尘世的躯体，对吗，奥哈利丹？他为什么这么做，我们还不得而知。为什么醒酒瓶旁边有两个用过的玻璃酒杯，我们也不清楚。为什么麦尔曼要等到上车之后才服毒自杀，我们也不知道。为什么他在明知道自己要自杀的情况下，还要撬开书桌去取回那些信，我们也不明白。我们唯一可以肯定的就是他的犯罪动机。不仅仅是那些信件的威胁让他感到担忧。天啊，不！他还有更让人不愉快的事情要隐瞒。他杀佩内洛普·帕克，是因为她怀孕了，而他，作为这群追求更高生活质量的狂热分子的先知，就是她孩子的父亲！"

"没错，我完全赞同您的意见，先生。"

梅瑞狄斯站起身，拿起帽子。

"很好，警官，我们可以检验一下你的理论。如果麦尔曼把手套扔出了车窗外，很可能那副手套还躺在车道边的某个地方。让我们小心地慢慢从北区小屋散步到寡妇小屋去吧。毕竟，如果我们真的找到那副手套，就必须从全新的角度来考虑这个案子的作案手法。"

IV

几个小时后，在经过一场让人腰酸背痛、筋疲力尽的搜查后，梅瑞狄斯和奥哈利丹回到了斜屋客栈。他们没有找到手套。然而，在靠近寡妇小屋的车道大门附近，奥哈利丹在杜鹃丛附近的长草中，捡起一把孩子玩的水枪。这个完全无关的发现激怒了梅瑞狄斯，他嘲讽地说道：

"我们一寸寸梳理地面以期找到重要线索，结果我们找到了什么？该死的，警官，一个孩子的玩具！别跟我鬼扯这东西和案件有任何关系。也许真是，但天哪，别说出来！案子本身已经够复杂了。走吧，看看主人能不能招待我们一杯好茶！"

第二十章

达德利先生开口

I

半个小时后，一辆由穿着制服的警员驾驶的警车，嗖的一声驶入客栈的院子。梅瑞狄斯再次让客栈老板把他的私人客厅借他使用，几分钟后，奥哈利丹、希钦的贝克督察和达德利先生舒适地置身其中。达德利先生是个身材健壮的中年男子，一脸疲惫和忧愁。但梅瑞狄斯立刻喜欢上他坦率的样子和温和的举止。正如情势所要求的那样，从一开始，达德利很明显就准备好竭尽全力帮助警方，不打算有所遮掩。梅瑞狄斯命令奥哈利丹逐字记录下采访的内容，然后开始了他的盘问。

"你明白贝克督察要求你来这里做笔录的原因吧，达德利先生？"

"恐怕是太清楚了。"

"你准备好回答我的问题了？"

"尽我所能——是的。"

"很好。我们有信息表明你上周四晚上去过寡妇小屋。在帕克小姐被发现死在自己的客厅前不久你见过她几分钟。随后，你通过落地窗离开寡妇小屋，回到你停在庄园南边路上的车上。对吗？"

"完全正确。我可以说'惊人地'正确吗？"

"这不是你第一次去寡妇小屋，对吗？"

"不是。我还来过两次……呃……在帕克小姐离开维尔沃斯之后。"

"其中一次，一个年轻人走进房间，撞到你在那里等待帕克小姐，对吗？"

"是的。"

"我可以这样猜测吗？你每次都是在用人完全不知情的情况下设法溜进的，达德利先生？"

"完全正确。"

"但这是为什么呢？"

达德利笑了笑，疲惫地小声叹了一口气，然后靠在扶手椅上，一副听天由命的样子。

"听着，督察——您似乎对我最近的动向和我试图联系帕克小姐的举动了解颇多。不如我直接告诉你故事的前因后果，这样更节省时间不是吗？——对于促使我这样行事的原委，我这些下作行为背后的原因，来一个从头到尾完完整整的陈述？"

"那就再好不过了。"梅瑞狄斯赞许地说道，"如果你准备好——"

"我已经准备好说出一切！"达德利喊道，突然提高了声音，从原本昏沉的样子中走了出来，"现在隐瞒又能得到什么呢？我一直像一个该死的傻瓜一样！我承认这一点。现在，像所有其他该死的傻瓜一样，我必须承担责任。但相信我，督察，我绝不认为自己是一个犯了罪的傻瓜。也许是一个误入歧途的傻瓜。您看，我就是那种造物主愿意一次又一次戏弄的不幸人。5年前我的人生晴雨表似乎还在'晴朗'上。但现在……好吧，抱怨有什么用呢。我就废话少说，直接进入正题吧？"他现在笔直地坐在椅子上，显然处于极度紧张的状态，但他却完美控制住自己的语言和情绪。他继续急躁地说："5年前，我是一个满足的已婚男人。作为一个注册会计师，我对自己的工作很感兴趣。我深深地爱着我的妻子，深情地幻想着她也一样深深地爱着我。但那是我的第一个幻觉。她不是的。我渐渐察觉到这一点，这里拌一下嘴，那里吵一下架，对我说的话做的事越来越挑剔。我就是一个普普通通的人，也许您已经知道了。我喜欢普普通通的生活。但我的妻子

'不是'。我在这里是故意用过去时的'不是'的，因为她现在已经死了——不在我为弥合我们之间的鸿沟而进行的失败尝试范围之内。"

"天哪！"梅瑞狄斯突然叫道，"你是说——？"

达德利疲惫地点点头。

"是的。死去的佩内洛普·帕克是我的妻子。她离开我之后，用回她的娘家名字，并尽全力忘记她曾经是约翰·基思·达德利夫人。但问题是，督察，她'有了宗教信仰'，笃信得厉害。对于亡者唯有赞美之类的东西。但我必须向你说明，我为了弄明白佩内洛普的雄心壮志，赴汤蹈火在所不惜。但我的确不适合那种更高的生活。对她来说，我与那种粗鲁不受教的野蛮人并无二致。好吧，也不浪费时间继续说我悲惨的婚姻生活了。我只感谢我们没有孩子让事情更复杂。2年前，她离开我去维尔沃斯花园城市生活。选择维尔沃斯，当然是因为那里是奥教的圣地——她觉得唯一一个可以让她展翅高飞，飞向更高的境界或者随便他们怎么称呼的地方。"达德利停了下来，擦了擦额头，又颓然落回椅子上，结结巴巴地继续道："但见鬼的是，我仍然爱她爱得发狂。偶尔会在绝望中去找她，恳求她回到我身边。哦，我承认她并不完全没有同情心，但我无法让她动摇。她已经把自己的一生奉献给宗教信仰，而我再也无法参与其中。简而言之，这就是她的观点。我与更高的生活相较量，更高的生活赢到了最后！后来有一天，她犹豫了一下，然后坦言她爱上了一个该死的奥教教徒。当然你们可以猜猜，我说的是谁？"

"自然是，"梅瑞狄斯说，"尤斯塔斯·麦尔曼——死去的奥教创始人。"

达德利猛地坐起身，一脸不可置信地盯着督察。

"麦尔曼？我的天啊！你在说什么？除了麦尔曼是奥教的首领之外，她才不在乎他！她爱上的是那个外国佬，那个虚伪的双面派，外国佬彭佩蒂！"

"你确定吗？"梅瑞狄斯厉声问道。

"我确定吗？"达德利一脸怒容地叫道，"难道我不是亲眼看到她这几个月来为了和他在一起把自己搞得跟傻子一样吗？难道我每次去看她都要听她细数他的优点，这些都是假的吗？当然是彭佩蒂。我想麦尔曼也采取了一些无害的追求举动，但他对她来说什么都不是。您能想象我的感受。如果她爱上的是一个像样的正直小伙子，也许我还不会那么难接受。但那么一个装模作样的男人，实在让我气不过！"

"你在屋里碰到过他？"

"没有——从来没有面对面过。但我常常在那边打转，看到过他来来去去。彭佩蒂从来不知道我在看着他。希钦离维尔沃斯只有几公里远，我很容易就能开车过来扮演一个业余侦探。但最后……好吧，我失去了控制。我决定——该怎么说呢？——除掉他。"

梅瑞狄斯查看了一下达菲督察一天前寄过来的档案。

"结果就是，"他说道，"在去年12月3号，星期六的晚上，你试图在一条偏僻的小道也就是五月花小径上谋杀他。"

"我的天哪！有什么事是您不知道的吗，督察？"

"大致轮廓只知道一点点。"梅瑞狄斯笑着说，"但知道相当多的细节。"

"好吧。我会告诉你事情是怎么发生的。我从来没有想过要动手，一切都是偶然。那天晚上，我开车去维尔沃斯，打算再次请求我妻子放弃这个家伙。就在那个胸衣厂外面，我的车胎爆了。而就在换轮胎的时候，我看到彭佩蒂那个家伙和一个女孩走进那栋楼。我了解到工厂里正在举办一场舞会，他如此虚伪令我突然暴怒，决定等他出来。那段时间我一直随身带着一把自动手枪，所以我意识到如果时机成熟，随时可以行动。当彭佩蒂出来后，听到他准备带那个女孩从五月花小径回家。我知道那是一条偏僻而且光线不好的小路，所以我跳上车，然后……"达德利停了下来，慢慢地摇了摇头，然后用沉闷的声音说道："为什么还要继续呢？您似乎已经知道剩下的故事了。"

"没错。"梅瑞狄斯同意道，"但你知道吗，达德利先生？”

“您这是什么意思？”

“你知道你那天晚上谋杀未遂的男人并不是彭佩
蒂吗？”

“不是彭佩蒂？你到底在胡说什么？”

梅瑞狄斯用轻快的几句话解释清楚情况。达德利惊呆
了。他不止一次地喃喃自语：“我不知道。完全不知道！”

最后他说：“所以那不致命的一枪反而是一件幸运的
事。”同时他还想起那晚，他扔的刀与彭佩蒂的头错过几
厘米，但这件事他是不会说的。他继续：“虽然杀了彭佩
蒂可能会送我上绞架，但至少一想到这个家伙再也得不到
我妻子，还是会感到一丝满足的。但另一方面，如果误杀
了一个无辜的年轻人……不，谢天谢地！我准头太低。”

“那天晚上你也去找过你妻子吗？”

“是的——在我开车回希钦之前。”

“然后呢？”

“我暂时远离了维尔沃斯。因为我作为通缉犯的描述
出现在了当地报纸上，但是受害者的名字却没有公开透
露。我很快意识到，不管彭佩蒂发生了什么事，他依然还
活蹦乱跳的。仅仅两天之后，我就看到他在镇上做演讲。
然后我了解到这个即将召开的大会以及佩内洛普将在寡妇
小屋暂住的打算。然后再一次——您知道我是一个多么顽

固的傻瓜了吗？——我联系上了她。我恳求她放弃所有这些关于宗教信仰的无稽之谈，和我一起回家。她断然拒绝了我。但我依然没有准备好接受否定的回答。终于，在周四的晚上，我们发生了激烈的争吵，然后我第一次意识到自己的绝望。她再次谈到彭佩蒂，并提议离婚。"达德利缓慢地摇了摇头，脸上没有表情。不幸的沉重似乎压垮了他。然后他静静地补充道："您看，督察，就是那晚她告诉我她怀孕了，彭佩蒂是孩子的父亲。"

"彭佩蒂！"梅瑞狄斯叫道。"所以他才是让你妻子怀孕的人。不是麦尔曼。"

"你应该知道的——"

梅瑞狄斯点点头。

"是的。我自然收到了来自法医的完整检查报告。但我从来没有怀疑过彭佩蒂。但你刚才告诉我的事，达德利先生，改变了整个案件的方向。谢天谢地你决定来做笔录。现在，说说你周四晚上的具体动向？"

达德利苦笑了一下。

"这才是真正重要的地方，对吗？"

"你是怎么靠近寡妇小屋的？"

"正如您知道的那样，我在老考德内庄园南边的路上停了车，设法偷偷进入寡妇小屋的花园。"

"那是什么时候？"

"刚好 8:30。"

"然后你进入房子——怎么进去的呢？"

"通过门厅的窗户。您看，督察，我很清楚那个时候每个人会在哪里做什么。用人们都在厨房里吃晚饭，我的妻子在主屋那边用餐，一切都很简单。"

"然后你上楼去你妻子的房间？"

"是的——一直待在那里等她回来。"

"你抽烟了吗？"

"是的。一支雪茄。有助于我稳定神经。"

"然后呢？"

"然后大约9:30，佩内洛普走了进来。我已经解释过了发生了什么事。她告诉了我那个即将出生的孩子的事，让我跟她离婚。我承认我当时发脾气了。我跟这个可怜的女人说了我对她和彭佩蒂的看法！然后我走了出去，打算原路离开。"

"但你没有？"

"没有。我刚要翻过门厅窗户，然后看到有人出现在车道上。虽然当时快天黑了，我还是轻松认出来人是谁。毫无疑问，那就是彭佩蒂。"

"然后呢？"

"我不得不迅速行动，因为我不想碰见这个家伙。如果和他面对面，我怕自己失去控制。所以我躲到房子另一侧的一个房间里，从一扇落地窗出来的。"

"那时大概是什么时候？"

"差不多9:45。我不知道准确的时间。"

"你离开的时候也没有被人看到？"

达德利犹豫了一下，然后谨慎地说道：

"我不能准确地回答这个问题。我出去的时候，选了一条通往园丁小茅屋的路。当经过那里的时候，好像看到窗户边有几张面孔。但当然我可能记错了。这只是我的印象。"

"很对。"梅瑞狄斯轻快地说，"你是被看到了。被园丁和他的妻子看到了。就在10点钟前不久，达德利先生。"

"我明白了。"达德利说。

"10点钟前不久。"梅瑞狄斯强调道。

"我不是……呃……很明白。"

"我想强调的是这个。根据你自己的证词，你在9:45从落地窗出去。而我恰巧知道园丁的小茅屋离寡妇小屋只有不到一百米的距离。达德利先生，你意识到自己至少花了10分钟走过这一百米路吗？这可算不上什么世界纪录啊，不是吗？"

"我在窗户外面的灌木丛里藏了一段时间，想在走之前确定彭佩蒂进去了。"

梅瑞狄斯敏锐地看着他：

"你很确定在那10分钟时间里，达德利先生，你没有回你妻子的房间吗？"

"我当然没有！"

"告诉我，当你进屋的时候不会恰好注意到盘子里的酒吧？一个醒酒瓶和一组玻璃杯？"

达德利一脸困惑地回答："我也许看到了。但不好说。我并不是很有心情观察什么东西，只是模模糊糊记得房间里的某个小桌上摆了一盘饮料。"

"我明白了。"梅瑞狄斯突然站起身，"嗯，这就是我想问的全部问题，达德利先生。我很高兴你这么坦诚。奥哈利丹警官会护送你上车。我想和贝克督察私聊一下。"

达德利一走出去，贝克便问道："你怎么看他？"

"我的直觉是相信他的话。但专业和谨慎警告我，他有可能在那10分钟空档里溜回去。我想在此期间你都会控制住他，对吗？"

贝克点点头。

"已经以谋杀未遂罪起草了逮捕他的逮捕令。他肯定要为五月花小径发生的事坐牢。我个人的感觉是，这个可怜人只是客观环境的受害者。我觉得他说的都是真的。"

第二十一章

路口的命案

I

"现在该做什么，先生？"希钦警方的警车驶出客栈院子之后，奥哈利丹问道。梅瑞狄斯笑了起来。

"好吧，警官，我觉得你可以结束今天的工作了。酒吧里有个不错的台球案，你应该过去试试身手。而我嘛，我打算去解除年轻的特伦斯·麦尔曼的痛苦。记得吧，我跟那位小姐保证过的。"

尽管太阳已经落山，梅瑞狄斯沿着小路前往北区小屋时，六月的空气依然温暖而芬芳。但督察太过专注，完全忽视了夜晚宁静的美景。当他想要思考的时候，能够把自己完全与周围的环境隔绝开，那一刻，他的脑海中充满了各种猜想。梅瑞狄斯依然不是很确定达德利。达德利解释自己那10分钟就是在灌木丛中待着，可能事实就是这么简单。但另一方面……正是这样！

特伦斯已经完全解除嫌疑。彭佩蒂有不在场证明。最新的证据表明麦尔曼不可能是凶手。如果他排除达德利的嫌疑，那么还有谁呢？也许是目前还没被怀疑过的其他什么人才是凶手？这没问题也很好——但是谁呢？希尔达？西德·阿克莱特？令人敬畏的哈格·史密斯夫人？当然都有可能，但都不太可信。没有明显的动机。然而，如果之前的嫌疑人都没有问题，那么该死的，他必须开始寻找新的嫌疑人。

在考虑完达德利提供的新鲜证词后，彭佩蒂毫无疑问是犯罪动机最强的那个人。他很清楚地知道，如果他是达德利夫人肚中小孩的父亲这个事实被人发现的话，获得每年5000英镑的年金和先知职位的可能性就渺茫了。这起双重谋杀案，从他的角度看，是实现野心最合乎逻辑的一步。帕克小姐死后，他们曾经亲密的关系很可能将随她而去，无人能知。除掉麦尔曼，他升职的道路就明晰了。但彭佩蒂有完美的不在场证明，好几个没有利益关系的证人都可以为他做担保。简而言之：动机——强烈；不在场证明——更强。

当梅瑞狄斯在脑中处理完所有这些争论和反驳之后，已经走到了北区小屋。特伦斯和管家都在家，但要说他们俩都欢迎他的到来有点言过其实了。他们打开门看到他时的热情，就像金丝雀给猫打开笼子门时一样多。但不到5分钟时间，就出现了神奇的转变。特伦斯，作为一个不善言辞的年轻人展现出了他最好的样子，就是坐在客厅里满脸笑容。解除了令人不快的嫌疑，并听到他崇拜的女孩为了他向警方求情……这真是压倒性的，让人感觉棒极了！他试图感谢督察，然而揉揉自己赤裸的膝盖，就又回到愚蠢的微笑表情中。萨默斯夫人及时介入，挽救了局面。她坚持邀请梅瑞狄斯和他们一起共进晚餐。梅瑞狄斯接受了。他并不是很喜欢坚果炸丸子，但管它呢，他总得吃饭。

出乎他意料的是，萨默斯夫人端上桌的是美味的羊排配豌豆和新鲜的土豆。

"天哪！"他对特伦斯说道，"你远离了严格的教规教条？"

特伦斯涨红了脸。

"事实上，您知道的。"他嘟哝道，"我在美食上一直被压制着。萨默斯夫人也是这样。虽然可能不是很光彩，但我们现在想尽情享受一番。您不能怪我们，先生。"

"他过去经常做梦，"萨默斯夫人带着慈爱的微笑插嘴道，"做关于吃肉的梦。可怜的孩子！"

但在梅瑞狄斯看来，抛开最近悲剧的阴影，特伦斯·麦尔曼这个年轻人的真实人生才正要开始！

　　当督察离开北区小屋返回塔平·马莱特时，天已经黑了。不是一片漆黑，因为晴朗的天空中闪烁着繁星点点。事实上，当他穿过车道大门走到马路上时，有足够光线让他意识到有个人走在前面。毫无疑问，那是彭佩蒂；可能刚刚结束什么讲座或布道，正要回斜屋客栈。梅瑞狄斯的鞋子是橡胶鞋底，在柏油碎石路面上没有发出任何声响，出于本能而不是任何特定原因，他开始跟在这个新当选的先知后面。当时，梅瑞狄斯完全没有意识到这个不合理的行为，标志着这个复杂案件"结束的开始"。

　　顺着小路刚往前走了一百多米，梅瑞狄斯意识到还有一个人悄悄跟在他身后。那人离他还有一些距离，但听脚步声是越来越近了。梅瑞狄斯再次在职业本能的驱使下，离开小路，蹲在树篱深深的阴影之下。他觉得这个越来越近的人影并没有真的看到他。这点他似乎是对的，几秒钟之后，这个人影迅速从他身边经过，继续往前走，完全没有意识到他的存在。转眼间，梅瑞狄斯就跟在这个小小队伍的最尾端。

　　很快彭佩蒂和第二个人影之间的距离越来越近，因为突然之间，这个人放慢了脚步，开始更加谨慎地前进。梅瑞狄斯也放慢了脚步。随后，出乎意料的是，前面那个人停了下来。从更远的路前方传来低低的哨声。前面的人走到草丛边，弯下腰，开始向前爬。梅瑞狄斯也跟着这样做。5、10、20米——突然，梅瑞狄斯意识到另一个人影和彭佩蒂碰面了，两人开始低声交谈。短暂的一瞬间，一切都静止不动了。然后，在毫无预警之下，就这么突然发生了。

一道闪光，一声震耳欲聋的枪响，一声压抑的尖叫。然后，在一阵停顿之后，第二声震耳欲聋的枪声响起，还有从前方道路跑走的脚步声。

几乎就在最后一枪的回声消失之前，梅瑞狄斯已经来到路边扭曲的人影边。他拿出口袋里的手电筒，照了照男人仰起的脸。他惊讶地叫了一声。那是营地指挥官，汉斯福特·布特！梅瑞狄斯确认他已经死了。他的右太阳穴上有一个血淋淋的黑洞，这是他用枪口压住的地方，他右手上还拿着那把枪。一切一目了然。汉斯福特·布特刚刚用枪打爆自己的脑袋，自杀了！

就在20米外，第二个人像一片阴影一样趴在星光照亮的草地上。这个人是面朝下的，梅瑞狄斯不得不把他翻过来，才能用电筒照亮他的脸。但他看到的情况不能透露什么信息。那是一个陌生人。然而，在那瞬间，梅瑞狄斯有种奇怪的感觉，那个人的脸也不是全然陌生的。真是让人困惑。也很烦人！他直起身，环顾四周。完全没有彭佩蒂的影子。显然，枪击声一响起，他就拔脚向村子仓促逃去。

他脚边这个人也死了。子弹击中他的脖子。这整个突如其来的巨变就像水晶一样清晰。布特一直在跟踪彭佩蒂，打算先杀了他，然后自杀。随后，另外一个人加入了彭佩蒂。布特先开枪，然而在半黑暗的环境中，他的准头很差，杀错了人。

好吧，现在该怎么办？不管怎样，他必须先把尸体送到斜屋客栈，然后在那里给奇切斯特打电话，告诉他们发生了什么事。马克斯顿必须过来检查尸体。他自己也最好翻一下死者的口袋。毕竟，他仍需要确定彭佩蒂同伴的身份，彭佩蒂很有可能拒绝开口。

他的思路被突然出现在路口快速驶过的汽车前灯打断。梅瑞狄斯走到路中间，晃了晃他的手电筒。汽车停了下来。

"喂！喂！这是怎么了？"一个粗哑的声音问道，"有什么事吗？"

梅瑞狄斯迅速解释了一下情况，询问车上这位结实的老绅士是否要去塔平·马莱特。

"是的。斜屋客栈有农场主联盟会议。我已经迟到了。现在看来我还要晚到很多！然而……"

他耸了耸巨大的肩膀，然后非常冷静地帮梅瑞狄斯把尸体搬进车里，就好像他只是在搬几袋粮食而已。5分钟后，他们停在了客栈院子里。

II

一个空车库被指定为临时停尸房，就在那里，在一盏防风灯的照射下，梅瑞狄斯和奥哈利丹检查了一遍死者的衣物。首先是汉斯福特·布特，梅瑞狄斯从他胸前的口袋里掏出一封密封的信，上面写着几个简洁的字——给警方。

"好吧，现在，"奥哈利丹咧嘴笑道，"如果他不是要给我们寄点钱的话，先生。这里面肯定就是告白信之类的东西。"

"说是解释会更好一些，警官。但还是让我们看一眼吧。"

他把信封拆开，拿出一张折叠的信纸，然后在车库的长凳上展开。奥哈利丹在他肩膀后面伸长了脖子。

"天哪！不要在我耳边呼气！"梅瑞狄斯叫道，"在油桶上坐好，我念给你听。这封信看起来很有趣。"

梅瑞狄斯念道：

为了不给验尸官检验尸体时造成任何混乱，我准备了一份详尽的声明来解释我行动的理由。我很理智。事实上，我的思维从没这样清楚地看清我现在和过去几个月被困的现实。彭佩蒂（虽然我相信这不是他的真名）一直在勒索我。为了买他的沉默，我被迫付给他相当多的钱。但

碰巧我并不信任彭佩蒂。当然也不能保证他会守口如瓶。这种恐惧和不确定性促使我采取绝望的手段。几天前，我意识到，只要这种随时可能暴露的威胁悬在我头上，我就永远不可能获得内心的宁静。因此，我决定杀了彭佩蒂，然后自杀。当你读到这里的时候，我的决定已经转化为行动，我们两人都将不受法律的制裁。

　　我想在上述声明中加入一些个人信息。汉斯福特·布特是我的化名。我的真名是山姆·格鲁。多年来，我一直因曾经参与非法贩毒而被警方通缉。我试图改变，给自己建立一个全新的体面生活。但彭佩蒂认出我就是山姆·格鲁，并威胁要报警。为什么他能认出我来，这我不清楚。他声称多年前曾在苏活区的一个叫墨尔多尼酒吧的地方见过我。因此，在这种情况下，我只能假设彭佩蒂本人和当时混迹在墨尔多尼的人有某种联系。但不管怎么样，我杀了他并不感到内疚。我是在完全清醒的状态并经过深思熟虑后行动的，因为我很清楚自己将为这个世界除掉一个伪君子、恶棍和骗子。

山姆·格鲁

　　"没想到啊，没想到！"梅瑞狄斯说着轻轻地把信纸折好，放回信封中。"真是错综复杂的情况，不是吗？可怜人啊。如果他知道那个'恶棍骗子'就坐在几米远的地方庆贺自己又幸运地躲过一劫，不知道会有什么感想？彭佩蒂一定知道那颗子弹是冲着他来的。一个邪恶的家伙，奥哈利丹。他不仅成功疏远了一对夫妻的感情，而且还拿准机会变身成一个勒索者。我们迟早要给那些奥西里斯之子的大佬们传递一些相当惊人的消息。彭佩蒂会被打发走的。肯定会被免除职位完蛋的，不是吗？"

"最让我生气的，是这个厚颜无耻两面派的欺骗行为，先生？假设这份声明不是什么精神障碍的结果吧？自杀的人通常会编造一些奇怪的理由来解释他们的行为。我们用质疑的态度看这封证词会不会更好一些呢，先生？"

"天哪，警官！"梅瑞狄斯厉声说道，"你的记忆去哪里呢？别告诉我你忘了山姆·格鲁的案子？"他拍了拍额头。"我还记得案件中的主要细节，他被人怀疑，藏身之处也被发现，习惯和作案手法都被确证。但网撒了下来，大鱼却跑了。抗议的声音都扑向了我们郡的人，但格鲁依然没被逮到，一个完美消失的案子。这都是我进苏格兰场之前的事情，但我打赌指纹专家一定还保留着他的指纹。这些我们都可以鉴定。重要的是间接细节都是正确的，墨尔多尼深潜酒吧就是山姆·格鲁的藏身之处，贩毒就是他的勾当。而且还有一件事。"

"什么，先生？"

"墨尔多尼深潜酒吧5年前经过整治，墨尔多尼自己也被抓进去判了6年的刑，因为事发前后的一系列不利证据都说明他是从犯。你知道这意味着什么吗？"

"我很困惑，先生！"

"墨尔多尼可以出来做证。"

"做证？"

"关于彭佩蒂。假设格鲁是对的。如果彭佩蒂在墨尔多尼的酒吧见过他，这说明彭佩蒂大概和混在那里的一群人一样坏。墨尔多尼也许能认出彭佩蒂来，也许能告诉我们一些彭佩蒂想要保密的简单事实，还能告诉我们彭佩蒂的真名。总之，奥哈利丹，在这个伪先知于这自欺欺人的无辜傻瓜圈子里造成更多伤害之前，墨尔多尼或许能帮我们将其抓捕到案。"

但奥哈利丹拒绝响应督察突然兴奋起来的情绪。他猛地把梅瑞狄斯拖回现实。

"好吧，也许墨尔多尼能告诉我们很多事情。但有一件事他无法告诉我们。"

"什么事？"

"谁杀了佩内洛普·帕克。"

"该死！你说得对。"梅瑞狄斯承认道，"不能让这件事把我带离主要问题。彭佩蒂也许是一个恶棍，一个骗子，但迄今为止，所有证据都不能让我们给他贴上凶手的标签。现在让我们看看另一家伙。不是一个特别引人注意的家伙，对吗？有点闪族人的味道。^①廉价但相当华丽的西装……不是完全一无所有，但也不靠辛苦劳动，更多是靠自己智慧生活的类型。有点像是在路边卖东西的小贩……橄榄色的肤色，黑色眼睛，丰满的嘴唇，高鼻梁……嗯，翻翻他的口袋吧。拿住托盘，警官，让我把证物都摆出来。"

换上橡胶手套，梅瑞狄斯小心翼翼地把手伸进他亮蓝色细条纹西装鼓鼓囊囊的侧兜。他的手指碰到一个柔软而富有弹性的东西，梅瑞狄斯慢慢把它从口袋里掏出来。奥哈利丹伸长了脖子。

"我的天啊，先生！"他叫道，"这是什么鬼东西？"

梅瑞狄斯一脸困惑地盯着这个出人意料的东西看了几秒钟。然后突然之间，内心一阵兴奋，他跳了起来。梅瑞狄斯脑中快速闪过一串想法——飞速分析整理着这些刚刚形成的想法，然后奇迹般地得出了一个必然的推论。他转向奥哈利丹，笑得越来越欢畅，直到咧开嘴——一个胜利的笑容。他平静地说：

"这是问题的答案，警官。或者更准确地说，两个问题的答案。关于谁杀了佩内洛普·帕克以及尤斯塔斯·麦尔曼是怎么遇害的，我有一个非常厉害的想法。给我点时间……一点点时间，我就能拿到经得起检验的真相，然后

---

① 闪米特人，尤指说闪米特语的希伯来和阿拉伯人。

把它们有秩序地串联起来。然后……好吧，如果我们还不能把结案，我就去参加奥西里斯之子。该死的，我肯定不会！"

第二十二章

最后的真相

I

第二天是星期日，但显然不是梅瑞狄斯的休息日。一夜之间，他收到一个火热理论的启发，现在正忙着检验这个理论的合理性。

早餐后的第一站，他直接去了庄园主屋，与哈格·史密斯夫人进行了一场长时间的严肃谈话。然后，奥哈利丹从那里开车送他回斜屋客栈，正好赶上彭佩蒂要出发去演讲帐篷做早课。这位先知似乎有些担心和不耐烦。

"抱歉。"梅瑞狄斯立刻说道，"我知道这是个尴尬的时间，但在昨晚的枪击案之后，一直没找到时间和你谈谈。我和警方的法医一直忙到午夜。"

"这整个事情，"彭佩蒂冷冰冰地回答，"都是一个疯子的行为。我不明白！汉斯福特·布特看上去一直是一位热情可靠的奥教成员。我从来没察觉到他有任何异样的地方。"

"在我看来，他很正常。你可能有兴趣知道他留下了一份书面声明。也许你愿意读一下？和你有关。"

"一……一份声明？"彭佩蒂结结巴巴地说道，显然有些失措。"但是——"

梅瑞狄斯把纸条塞到他手上。

"读吧！"他厉声说道。

彭佩蒂照做了。

"天哪！但这太荒谬了，督察。全都是诽谤！满纸谎言。您肯定不会认为我在勒索这个人吧。我，作为奥教的先知——？"

"抱歉——但我不能忽视这种间接证据可能隐藏的含义，无风不起浪。我自然要跟进这个指控。但如果你能告诉我这个案子的真相，彭佩蒂先生，能帮我省不少时间。所以你是否威胁过汉斯福特·布特先生？"

"我必须慎重申明……没有！"彭佩蒂生气地说，"这人肯定是精神失常了。我想他肯定得了心理学家所说的那种迫害妄想症。"

"好吧，彭佩蒂先生。我们先暂时不谈这个话题。

那么你的朋友又是怎么回事呢？那个和你在路上碰头的人？"

"我的朋友！"彭佩蒂惊呼，"我不明白，督察。我昨天晚上才头一次见到这个人。他在路上拦下我，想跟我借个火。"

"点烟吗？"

"是的。"

"那为什么他的烟盒是空的呢？在他尸体附近也没有发现任何烟头？"

"我真的不知道。但那确实是他拦下我时的说辞。"

"你肯定清楚汉斯福特·布特是朝你开的枪吧？"

"在看完他精彩的声明之后，这很显然。"

"所以你很幸运地逃过一劫，彭佩蒂先生？"

"我想是奇迹般地逃过一劫。"

"为什么在枪响之后，你立刻跑走了？"

"我想去村子里叫人帮忙。但在我还没来得及返回枪击发生地之前，就看到一辆车把尸体载到客栈的院子里了。"

"我明白了。关于这个人你没有别的想说的了吗？"

"没有。"

然后梅瑞狄斯就让这位先知继续他的行程。

II

　　从斜屋客栈出发，他到北区小屋接上西德·阿克莱特后，又一起回到客栈。一到那里，他就把这个年轻人领进空车库。两具盖着粗毯子的尸体并排躺在水泥地板上。

　　"我很抱歉，小伙子。恐怕这不是一个特别令人愉快的任务，但我想让你帮我看看能不能认出这个人来。"梅瑞狄斯弯下腰，轻轻地把那个和彭佩蒂碰面的人身上的毯子拉到肩膀处。"怎么样？"

　　西德看了一眼，然后直起身。他张着嘴看着梅瑞狄斯，一脸目瞪口呆的样子。

　　"天哪！督察。这就是我跟你说的那个家伙。"

　　"哪个家伙？"

　　"那个晚上在小路上和彭佩蒂密会的人。彭佩蒂就是和这个家伙提到老板写的那些信，以及打算拿这些信做点什么的。"

　　梅瑞狄斯笑了笑。

　　"这和我预想的差不多。你可能有兴趣知道他的名字，他是住在坎伯威尔三文鱼街14号的雅各布·弗莱舍。我们在他口袋里找到好几封写给他的信。对这个名字，你有什么印象吗——我是说，和彭佩蒂有关的？"

　　"没有，先生。从来没听过。"

"好的，阿克莱特，我想没有什么需要你——不，等等——还有件事情。你说过周四晚上你载麦尔曼先生去寡妇小屋的时候，车道大门是关上的对吗？"

"是的，先生。因为庄园里的羊群的缘故，正如我之前跟您说过的那样，先生。"

"所以你下车，去把门打开，车开过去后再把门关上？"

"是的，先生。"

"所以回去的时候，你也这么做了？"

"是的，先生，考虑到老板的情况，我是以最快速度完成的。"

"另一个问题，阿克莱特。当你在寡妇小屋外面等麦尔曼先生出来的时候，你具体做了什么？"

"好的，先生，我自然有些无聊，就点了一支烟，在车道上走来走去。正如之前解释过的，我们的车停在房子看不见的地方，所以不可能有人能看到我。您可能已经注意到了，寡妇小屋前面有一大丛灌木和树木遮挡视线，先生。"

"多谢。这正是我想知道的事情。好了，阿克莱特。你可以走了。"

"好的。"

西德朝车库大门的方向走去，但他犹豫了一下，转身不自在地说道：

"还有一件事情，先生。我能和您在外面说一句话吗？这个地方让我起鸡皮疙瘩。"

梅瑞狄斯走到外面无人的院子里去，奥哈利丹跟在后面，顺手锁上车库门。

"怎么了？"

"是关于生命之符的事情，先生。"

"哦，是的。我还记得达菲督察关于这个案子的报告。它在维尔沃斯神庙被偷走，然后不知道什么神秘原因，又被还回来了。"

"是我偷的，先生。"西德坦白道。

"你？"

"是我偷的，先生。但我一直觉得良心不安，必须坦白交代。我无意中从老板的外套里发现的神庙钥匙。他不小心把外套落在戴姆勒上了。那时我脑中突然出现了个馊主意。我当时在追一个女孩——是个很费钱的姑娘。我像个傻子一样想要摆阔，想用送礼物之类的招数讨那个女孩欢心，便动了这个念头！"

"我知道了。然后呢？"

"嗯，一切发生在胸衣厂的舞会和五月花小径那件可怕的事情之前。我在房间里已经准备好化装舞会的行头，但怕被人看到，就在出发去神庙前把衣服换上了。我想着如果被人看到，他们都会以为是彭佩蒂，不会觉得奇怪。"

"听着很合理，"梅瑞狄斯干巴巴地说道，"继续。"

"然后，我有一个叔叔在哈默史密斯开当铺。他不多问，愿意用那个生命之符做抵押预支我一些钱。我拿着这笔钱给女孩买了一条钻石手链。当一个人陷入爱河时总会做一些疯狂的事吧！然后就发生了五月花小径上的事，让我很烦恼了一段时间。老板知道我装扮成他教里的人，我已经准备好老板会发脾气。但事实上——他没有，督察。他像照顾孩子一样照顾我。正如老话说的那样，我就像头上顶着火炭一样惴惴不安。他让我觉得自己像泥巴一样低贱。所以等到身体恢复，我就强迫女孩把手链还给我，然后急忙赶到镇上，说服我叔叔把这个生命之符还给我。然后在24小时内，我又'借'了一下神庙的钥匙，把生命之符放回原位。"西德深吸了一口气，然后猛地呼出来，就好像在困境中突然松了口气，事情圆满解决。"好了，谢天谢地，我终于说出来了！现在都看您的了，督察。我已经准备好接受一切惩罚。老板是个大好人，这个事情已经卡在我心中好几个月了。老实说，我现在感觉好受多了！告诉我吧，先生，我会进去吗？"

梅瑞狄斯摇摇头。

"有的时候我们最好不要自找麻烦，这就是那种时候，阿克莱特。但很高兴你告诉我这件事。我会去找达菲督察处理剩下的事情，让他在这个案子的档案底部写上'结案'两个字。"

"太好了！谢谢您，督察！您真是个正派的人。"

"这不过是头脑冷静的人的常识而已。"梅瑞狄斯温和地纠正道，"去吧，小伙子。"

Ⅲ

20分钟后，梅瑞狄斯不耐烦地在塔平·马莱特车站等候去往伦敦的火车。他知道今天还有一堆事情要忙。首先要去一趟苏格兰场，他打算把案子中的一个证物交给专家进一步检查分析。然后他打算去一趟坎伯威尔三文鱼街14号，希望在那里能发现更多关于这个名叫雅各布·弗莱舍的神秘人物的信息。在这之后呢？嗯，他想到墨尔多尼因为"越狱"要在梅德斯通监狱服刑6年。要和墨尔多尼聊聊——一场安静详尽的谈话。他希望墨尔多尼的记忆不要因为蹲监狱太久而受到损伤。此刻，墨尔多尼的记忆是他重建寡妇小屋惨案的一个重要因素。

虽然行程满满，梅瑞狄斯仍以一贯的热情和高效投入其中。他已经提前从斜屋客栈给苏格兰场打过电话，卢克·斯皮尔斯会在他办公室等他。梅瑞狄斯为在安息日把他拽出来工作感到抱歉。

"别道歉，"卢克笑着说，"我已经有感觉了。我大老远就感觉到了。该死的！梅瑞狄斯，别这么扬扬得意。你已经破案了——对吗？"

"有可能。"梅瑞狄斯以他一贯的谨慎附和道，"当我消化完你的报告之后，应该能确定更多信息。"

"你到底想让我做什么？"

梅瑞狄斯小心翼翼地打开用棉纸包裹着的证物，然后详细解释道：

"问题是，我今天晚上想回塔平·马莱特。你能在大概6点前给我报告吗？"

"努力一下应该可以。"卢克干巴巴地说道。

梅瑞狄斯知道，对卢克·斯皮尔斯来说这就是肯定可以。

随后，他继续行动。一辆警车供他驱使。在与三文鱼街14号租户进行了一场非常令人满意的采访后，他全力赶往梅德斯通。这次运气也很好，准备返回镇上的时候，他已经是满脸兴高采烈的样子。

在他苏格兰场的办公桌上，梅瑞狄斯看到斯皮尔斯整齐打印出来的流畅报告正在等着他。刚好需要这个来结束这一天的完美调查。斯皮尔斯的发现肯定了他之前的猜想。简单来说，他的理论不再是理论——只需将一两个环节焊接到位，证据链就完美了。明天，在验尸官的死因审理会上他将继续呼吁死因裁判①，可能还需要48小时来收集整理额外的材料。然后呢？好吧，除非出现不可预料的复杂情况，他已经做好逮捕凶手的准备！

---

① 根据英国早期法律规定，因死者的"死因存疑"，验尸法庭需要对此进行"死因裁判"。验尸法庭和法院其他法庭相似，由验尸法官和陪审团组成，该法庭也有权传唤证人，最后由陪审团做出裁决。但陪审团只就是否对被告提出指控进行裁判，并不对其定罪。

第二十三章

状态良好的梅瑞狄斯

I

对达德利夫人和尤斯塔斯·麦尔曼死因的审理在星期一上午11点于寡妇小屋的狭长客厅举行。审理顺利进行，验尸官佩利先生选择不需要陪审团；然后等所有正式证据罗列出来，如梅瑞狄斯预期的那样，验尸官判决死因存疑[①]。

在审理之后，洛克比把梅瑞狄斯拉到寡妇小屋的餐厅中。

"这个，我们什么时候能逮捕嫌疑人？"他讽刺地问

[①]　根据英国早期法律规定，如果死者在接受医疗护理的情况下死亡，或者在死亡后14天内曾被医生检视，那么医生可以签发死亡证明。但是，如果不满足前述条件，或者医生出于各种原因不愿作出判断，那么验尸法官将对死者的死因发起"死因存疑"调查，即"死因裁判"。

道，"等到圣诞节过了吗？"

梅瑞狄斯笑了。

"我亲爱的朋友，对重案调查的预测总是不太准确。但如果明天巴黎安全局能把我需要的信息给我，我想你就可以在旁边看着手铐铐住通缉犯了，大概后天的时候吧。"

"巴黎安全局！"洛克比叫道，"但怎么——？

"抱歉，洛克比。我现在什么都不会说的，直到我们和你的局长开会的时候。我讨厌在论点没有得到全盘验证之前，就把对案子的意见说出来。在我能坐下来起草一份真正全面的报告之前，还需要在老考德内庄园录一两份证词。在此期间，我想你和局长可以先浏览一下这份初始报告。里面有我到目前为止收集到的所有证据和线索。但至于我的最终报告——这个嘛，可以请你们耐心等到周三早上吗？"

洛克比苦笑了一下。

"我好像没有选择。好吧，我亲爱的朋友。那就等到周三吧。"

"等到周三。"洛克比离开后，梅瑞狄斯思索着，"准确地说，只需要48小时来把所有松散的线头绑上，然后就能得出一个令人信服的推理总结。"

洛克比走之后，他去找了明妮贝儿小姐。明妮贝儿小姐后，他去找了西德·阿克莱特，这个一贯可靠的信息来源。在独自享用了一顿丰盛的午餐之后（奥哈利丹已经被派回奇切斯特做汇报），梅瑞狄斯回到自己的房间，打开案件档案，反复阅读每一份证词，整理好他的笔记，开始起草最终报告的主要段落。但在收到安全局汇来他期待的数据之前，故事的连贯性肯定会出现中断。他感到焦躁不安，不耐烦地等着来自苏格兰场的通信员把从巴黎传来的信息递过来。

那晚梅瑞狄斯睡得很不好。他不止一次从床上爬起来，点燃一根烟，在房间里来回踱步，或者是一阵阵地研读案件的相关文件。第二天，他的不耐烦达到了顶点。他在客栈附近徘徊，不敢走太远，就怕期待中的通信员突然出现。然后，在2点多钟的时候，通信员驾车嗡嗡地驶进院子，从整齐的黑色文件夹中把珍贵的文件拿出来。梅瑞狄斯签收了包裹收据，然后非常不体面地冲回了自己的房间。在那里，他打开封条，把里面的文件摊在床边的桌上，开始全神贯注地浏览文件。

5分钟后，他严肃焦虑的表情慢慢变成了微笑；10分钟后，他难以抑制喜悦的心情开始大笑；20分钟后，他毫无疑虑地确认，案件最后一块拼图已经完美就位。这个案子已经十拿九稳！

他下楼给西苏塞克斯郡警察局在奇切斯特的总部打电话。几分钟后，洛克比来接电话。

"怎么样，梅瑞狄斯，还要在局长的办公室开会吗？"

"当然要。"梅瑞狄斯果断地回答，"如果方便的话，10点钟见。"

"10点钟？好的！我马上通知局长。我会确保这个时间局长肯定方便的！加油。"

"那么明天见。"梅瑞狄斯结束道。

Ⅱ

5个人围坐在一张抛光长桌边；两个穿制服的速记员谨慎地坐在角落里；一束束明亮的六月阳光从高大的窗户里斜洒进来；屋子里不知什么地方有一只被困住的绿头苍蝇发出催眠般的嗡嗡声。

坐在桌子最前面的是警察局局长斯帕克斯少校——大块头、精明能干、性格温和，头发已经花白。在他右手边，坐着梅瑞狄斯督察；左手边是洛克比警司；在他们旁边的是奥哈利丹警官和来自苏格兰场的首席督察布伦特里。这是迄今为止在郡总部的这间朴素的办公室里，集结过的最强的打击犯罪团队。尽管在座的都是冷静睿智、火眼金睛的专家，但刑侦调查仍然相当周折而费力。所以眼下的气氛因各种期待而变得紧张起来。警察局长擦了擦额头，清了清嗓子，然后用沙哑低沉的嗓音说道：

"先生们，今天的主角不是我。我们把话筒交给梅瑞狄斯督察。大家都已经看过他的初步报告，我想现在可以让他继续进行最终报告。如果有什么地方觉得不清楚的，最好马上提出来。我知道督察和我们一样急于将此案件提交法庭。好了，梅瑞狄斯。开始吧！"

梅瑞狄斯深吸了一口气后，开始他的报告。一开始有些犹豫，随后越来越自信，发言越发流畅，不急不缓。他用自己的话将这份报告阐述出来，只有在为了确保不漏掉任何重要的事实时才引用了一两句书面报告。

"好吧，先生们，请原谅我言辞中的悖论，让我从案件最后的最后，也就是案件的最开始说起。也就是说，从6月8日星期六晚，汉斯福特·布特谋杀雅各布·弗莱舍一案说起。更准确地说应该是'无意谋杀'，因为杀死弗莱舍的那颗子弹实际上是冲着彭佩蒂去的。但首先让我详细介绍一下汉斯福特·布特的行为动机。"随后梅瑞狄斯以精辟的准确度详述了布特和新当选的先知之间的关系。他接着说："这个叫弗莱舍的家伙让我很感兴趣，尤其是他已经被指认出曾和彭佩蒂有过秘密接触。我的证人阿克莱特几周前曾无意中听到他们之间的谈话，因此我毫不怀疑这个叫弗莱舍的家伙手上有彭佩蒂的什么把柄，就像彭佩蒂手上有汉斯福特·布特的把柄一样。换句话说，勒索者反过来又被勒索了。但为什么呢？这个，先生们，你们和我一样清楚，如果一个人没有做什么需要隐瞒的事情，就不可能被成功勒索。于是我问自己——彭佩蒂做了'什么'呢？幸运的是，我没有跑多远就找到了答案。事实上，还没有出坎伯威尔——就在坎伯威尔三文鱼街的14号。我在那里找到一个非常有用的证人，雅各布的妻子汉娜·弗莱舍。在经过一点口头施压，以及在得知丈夫前天晚上被谋杀的压力之下，弗莱舍夫人放弃了缄默。她开始交代，谢天谢地，交代了很多事情！好吧，我不能隐瞒这条非常有趣的重要信息。佩塔·彭佩蒂和雅各布·弗莱舍是——或者应该说和已故的雅各布·弗莱舍是——兄弟！我听到她的这条信息可能并没有你们想象中那么惊讶。这里有个原因。我第一次看到雅各布的脸，是在他中枪后，我很确信从来没有见过这个家伙。但不知怎么回事，他的脸看着却很熟悉！后来我意识到了是为什么。他和彭佩蒂之间长得很相似，区别只是彭佩蒂留着胡子。"梅瑞狄斯停了下来，环视了一下桌子，问道："有什么问题吗，先生们？"四周一片沉寂。"很好，我继续说我下一阶段的调查。弗莱舍夫人一开了口，就再无保留地滔滔不绝起来。她告诉我，雅各布和马库斯——那是彭佩蒂真正的基督教名——两个人之间一直不是很对付。她自己也很恨马库斯，正如她表述的那样——'他爱摆架子，爱在家族中仗势欺人'。好了，长话短说，弗莱舍夫人告诉我的故事总结如下。马库斯曾经在美国干慈善诈骗的勾当。他刚刚大捞了一笔，就被联邦调查局盯上了，不得不远渡大西洋躲避。最后，他和雅各布在30年代初来到巴黎。他们的新勾当好像是毒品，但在巴黎到底发生了什么事，弗莱舍夫人也不清楚。突然间，兄弟俩出现在坎伯威尔，然后马库斯消失不见了。他整整3个月时间都没有出现在14号的门前。从那之后，弗莱舍夫人注意到雅各布不再听他兄弟的使唤了。他们的角色对调了。后来好像是雅各布说了算。事实上，弗莱舍夫人不久前才意识到她丈夫在勒索自己的兄弟。没过多久，马库斯又开始重操旧业——慈善诈骗。雅各布开始小打小闹地贩起了毒。他们那个特殊团伙那时最喜欢的接头地点就是苏活区的墨尔多尼酒吧。"梅瑞狄斯转向首席督察布伦特里，"您应该还记得这个地方吧，先生。"

布伦特里冷冷地笑了笑："兜售毒品的热门地点，销赃的集市，贩卖黑道消息的地方！哦，我太能记得那个地方了！我们4年前清理了那个地方，而墨尔多尼，如果我没记错，他应该还在坐牢。"

梅瑞狄斯点点头。

"我直接说说墨尔多尼吧，先生。重点是，化名佩塔·彭佩蒂的马库斯·弗莱舍是在墨尔多尼的地盘上知道化名汉斯福特·布特的山姆·格鲁的。马库斯在记忆人脸的方面很有天赋，山姆却不行。结果就是，马库斯可以敲诈这个可怜人，而完全不用担心被报复回来。我想我们的彭佩蒂先生在混苏活区的那段日子，应该是既没有留胡子，也没有戴土耳其毡帽或是穿长袍！这些搞慈善诈骗的男孩们通常都喜欢打扮成神职人员的样子。可以激发受害者对他们的信任。"

"那墨尔多尼呢？"局长焦急地插话道。

"我马上就说到他，先生。上周日我在梅德斯通监狱问询过他。一次非常令人满意的对话。我问他是否记得弗莱舍兄弟。哦，是的——他记得很清楚——雅各布和马库斯。好吧，先生们，我完全是瞎蒙着试探了一下，但周日是我的幸运日，正中红心！我继续追问墨尔多尼这对兄弟的关系怎么样，暗示雅各布正在敲诈他的兄弟。关于这部分，弗莱舍夫人因为不知情完全说不上话，而墨尔多尼却知道很多。他知道在巴黎发生了什么事。一个和女人有关的肮脏的婚外情案件。这个女人叫米内特·德福。我就简单告诉你们事情的经过。米内特曾经是马库斯·弗莱舍的情妇，后来她爱上了一个叫皮埃尔·高斯的人。然后她离开了马库斯，并把马库斯搞得身无分文，马库斯在一阵嫉妒的冲动下，开枪杀了她。雅各布知道这件事，知道高斯气疯了，还知道他是蒙马特尔最厉害的掷刀人之一。所以兄弟俩赶紧撤退，回到坎伯威尔。当然，法国安全局的人开始调查这起谋杀案。也掌握了很多事实，包括通缉犯的照片，但一直没抓到这个人。他先走了一步。因此，上周日我在坎伯威尔询问弗莱舍夫人的时候，从她那里要了一张照片——一张马库斯·弗莱舍在留起胡子自称佩塔·彭佩蒂之前的照片。我把这张照片用特快专递寄给了安全局。昨天我收到了他们的报告。毫无疑问，佩塔·彭佩蒂就是杀害米内特·德福的凶手！"梅瑞狄斯停了下来，带着一丝歉意环视了一下桌子，补充道："先生们，无须多言我也知道你们在想什么。这到底和发生在老考德内庄园寡妇小屋的佩内洛普·帕克和尤斯塔斯·麦尔曼谋杀案有什么关系？"梅瑞狄斯突然打开他破旧的公文包，拿出一样东西放在桌子正中间。"答案就在这里。"

"胡子！"局长叫道。"一个假胡子！见鬼，但这——"

"我会解释的，先生。当我第一次看到没有胡子的彭佩蒂照片的时候，我被他和他兄弟雅各布之间惊人的相似性吓了一跳。自然地，我会这样推论。如果没有胡子的彭佩蒂看起来很像雅各布，自然有胡子的雅各布也会看起来很像彭佩蒂。我在雅各布不小心被山姆·格鲁开枪打中后，在他的口袋里发现了这副假胡子。你们看出这其中的指向了吧，先生们？"

"你是说这其中有某种伪装模仿吗？"洛克比问道。

"没错。但不是麦尔曼采取的那种粗糙的伪装，那完全糊弄不过任何一个真正善于观察的人。麦尔曼之所以能成功，是因为他只要糊弄过寡妇小屋的女仆就好。只需要撑过她开门的那几秒。当时天也很黑，而且女仆已经习惯了在一天的任何奇怪时间让彭佩蒂进屋。她也许根本不会多看他一眼。"

"但雅各布的情况则不同，对吗？"布伦特里问道。

"是的，先生。雅各布可以经受住相当近距离的检验，甚至糊弄过我们中的好手。肤色、眼睛的颜色、体型、甚至连声音的音色——都有助于增强欺骗性。再加上十分有特色的土耳其毡帽和长袍，简直易如反掌。"

"但为什么雅各布要伪装成他兄弟的样子呢？"洛克比敏锐地问道，"对他有什么好处吗？"

"分成，我猜。从脑子不清醒但严格执行纪律的哈格·史密斯夫人给教派先知提供的5000英镑年金中分得一笔丰厚的分成。你明白其中的含义了吗？"

"你是说，"洛克比一瞬间顿悟，叫道，"彭佩蒂——"

梅瑞狄斯点点头。

"没错，我亲爱的洛克比。彭佩蒂不是只有一笔良心债要偿还。而是三笔！米内特·德福、佩内洛普·帕克和尤斯塔斯·麦尔曼！"

"你们都听到了吗！"奥哈利丹大吼道，"我从来没想到——你们想到过吗？尤斯塔斯·麦尔曼被谋杀！"

梅瑞狄斯笑了笑。

"别这么激动好嘛，警官。其实是你让我找对了方向。"

"我，先生？"

"是的。当你在寡妇小屋车道大门口捡起那把水枪的时候。"

"但我不——"

"时机还没到，奥哈利丹。一件件来，对吗，先生们？这只是一个假设，但在听完我的报告之后，我想你们应该都会同意这个假设没有问题。彭佩蒂无意中听到麦尔曼和阿克莱特在讨论怎么收回那些信的计划。你们应该还记得我在调查结束后，提交的初步报告中提到的信件。这点我就不深入展开了。接下去我要说的还是一个假设。我觉得彭佩蒂已经说服佩内洛普·帕克把这些信拿给奥教的大佬们看，以此诋毁麦尔曼的人品。与此同时，她肚子里的孩子也会谎称是麦尔曼的。但我想，在最后一刻，帕克小姐背叛了他。她的良心让她无法下手。你们能想象到这之后彭佩蒂的感受吧？"

"吓僵掉了？"洛克比说，"害怕帕克小姐会不小心说出孩子的真相，毁掉他在奥教中的地位。"

"没错。他不仅不能把麦尔曼从先知的位置上拉下来，而且他自己很可能会被取消先知候选人的资格。但除掉帕克小姐后，他就安全了。这些信件会落到'正确'的人手上，大家都会怀疑麦尔曼就是未出生孩子的父亲。"梅瑞狄斯停了一下，慢慢地强调道："根据彭佩蒂的安排，先生们，他们甚至会怀疑是麦尔曼杀了帕克小姐，然后自杀的！"

"这正是他的安排，对吗？"局长迅速地插话道。

梅瑞狄斯点点头。

"那作案手法呢？"

"干净而不花哨，先生。当然，这都是基于一个聪明的该死的不在场证明。"

"由雅各布·弗莱舍提供的，对吗？"洛克比问。

"正是如此，我亲爱的朋友。一切都非常简单，几乎是该死的万无一失。我先说不在场证明。周四晚上，雅各布藏在庄园主屋外的杜鹃花丛里，等着彭佩蒂吃完晚饭出来。然后，彭佩蒂转身藏到灌木丛中，雅各布走了出来。在初步报告中，我提到一个疯婆子——明妮贝儿小姐。你们知道她是怎么一直跟在彭佩蒂身后的。因此，当雅各布沿着车道向中式凉亭走去的时候，明妮贝儿小姐就跟在他身后。你们看，麦尔曼选定彭佩蒂必须出席神庙活动的时间节点，正要被这兄弟俩利用上了。彭佩蒂预计9:00 ~ 10:00都在神庙里。记住，当时天很黑，而神庙本身，正如我很快注意到的那样，只有屋顶一盏蓝灯来照明。除此之外，还有一条不成文的规定，任何人在跨过神庙的门槛之后，都不能出声讲话。这是一个专供冥想的地方，奥教成员必须遵守这个规定。但你们明白这其中的意义了吗？待在神庙里的那一个小时里，雅各布知道他不需要讲一句话。我得说，先生们，这个不在场证明真是天才的一笔。"

"那彭佩蒂呢？"布伦特里问道。"他和雅各布分开之后去干什么了？"

"大概是通过一些人迹罕至的小路，穿过庄园，直接去了北区小屋。"

"到那里之后呢？"

"他等待时机，把自己藏在麦尔曼的戴姆勒轿车后座上，可能是躲在地毯下。要么是趁着阿克莱特把车开出谷仓前，要么是车停在北区小屋前等麦尔曼上车的时候。别忘了，先生们，麦尔曼出发前往寡妇小屋的时候，天已经很黑了。那天天气很恶劣，天空中密布着低垂的雨云。我得说，一切的发展都有利于我们的彭佩蒂先生。"

"进车之后呢？"洛克比问道。

梅瑞狄斯第二次打开他的公文包。这次他展示的是一把水枪。

"现在我们来看看奥哈利丹发现的证物。"梅瑞狄斯微笑道，"一件普通的儿童水枪，在抓握的地方装了一个橡胶袋。"

"我想，彭佩蒂就是用这个，突然从地毯下钻了出来威胁麦尔曼。"洛克比讽刺地说，"最后导致麦尔曼死于心力衰竭。完美的谋杀，对吗？"

梅瑞狄斯面带宽容的微笑，说道："哦，事情可没有那么简单。我想汽车启动后，彭佩蒂确实用水枪威胁过麦尔曼。毫无疑问，麦尔曼仍能通过微光看清水枪的轮廓。但这是故事的一半。先生们，如果我告诉你们水枪橡胶袋里装的是高浓度的氢氰酸溶液，也许你们会更容易理解。"

"天哪！"洛克比叫道，"你的意思是说——"

"我尽可能勾勒出轮廓，"梅瑞狄斯打断道，"但确切的细节，我想将由彭佩蒂在恰当的时机补充。但我的猜想是有合理理由的。你们看，马克斯顿注意到麦尔曼上排牙齿上有一个小裂口。我们只能推断这是彭佩蒂强行把致命武器的枪口塞进麦尔曼的嘴里时发生的。我想他是捏住了麦尔曼的鼻子，强迫他张开嘴，然后再把枪口塞进他牙齿间，最后按下橡胶袋。如此高浓度的毒药剂量，只需要几滴就能产生致命效果。我想麦尔曼应该立刻就倒下了，几分钟后就死了。"

"然后呢，先生？"奥哈利丹屏住呼吸问道。

"然后，趁着阿克莱特去开寡妇小屋的车道大门的时候，彭佩蒂打开车窗，把水枪扔到灌木丛中。"

"然后，该死的，那个进出寡妇小屋的人，"局长插话道，"不是伪装成彭佩蒂的麦尔曼，而其实就是彭佩蒂！"

"您说对了，先生！确实是这样。当他出来再次来到车前时，其实什么问题都没有。你们还记得我在初步报告中提到的来自阿克莱特的证词吗？不舒服、脚步踉跄，气喘吁吁的样子。当然都是假的。但这出戏有两个目的。首先，彭佩蒂通过喘不上来气，只能断断续续吐出几个字眼的方式来掩饰他的声音。年轻的阿克莱特完全被糊弄过去了。其次，是随后在车上发现麦尔曼尸体的完美引子。他离开寡妇小屋时明显的状态，让随后抵达北区小屋发现自己雇主已死的阿克莱特并没有那么惊讶！"

"但是看看这里，梅瑞狄斯，"布伦特里插嘴道，"如果彭佩蒂也上了车，当车到了北区小屋的时候，阿克莱特怎么可能没发现他？"

"是寡妇小屋的车道大门，先生。阿克莱特必须下车开门，开车通过，然后再次下车把门关上。这让彭佩蒂完全有机会偷溜出去，消失在黑暗中。"

"但彭佩蒂肯定是铤而走险了，"局长说，"把麦尔曼的尸体留在车上，他自己进去寡妇小屋？假如司机看向车内，发现了尸体怎么办？彭佩蒂成功的希望相当渺茫，不是吗？"

"是的。"梅瑞狄斯承认道,"确实很冒险,先生。但风险并不大。阿克莱特并没有理由检查车后座,因为他很自然地认为后面是空的。我敢说尸体应该就躺在地板上,彭佩蒂只是把地毯盖上了他身上。在溜走前,他很可能把尸体拖到座位上,摆出一个坐姿来。当然,在整个开车过程中,阿克莱特应该什么都没听到。因为车前座和后座之间安装有隔音玻璃板。不——想想前后,先生们,我想我们得承认这就是佩塔·马库斯·彭佩蒂·弗莱舍干的!"

"帕克小姐呢?"洛克比问道,"你觉得她到底是怎么死的?当然,我们都知道她是被毒死的,当彭佩蒂进屋之后和她在一起的时候,到底是怎么行动的呢?"

梅瑞狄斯微微笑着。

"我想在这种情况下,彭佩蒂做自己就好。为什么不呢?他经常去那里看她。看到装着雪利酒的醒酒瓶,他只要提议一起喝一杯就好,帕克小姐肯定会接受。这都没什么好奇怪的。彭佩蒂可能经常和她一起喝酒。从之前的拜访中,他知道装着雪利酒的醒酒瓶和玻璃杯会放在小桌上。他只需要倒一杯雪利酒,站在帕克小姐和桌子中间,把小药瓶中的氢氰酸下在杯子里。"

"也下在他自己的杯子里了吗?"洛克比问道,一脸困惑的样子。

"天哪,当然没有!"

"但等一下——！"洛克比说。

"我知道你在想什么，我亲爱的伙计。第二个玻璃杯的残留物里也检测出高浓度氢氰酸，但醒酒瓶里的氢氰酸则是稀释过的。但这很简单。彭佩蒂没有向与帕克小姐一起喝酒时的玻璃杯里下毒。他等帕克小姐倒下后，又给自己倒了一杯酒，然后才把第二瓶氢氰酸倒进去，最后再把整杯酒倒回醒酒瓶中。"

"就如我猜测的那样，先生。"奥哈利丹满意地傻笑道。

"该死，但他为什么要这么做？"局长问道。

"一个转移注意力的手法，先生。这是他暗示麦尔曼毒死帕克小姐然后自杀的布局之一。书桌上的撬痕，被拿走的信匣都是同样的把戏。毕竟，阿克莱特知道他雇主来这一趟是为了取回那些信件的。彭佩蒂也知道，因为他肯定是偷听到他们两人制定的计划。然后当阿克莱特在死去的雇主身边发现那个信匣时，一切都如他预期的那样。这一切都有助于维持那个假象，即走出戴姆勒的人和随后又跌跌撞撞上车的那个人，都是伪装过的麦尔曼，而不是货真价实的彭佩蒂本人。"梅瑞狄斯眼睛闪闪发光地补充道，"虽然，那个人身上没有什么是真的！"他用手指比画着。"慈善敲诈犯、毒贩子、勒索者、假先知、三重谋杀犯！在这份让人印象深刻的列表上，再加上他的聪明才智和毫无约束的道德，就能得到一个完美的罪犯。在我看来，他只犯了一个错。"

"那副手套吗？"洛克比说。

梅瑞狄斯点点头。

"他进屋的时候记得把手套带上，但回到车上的时候忘记把手套摘掉。从一开始这就是本案中一个让人迷惑的因素。"梅瑞狄斯靠在椅子上，伸直双腿，总结道："好了，先生们，差不多该到买单的时候了。"他转向局长，"我能拿到逮捕令吗，先生？"

斯帕克斯少校笑了。

"当然，我亲爱的朋友。还不止这些！"

"什么，先生？"

"还有来自我的表彰、一项值得自豪的成就、头条新闻报道、当之无愧的一顿酒。当我说'当之无愧'的时候，可不是在开玩笑。非常精彩的报告，梅瑞狄斯。非常精彩。"

只是斯帕克斯少校并没有真的用"非常"这个词。他用了一个不那么礼貌但更强调语气的形容词，来更正确地表达他对梅瑞狄斯的专业认可和钦佩！

图书在版编目（CIP）数据

维尔沃斯花园奇案 / (英) 约翰·布德著；张靖敏译. — 北京：中国青年出版社，2019.7

书名原文: Death makes a Prophet

ISBN 978-7-5153-5714-0

Ⅰ. ①维… Ⅱ. ①约… ②张… Ⅲ. ①推理小说—英国—现代 Ⅳ. ①I561.45

中国版本图书馆CIP数据核字（2019）第148447号

责任编辑：彭岩　刘晓宇

*

中国青年出版社 出版　发行

社址：北京东四十二条21号　邮政编码：100708

网址：www.cyp.com.cn

编辑部电话：（010）57350407　门市部电话：（010）57350370

北京中科印刷有限公司印刷　新华书店经销

*

889×1194　1/32　10.75印张　190千字

2019年9月北京第1版　2019年9月北京第1次印刷

定价：42.00元

本书如有印装质量问题，请凭购书发票与质检部联系调换

联系电话：（010）57350337